사악한 지식인

문이당 문화비평①

사악한 지식인

김주연 지음

문이당

책머리에

글에 대한 절망이 역설적으로 이런 글들을 쓰게 했고, 이 책을 내게 한다. 30년 넘게 소설과 시 등 이른바 문학에 관한 글들을 써왔는데, 그것들을 써오는 동안 나는 그것들에 대해서 간단없이 절망해야 했다. 세계에 대한 절망으로부터, 문학은 그 어떤 유충(幼蟲)을 키우는 것이지만, 우리에게 있어서 문학적 글쓰기는 과연 무염한 일거리라는 생각에서 놓여나기 힘들었다.

그 사이사이에 쓰여진 여기 이 글들은 그러므로 나의 문학을 향한 공격의 방아쇠 같은 것이었다. 문학을 부숴라, 글을 찢어버려라! 이 책은 따라서 글 아닌, 글 파괴로 읽혀지기를 바란다. 얍상한 문체 따위는 날아가버린 지 오래다. 문학이 온전해진다면, 이 책은 당연히 휴지가 되어야 할 것이다. 문학으로 아무것도 더 아름다워지지 않는 세상이여, 이 책마저 탐욕스럽게 드시라.

오랫동안 서랍 속에 갇혀 있으면서 많은 부분 버려지고 없어진 원고들이 이런 모습을 뒤늦게 갖출 수 있었던 것은, 임성규 사장의 「괜찮다」는 인사말에 대한 나의 뻔뻔스러운 신뢰 때문이다. 제목도 처음에는 '사악한 정치인' 으로 하려고 했으나 남을 욕하느니 나를 욕하기로 마음을 바꾸어먹었다. 고매하신 지식인 여러분께 사죄를.

1997년 3월
모락산을 바라보며
김 주 연

제 1 장 성(性) 논의, 보다 진지해야

제2장 개혁 안되는 개혁

제3장 해체되는 문화

제 4 장 종교는 우상이 아니다

사악한

제1장 성(性) 논의, 보다 진지해야

지 식 인

성(性) 논의, 보다 진지해야

영화에 대한 사전검열제도가 위헌판결을 받은 이후, 성(性)에 관한 논의가 부쩍 활발해졌다. 그러나 사실은 이 일과 관계없이, 이 문제에 관한 논의는 언제부터인가 점증(漸增)해 왔다고 보는 편이 맞을 것이다. 아니, 더 정확하게 말한다면 성에 관한 모든 표현이 차츰 직접적이며 구체적인 양상을 띠어왔다고 말하는 편이 옳다. 이에 관한 나의 생각을 결론부터 밝힌다면, 지극히 당연한 추세라고 일단 말해두어야 하겠다. 왜냐하면 개방된 사회는 성의 개방을 포함한 모든 면의 개방을 가져오게 마련인데, 성의 개방은 언제나 그 모든 것에 앞장서는 습관을 갖고 있기 때문이다.

성 문제는 사실 도덕적 선악이나 법적인 규제, 혹은 종교적 금기에도 불구하고 언제 어느 사회에 있어서나 보편적인 인간 관심사인데, 그 까닭은 이 문제가 단순한 호기심이나 이념과 무관한, 근본적인 인간의 생명현상이기 때문이다. 따라서 모든 논의는 이 본질에 대한 깊은 인식을 바탕으로 진지하게 이루어져야 하며, 성 문제라고 해서 지나치게 성적(性的)인 접근으로 이루어져서는 곤란하다는 것이 나의 생각이다. 도덕적·법적·상업적 접근도 아울러 자제되어야 할 것이다. 그런 의미에서 외설물 제작혐의로 최근 출판사의 등록이 취소되고, 시민 단체가 출판사를 향해 책의 수거를 강권하는 일은, 한국인 특유의 성급성 때문이 아닐까 생각되어 씁쓰름한 느낌이 남는다.

인간존재는 사회 내 존재이며, 그런 한에 있어서는 온갖 도덕적·법적 규범으로부터 결코 자유로울 수 없다는 점은 그 어떤 자유 지향의 예술인의 경우라 하더라도 부인될 수 없는 이치이다. 그러나 이보다 먼저 선행되어야 할 인식은, 그 인간존재의 개별적 위엄이며, 독자적인 생명체로서의 권리이다. 가능한 한, 이 위엄과 권리는 덜 억압되어야 하며, 그런 차원에서 도덕과 법을 행사하는 한, 사회와 국가는 정당성을 가질 수 있다. 성 문제도 기본적으로 이러한 테두리에서 수용되고, 또 연구되어야 한다. '연구'라는 말을 나는 썼는데, 그렇다, 성 문제는 노상 상업적인 현실과 도덕적인 반발·규탄만 있어 왔지, 진지한 '연구'가 결핍되어 있다. 따라서 이 문제는 이제 저널리즘 차원의 성급한 캠페인이 지양되고 보다 체계적인 연구가 동반될 때, 문제의 핵심이 보다 확실하게 그 모습을 드러낼 것이다. 성 문제의 대가 프로이트를 낳은 오스트리아 빈에 가면 도서관마다 서점마다 '성의 도시-빈' 류의 책들이 스스로를 얼마나 자랑스러워하고 있는지 모른다.

성을 가려야 하는 어떤 것, 은밀한 어떤 것으로만 바라보는 인식이 우리 사회 일각에 남아 있다면, 이것은 성에 대한 진지한 성찰은 포기하고, 재래의 관습에 안이하게 편승하고 있는 비문화적인 자세이다. 이 때문에 성은 곧 나쁜 것, 더러운 것으로 청소년 시절부터 뇌리에 못박여지는데, 그럼에도 불구하고 뒤끓는 욕망 때문에 청소년들은 어쩔 수 없는 자기모멸과 좌절을 경험하게 된다. 대체 그 엄청난 괴리를 어쩌란 말인가.

생리현상에만 기능적으로 치우치는 성교육 또한 하나의 문제일 뿐이다. 성은 생명을 개화시키며, 인격의 수준을 높여가는 데 작용할 뿐아니라, 타인과의 관계를 진지하게 하며, 나아가 후세 및 역사와도 관계되는 중요한 총체적 생명현상이라는 사실이 도대체 제대로 교육되고 있는가. 표현이 좀 개방되기만 하면, 어쩔 줄 모르고 가리기만 하려는 사회는 어른스러운 사회답지 않다. 그것은 왜곡된 호기심만 키우는 거짓된 인간·사회·문화를 만들어낸다.

국가와 사회가 할 일이 있다면, 억압 아닌 정리를 해주는 일이다. 외설물——출판·연극·영화 등등——들은 장소별, 시간대별, 성격별로 차별화하여 수용자들로 하여금 선택에 따른 책임감을 심어주어 도덕감각, 비용감각을 통한 통과의례의 자의식을 깨우쳐주고, 한 사회가 갖는 유기체적인 조직원리를 갖추어야 할 것이다. 한 인간에게 있어서의 생식기관과 배설기관의 중요성은, 한 사회에 있어서도 똑같다는 사실을 잊지 말자. (1996년)

세대간의 교통을 위하여

쌍둥이 사이에도 세대차가 난다는 농담이 있다. 그만큼 세대가 빨리 변한다는 이야기일 것이다. 텔레비전을 보아도 어제의 가수가 벌써 오늘의 가수가 아니며, 어제의 명사가 오늘의 명사가 아님을 곧잘 보게 된다. 대학생들은 입학한 지 2~3년만 지나면 '늙은이'를 자처하고, 대학생들 사이에 유행하던 미팅은 이제 고등학교 · 중학교에서나 벌어진다고 한다. 매스컴의 발달과 산업사회의 사회변동이 아마도 사회 전체를 조숙하게 만들고 있는 것은 아닌가 하는 생각이 드는 경우가 많다.

그럼에도 불구하고 좀처럼 변하지 않고 있는, 시대착오적인 느낌마저 들게 하는 현실이 있다. 이른바 정치지도자들의 모습이 그것이다. 특히 '3김씨'로 통칭되는 지도자들은 벌써 몇십 년 동안을 정치무대의 주역으로 활약하고 있어, 저 사람들이 아니면 한국 정치는 불가능한 것인가 하는 회의와 국민 한 사람으로서의 자괴감마저 갖게 한다. 정녕 이들이 끈질기게 버티고 있는 정계에는 아예 세대교체란 낱말이 없는 것인가. 따지고 보면, 이들 3김씨들은 박정희 대통령의 죽음과 더불어, 즉 1970년대와 더불어 그들의 정치활동기도 끝났어야 하지 않나 생각된다. 이들은 박 대통령의 정치적 동반자였거나 그 맞수들이었기 때문이다. 이들은 그와 더불어 정치를 했고, 정치 싸움을 벌였으므로—그것도 20년 가까이—결국은 그가 만들어놓은 정치 공기를 호흡하지 않을 수 없었고, 그의 정치적 공과에 정치적·도의적으로 함께 책임을 지는 것이 온당한 것으로 판단된다. 그러나 그들은 이 비슷한 어떤 말이나 행동을 보여준 일도 없었고, 그런 논의가 본격적으로 제기된 일도 없었다. 그렇기는커녕 이들 세 사람은 박 대통령이 떠나자, 마치 그가 남겨놓은 자리가 자신을 위한 것이라도 되는 양 소위 대권경쟁에 치사할 정도로 치열한 집착을 보여왔다.

그사이 벌써 두 사람의 다른 대통령이 나온 현실에 대해서도 이들은 무감각해 보인다. 어떻게 되었든 간에 정치지도자로서 자신들의 못남을 반성하는 책임감쯤은 있어야 하지 않겠는가. 모든 잘못이 남의 탓이요, 자기 자신의 능력과 허물에는 좀처럼 눈이 가는 것 같지 않으니 딱하기 짝이 없다.

그러나 나는 지금 딱히 이들 3김씨에 대해서만 공격을 하고자 하는 것이 아니다. 보다 근본적인 문제로써 세대문제를 제대로 생각해 보자는 것이 나의 중심 의도이다. 어느 분야, 어느쪽에서는 지나치게 세대감각이 빠르게 지나가는가 하면, 어느 곳에서는 이렇듯 세대가 흐르지 않고 고여 있는 늪이 되어 있으니 세대문제에 대한 한국인의 통일된 감각이 점검될 법한 일이 아니겠는가. 서독 연방 대통령을 지낸 일이 있는 하이네만 씨는 인생이 무수한 싸움으로 형성되어 있다면서, 그 가운데 하나로 세대간의 싸움을 든 일이 있다. 그러나 이 싸움은 어느 한쪽이 이기고 지는 싸움이 아니라 서로 조화를 이루고 화해하는, 양자 모두 이기는 싸움이 되어야 한다고 그는 말한다. 그에 의하면 한 가정에 있어서나 한 사회, 나아가 전 세계적으로 세대간의 화해와 조화는 가장 중요한 문제로 인식된다.

더이상 젊지 않은 세대와 바야흐로 젊은 세대와의 싸움은, 젊은이와 기성세대의 배타적인 주도권 다툼이 아니라 '가는 역사'와 '오는 역사'의 유익한 대화로 받아들여져야 한다. 그럼에도 불구하고 우리들은 이러한 인식에 익숙해 있지 않다. 젊었을 때는 무조건 기성세대를 비판하는가 하면, 나이가 들고 난 다음에는 「요즘 젊은이들은 어쩌고저쩌고」하며 젊은 세대를 못마땅해 한다. 지나친 자기 중심, 자기 세대 중심이기 때문에, 다른 세대를 이해하고 받아들임으로써 사회적 에너지를 배가시키는 일에 실패한다. 단순히 실패할 뿐 아니라 분쟁과 갈등을 증폭시킨다. 부자간에, 사제간에, 직장 상사와 그 아래 사원 간에 서로 모자라는 것을 채워주며, 「그전에는 어떠했는가」 「요즈음은 어떠한가」를 배우는 자세로 살아간다면, 하나의 공동체가 보다 큰 힘을 낼 것은 너무도 자명한 일일 것이다.

오늘 우리 사회는 이러한 측면에서도 분열되어 있는 것 같아보인다. 모든 분야에서 옛것과 새것이 사이좋게 공존하고 있는 모습을 찾기 힘들다. 낡은 것이 그대로 있거나, 아니면 완전히 파괴 제거되고 새것이 그 자리에 앉아 있어 함께 대화하고 있는 모습을 발견하기 어렵다. 이 문제를 풀기 위해서는 무엇보다 먼저 기성세대의 반성이 긴요하다. 새것을 받아들이고, 젊은이들을 제대로 키워야 하며 그들의 소리에 귀기울여야 한다.

정치인들은 이 점에서도 가장 반성이 요구되는 집단이다. 정당대표가 권위주의적으로 당원 위에 군림하면서 국회의원 공천 따위를 좌지우지하는 행태는 그 자체로서 부끄러운 일일 뿐 아니라, 우리 사회의 수직적 인간관계를 계속 조장해 나감으로써 젊은 세대의 파괴적 저항 심리를 북돋우게 한다. 세대간의 원활한 교통이 이루어지지 않는 곳

에는 지시와 반발, 군림과 파괴의 구도만이 있을 뿐 민주주의가 자리
할 땅은 없다.   (1990년)

이별을 넘어 죽음을 넘어

서양사람들은 의사로부터 치명적인 진단 결과를 통보받더라도 매우 침착하다고 한다. 「당신은 몇 달 안에 죽을지도 모르오」라는 이야기를 듣더라도, 다른 병원이나 점쟁이집으로 달려가는 일이 없다고 한다. 사람이므로 당연히 더 살고 싶고, 따라서 마음의 동요가 일어나는 것은 어쩔 수 없는 일이겠지만, 적어도 표면상의 변화는 대수로워 보이지 않는 것이 사실이다.

미국에서 심장전문의로 활동하면서 이 비슷한 경험을 많이 겪고 있는 친구로부터 들은 이야기다. 나 또한 독일에서 몇 명의 경우를 직접 보기도 했다. 그들은 죽음을 통고받고 울고불고 구명의 길을 찾아나서는 일 대신에, 조용히 자신의 삶을 정리하는 것 같다. 자신의 물품, 자신의 글, 자신의 인간관계 등을 챙기면서 조용히 묵상의 시간을 갖는 것이 일반적이다.

모두 그런 것은 물론 아니겠으나 서양사람들은 왜 이토록 죽음 앞에서 태연할 수 있을까? 그들은 죽음을 아예 무서워하지 않는 것인가? 독일 시인 릴케는 「죽음은 삶의 저편」 또는 「죽음으로써 삶은 완성된다」고 했다. 또한 역시 독일 시인 브렌타노는 이보다 훨씬 앞서 「죽음은 인생의 농사를 거두는 추수」라고 했으며 「삶의 시간은 고통이며 죽음은 영원의 사랑」이라는 생각을 펴보이기도 했다. 이렇게 볼 때 죽음 앞에서 비교적 의연할 수 있는 서양사람들은, 그것이 단순히 몇몇 개인의 인생관에 관계된 문제라기보다 그들 전체의 배후에 어떤 사상과 철학, 혹은 종교가 작용하기 때문인 것으로 생각된다. 그것은 요컨대 '죽음을 넘어서는 사상'이며, 요약하면 초월성이다.

나는 지금, 그러나 죽음에 관한 이야기를 하려 하는 것이 아니다. 죽음은 자기 자신과의 이별인바, 누구나 그렇듯 자신과의 이별을 포함하여 많은 사람들과 이별한다. 애인과 친구와, 부모와 자식과도, 그리하여 마침내는 자기 자신과도 이별한다. 문제는 이별에 대해 어떤 태도를 가지는가 하는 것이며, 이 태도는 이별뿐 아니라 '이별 이전의 생활'을 결정한다. 다시 말하자면 죽음에 대한 태도는 그 사람의 삶을 결정하며, 이를 확대할 때, 죽음에 대한 한 집단이나 민족의 태도는 그 집단이나 민족의 삶을 결정한다는 해석을 낳게 한다.

한국인들은 유달리 이별을 슬퍼하고 애달파한다. 죽음으로 인한 이별은 말할 것도 없다. 「날 버리고 가시는 님은 십 리도 못 가서 발병난다」는 저수에서 극명하게 드러나듯이 이별에 대한 한국인의 반응은 알레르기를 넘어선다. 그것은 마치 한국인은 이별을 하지 않을 수도 있다는 착각을 하고 있는 것은 아닌가 생각될 정도다. 과연 한국인에게는 상대방도, 그리고 시간도 '소유'되어 있는 것인가. 물론 아니다. 그럼에도, 그렇듯 저주하는 까닭은 무엇인가. 이별은 결코 떠나는 사람의 잘못이 아니라 시간의 원리인 것이다. 죽음 역시 마찬가지다. 세상에 죽지 않는 사람 있는가. 그러므로 중요한 것은 이별, 죽음에 대해 끈끈하고 칙칙한 소유적 관념에서 벗어나 이별을 넘는, 죽음을 넘는 사상적 훈련을 하는 일이다. 우리는 이러한 생각을 향해 담대히 우리의 가슴을 열어놓아야 한다. 초월성을 얻을 때 우리는 영원한 세계를 볼 수 있게 되며, 보다 의연한 자세로 현실을 바라볼 수 있게 될 것이다.

　오늘 우리 주변을 혼탁하게 하는 갖가지 병폐들도 궁극적으로는 이같은 초월성의 결핍으로부터 유래한다는 것이 나의 생각이다. 초월성이 없는 사회에는 현세성만이 가득하게 되며, 그것은 눈에 보이는 세계만을 오직 단 하나의 세계로 바라봄으로써 세속주의적인 가치관만을 조장하기 쉽다.

　실제로 우리 현실을 보자. 치사할 정도로 권력 지향적인 모습을 내남없이 보여주고 있지 않은가. 무슨 일을 맡으면 도대체 그 일 자체보다 자리에 관심이 더 많고, 언론에서도 비중 있게 다루는 기사는 각종 인사문제이지 않은가. 돈이나 물질관계를 보면 더욱 위험하다. 최근에도 국회의원과 고급공무원이 부정부패 혐의로 구속되었는데, 나라가 독립된 지 반세기가 되었어도 이런 한심한 일들이 끊임없이 계속되고 있다. 부정부패를 비롯한 우리 사회의 온갖 비리는 구속·재판·정화운동 따위의 법적·정치적 제재만으로는 그 척결에 한계를 가질 수밖에 없는, 보다 근본적인 문제를 지니고 있다. 그것이 바로 우리들 정신의 바탕문제이다. 사생관(死生觀)을 확실히 하고, 우리들 의식이 새로워질 때 우리 사회는 올바르게 탄생할 수 있을 것이다.

　확실히 우리 사회는 새로워져야 한다. 국가경영의 경륜이 없는 정치인, 올바른 생산성보다는 투기와 돈장사 등 오직 돈에만 눈이 어두운 경제인, 기능적인 지식 위주의 지식인, 학문적 이성보다는 오히려 정열 하나만을 자랑하는 젊은이. 이렇게 우리 사회를 바라본다면 지나치게 비판적이라고 할 것인가. 권력도, 돈도, 지식도 중요하지만 우리는 영원히 그것을 소유할 수는 없다.　　　　　　　(1991년)

자기들끼리만 빨리빨리

우루과이 라운드라는 말이 한동안 사람들을 어지럽혔었다. 지금도 물론 그 망령이 없어진 것은 아니지만, 어쨌든 매스컴을 통한 요란스러움은 뜸해진 느낌이다. 이에 반대하는 농민들의 격렬한 데모가 있었고, 우리의 농촌은 곧 몰락 일보 전의 상황으로 인식되었었다. 그런데 왜 지금은 잠잠해졌는가? 이유는 간단하다. 바로 그 우루과이 라운드인지 뭔지 하는 것에 우리 모두 굴복했기 때문이다.

독자들이여! 나는 지금 그 굴복을 굴욕스러워하거나, 왜 좀더 버티지 못했느냐고 정부에 항의나 비난을 하고 있는 것이 아니다. 반대다. 내가 하고자 하는 이야기의 골자는 오히려 그와 반대되는 논지를 갖고 있다. 우루과이 라운드인지 뭔지 하는 것은 소위 선진국이라고 하는 나라들이 치사한 압력을 행사하기 전에 기꺼이 우리가 먼저 받아들여야 했었다는 것이 나의 생각이다. 이 생각과 더불어 나는 이 자리에서 우리가 보다더 떳떳하게, 당당하게 삶을 살아갈 수는 없는지 한번 깊이깊이 생각해 보고 싶다.

우루과이 라운드라는 말 대신 이즈음의 신문지상을 어지럽히는 말은 국제수지 적자라는 낱말이다. 몇 년 전까지만 해도 국제수지가 흑자라고 해서 희희낙락하더니 불과 몇 년 만에 그 적자액수가 무려 1백억 달러에 이를 전망이라고 한다. 문을 터놓으니까, 외래품들의 홍수가 이루어진 것이다. 그렇다면 우루과이 라운드에 굴복해 문을 터놓은 것이 잘못일까? 아니다. 어떻게 보면 그 문은 벌써 터놓았어야 옳은 것인지 모른다. 왜냐하면 우리가 우리 물건을 세계시장에 내다 팔듯이 우리 역시 세계를 향해 우리 시장을 열어놓아야 하기 때문이다. 우리는 팔고 남의 것은 못 팔게 한다? 이것은 시장원리에 어긋날 뿐 아니라, 도무지 정정당당한 삶의 원리가 아니기 때문이다. 이 점에 있어서 우리는 무조건 감정적 애국주의와 배타주의에 오랫동안 빠져 있는 셈이었는데, 문제는 이러한 태도가 참다운 애국심과는 무관하다는 사실에 있다. 애국심이라기보다는 오히려 나라의 올바른 발전을 저해하기 쉽다는 사실이 이제 겸허하게 반성돼야 할 것이다.

생각해 보라. 문을 겹겹이 닫고 몇몇 재벌 위주로 불공정한 상거래와 무역행위를 해온 결과 무엇이 남게 되었는가. 오늘의 우리 현실은 그것을 극명하게 보여준다. 권위주의적·족벌주의적 경영과 몰염치한 기업윤리로 인한 노동자들의 저항, 그로 인한 임금상승, 그리고 제자리 답보를 면치 못하는 기술수준. 이렇게 되니 노동집약도, 기술집약도 아닌 우리 기업은 갈 곳이 없게 된 것 아닌가. 너무나 뻔한 이치다. 정부가 여기서 한 일은 이러한 구조를 보호해 온 것밖에는 달리 아무것도 없다 해도 지나친 말이 아닐 것이다. 말을 바꾸면, 국제사회에서 당당하게 실력껏 살아나갈 수 있는 힘을 기르지도 못했고, 또 그렇게 살아가는 것이 올바른 태도라는 인생관이나 세계관을 확립하지도 못해 어쩔 수 없이 여기까지 온 것이다.

요컨대 하나가 된 오늘의 국제사회에서 살아남을 수 있는 힘은 떳떳한 실력이다. 이 실력은 두 가지 측면에서 우리에게 신중한 접근을 요구한다. 첫째는 경제발전과 관련된 부분으로서 여기에는 기술의 수준향상이 그 요체로 인식된다. 좋은 물건을 많이 만들어 값싸게 팔기 위해서는 무엇보다 '좋은 물건' 만들기가 가장 긴요한 사업이 되지 않을 수 없다. 좋은 물건이 좋은 기술로부터 나온다는 것은 너무도 당연한 일이다. 그러나 좋은 기술이 어떻게 이룩되느냐 하는 문제는 그리 간단하지 않다. 무엇보다 기술투자·교육투자가 엄청나게 이루어져야 한다는 것은 아마도 기초적인 상식이리라. 그러나 이에 못지않게 기술을 중요시하는 환경, 이를테면 정치적인 분위기의 조성도 매우 중요하다.

예컨대 기업에 금융특혜를 주고 정치자금을 얻어내는 수법은 한국정치가 시작된 이래 끊이지 않고 이어져 온 병폐이다. 이런 상황에서는 금리자유화니 금융자율성이니 하는 문제는 있을 수 없고 모든 은행은 정부라는 회사의 경리과에 불과하다. 따라서 아무리 부실경영을 해도 은행이나 재벌은 망할래야 망할 수 없고, 기업의 경쟁력은 올라갈 길이 없다. '소경 제 닭 잡아먹기' 식의 국가경제 속에서는 나라의 실력만 약해지는 것이다.

수입개방, 당연히 해야 한다. 그러나 정부는 국제사회에 구걸하듯 호소한다. 완전개방하면 우리 경제의 구조적 취약성 때문에 우리 기업이 배겨날 수 없으니 봐달라는 것이다. 쉽게 말해서 공정하게 함께 뛸 실력이 없으니 봐달라는 것이다. 그러면 지금부터라도 실력을 길러야 하지 않겠는가. 그러나 재벌을 비롯한 많은 기업들은 실력을 기를 생각은 하지 않고, 도리어 수입에 앞장섬으로써 이윤을 챙긴다. 국제수지가 적자일 수밖에 없는 것은 너무도 뻔한 이치다. 결국 경제가 실력을 갖추기 위해서는 그 배경이 되는 정치 역시 실력을 갖추어야 하는 것이다.

실력향상과 관련된 두 번째 측면은 바로 이와 같은 정치현실과 관계되며, 보다더 깊은 의미에서 우리 현실의 정신적 핵심과 관계된다. 이 부분에 대해서는 우리 모두 보다 세심한 주의를 기울일 필요가 있다. 예컨대 우리는 우루과이 라운드에 무조건 반대했으며, 외제를 선호하면서도 외제 배격운동을 하는 기묘한 의식구조를 갖고 있는데, 무엇보다 이러한 패배의식, 피해의식의 불식을 나는 강조하고 싶다. 말하자면 세계 어느 나라와도 떳떳하고 당당하게 겨루자는 것이다. 자주국민으로서의 자존심이라고 불러도 좋을 이러한 정신 자세 없이는 언제나 선진국들의 경멸의 대상이 될 뿐이다. 팔 것은 팔고 살 것은 사되, 이상한 것을 속여 팔거나 안 사도 좋을 것을 사지 않는 일 따위쯤 해볼 능력이 정말 없는 것인가. 이러한 정신적 능력이 바탕이 될 때 실력 있는 정치와 기술의 실력에 의한 좋은 경제도 가능해질 것이다.

그렇다면 이처럼 당당한 정신적 능력은 어디서 나올 수 있을까? 나로서는 여기서 올바른 역사의식에 입각한 국민적 인생관의 확립을 말하고 싶다. 올바른 역사의식이란, 사실 진부한 표현이다. 그러나 나는 이 말이 정말로 올바르게 쓰여진 예를 그다지 많이 찾아보지 못했다. 말의 참된 뜻에서의 역사의식은, 그렇다, 그러한 역사의식은 우리 한 사람 한 사람이 모두 길고긴 역사의 일부라는 사실을 깨닫고 겸손하게 살아가는 일 아닐까?

역사를 창조한 신의 섭리를 깨닫고, 언젠가는 도래할 역사의 끝을 바라보면서 그 길고긴 역사의 작은 한 부분으로 잠시나마 초청받은 인생에 감사하는 삶. 이러한 삶은 서두르지 않는다. 이러한 삶은 자기 자랑을 하지 않는다. 왜냐하면 역사는 어느 한두 사람의 조급한 의지나 힘에 의해 완성되는 것이 아니기 때문이다. 누군들 이때 함부로 자신을 내세울 수 있을 것인가. 오히려 인간은 연면하게 진행되는 역사의 한 모퉁이에서 '작은 모퉁이 돌' 노릇을 할 수 있다는 점에 엄청난 감사를 느껴야 할 것이다. 이것이, 비록 일정한 시간의 인생을 살다 가지만, 사실에 있어서는 오래오래 길게 사는 길이다. 그런데 우리는 그와 너무도 반대 아닌가. 무엇을 하는 사람이든, 모두가 너무 바쁘다. 마치 이 속세의 삶에서 각자의 동상을 하나씩 세우고자 하는 모습들 같다. '빨리빨리' 라는 부사는, 그리하여 한국인의 심성을 나타내는 세계적인 대명사가 되어가고 있다. 무엇이든 그저 빨리빨리 하고자 한다. 자연히 그 내용이 중요시될 리 없다. 후딱후딱 짧은 기간 안에 자신의 알리바이만 남기고자 하는 조급한 성취욕 속에서 오히려 실력은 자꾸자꾸 떨어져 간다.

「한국인들은 내일 모레 곧 죽을 사람들처럼 생각하고 행동한다.」

어느 독일인의 한국인 비판이다.

우리는 죽지 않는다. 적어도 역사의 시작과 끝을 제대로 알고, 역사의식 속에 살고 있는 한 우리는 죽지 않는다. 더구나 기독교인에게는 영원한 생명과 구원이 약속되어 있지 않은가. 기독교인들이 신·구교 합쳐서 우리 국민 전체의 절반에 육박하고 있으나 좀처럼 그 영향력이 발휘되지 못하고 있는 것 같다. 그렇기는커녕 세속주의적 인생관에 거꾸로 함몰되어 가는 느낌마저 든다. 이제쯤 길고, 당당하게 살아가는 시혜와 힘을 내보일 때다.   (1994년)

불감증과 민감증

　인간도 자연이므로 자연의 지배를 받는다. 자연환경에 따라서 그 지방, 그 나라 사람들의 성격이 좌우되는 경우는 흔히 찾아보기 쉬운 예들이다.

　예컨대 한국의 겨울은 제법 춥고, 여름은 매우 덥다. 여름 날씨는 섭씨 40도에 육박하는 중동지방의 온도를 방불케 하는 찌는 듯한 더위다. 그 탓인가. 우리들은 걸핏하면 「뭐 화끈한 것 없나……」 하는 말투에 젖어 있다. 춥든지 덥든지 한쪽으로 분명해야 직성이 풀린다는 뜻이다. 온화하다든가 서늘하다든가 하는 감각에는 아예 무감각하다. 온화? 서늘? 그것으로 대체 무엇이 된단 말인가. 그런 느낌들은 '뜨뜻미지근하다' 는 표현으로 배척되기 일쑤이며, 여기서도 양극성은 자라난다. 어느 한쪽으로! 그것이 마치 미덕 같다.

　그러나 '어느 한쪽으로!' 는 결코 미덕이 아니다. 인간의 감정은 말할 수 없이 세분될 정도로 섬세할 뿐 아니라, 그 인간들로 구성된 사회도 너무나 다양하다. 그것들은 결코 한두 가지의 관념이나 이념으로 포섭되지 않는다. 그렇기 때문에 인간들 스스로 자기 중심적인 위치에서 판단한 옳고 그름이 중요한 것이 아니라, 여러 사람들이 여러 가지 생각을 하고 있다는 사실이 중요하다. 마치 어떤 사람은 머리가 좋아 공부를 잘하고, 어떤 사람은 심장과 다리가 좋아 달리기를 잘한다는 사실이 중요하지 않다는 논리와 같다. 중요한 것은 온몸의 세포가 작은 신경과 실핏줄에 이르기까지 모두 살아서 움직이고 있다는 경건한 사실이다. 이 사실이 망각될 때, 사람들은 감각에 둔감해지고 절반쯤은 생명감을 잃는다. 헛된 관념이나 이념을 좇아 그것이 무엇인지도 모르고 그 속에서 허둥댄다. 요즈음 우리들의 모습이다.

'민주화'라는 큼직한 간판 하나를 내건 채, 모든 사람들이 현실에 불감증 증세를 보이고 있다. 어떤 현실이 다가와도 신경이 죽어 느낌을 갖지 못하는가 하면, 어떤 엄청난 일이 생겨도 그 일을 올바로 바라볼 줄 아는 시력이 감퇴되어 있다. 이 모든 일들의 원인을 가슴속에 껴안고 생각해 볼 피도 제대로 돌지 않는 것 같다.

국회는 회기가 시작되었건만 문을 열 줄 모른다. 국회의원은 일할 생각을 하지 않는다. 그럴 일이면, 왜 국회의원 하겠다고 목청을 높이고 거리를 쏘다녔는가. 그런가 하면 몇백억 원씩 들여서 놓던 다리들이 풀석풀석 주저앉아버리고 있다. 아이들 소꿉놀이였는가. 듣자 하니 역시 또 부실공사 탓이란다. 공사계획이 수립될 때부터, 입찰이 시작될 때부터 위에서 아래로, 또 그 아래로 돈을 빼돌리는 일이 오랜 관행이 된 마당에 이제서야 다리가 무너졌다니 차라리 늦은 감이 있다. 엄청난 규모의 사기사건 수사도 뭐가 뭔지 알 수 없는 상태로 끝났다. 쉽게 말해서 이른바 지도층들이 하는 일이란 것이 어느 하나 올바른 것으로 보이는 일이 없고, 그것이 계속되다 보니 으레 그런 것으로 여기게 되는 불감증이 만연해 있다.

불감증에 감염되지 않은 사람들이 있기는 하다. 이들은 너무 예민

하다고 할 만한 일군의 젊은이들이다. 때론 혁명적이라고 할 정도로 과격한 이들은 소위 지배세력의 비리를 일거에 청산하고자 하는 야심에 차서 젊은 눈을 이글거린다. 그러나 어쩌랴. 이들 또한 많은 다른 사람들에게는 불안의 눈망울만 떨게 하는 것을.

구조적 비리와 불감증, 그리고 과격한 저항. 우리 사회를 지금 자세히 뜯어보면 이러한 세 가지 갈래가 뒤엉켜 있다. 그것들은 모두 뜨겁거나 차갑다. 뜨거운 것은 차가운 것을 싫어하고, 차가운 것도 물론 뜨거운 것을 싫어한다. 둘은 잘못 만날 때 응고된다. 불감증이다. 아, 무섭다. 그것은 움직이지 않는 사회와 인간을 암시한다. 그것은 결국 죽음 아닌가.

죽어가는 사회에 온기와 활기를 불어넣어야 한다. 불감증을 풀어 온화함과 서늘함으로 바꾸어야 한다. 우리 사회의 성감대를 제대로 찾아내어 섬세하게 생명의 힘을 넣어야 한다. 나는 그것을 사랑이라 부르고 싶다. 사랑은 모든 사람과 모든 일을 감싸되 공의(公義)에는 엄격해야 한다. 공의란 모든 것에 대한 공평한 사랑이기 때문이다. 그렇다, 사랑을 통해 먼저 사람들이 확 달라져야 한다.   (1996년)

소문과 진실

파우스트가 아름다운 처녀 그레첸을 유혹할 때 그는 거짓말로 꼬드긴다. 메피스토펠레스가 중간에 나서서 감언이설을 지껄인다. 그 결과 파우스트와 그녀는 사랑에 빠질 수 있었다. 이 사랑은 비극으로 끝나지만, 이 사건은 그 본질적 내용 이외에도 재미있는 질문을 만들어낸다. 사랑에는 거짓말이 꼭 들어가는가 하는 것이 그것이다. 실제로 그런 예를 우리 주변에서 가끔 본다. 그러나 파우스트의 경우, 그것이 비록 문학작품 속의 이야기라 하더라도 거기에는 파우스트가 메피스토라는 마술적 인물과 영혼을 파는 계약이라는, 말하자면 거짓에 대한 양해가 미리 전제되어 있다. 거짓은 쉽게 행해질 수 없다는, 저들의 양심의 관행을 보여주는 것이다.

또 사기사건이 터졌다. 사건도 많고 범죄도 많은 우리 현실이지만 비슷한 유형의 사건이 끊임없이 일어나는 원인은 어디에 있을까. 나로서는 이런 보도를 듣고 읽을 때마다 분노와 개탄에 앞서 의아한 생각을 누를 수 없다. 가장 이해할 수 없는 일은 왜 허구한 날 비슷한 사건에 사람들이 잘도 속아넘어가느냐 하는 점이다. 속이는 사기꾼들은 그렇다 치더라도 속는 사람들이 없다면 이런 사건은 없을 것이 아닌가 하는 의문이다. 나의 이런 생각을 지나치게 순진한 혹은 이상적인 것이라고 나무랄 사람이 있을지 모르겠으나, 사실은 아주 현실적인 질문이다. 왜 무엇 때문에 사람이 사람에게 속아넘어가는가?

누구에겐가 속아넘어가 사기를 당하는 데는 크게 두 가지 원인이 있다. 첫째는 자기 자신의 그릇된 욕망이다. 그 대부분이 보다 많은 물질이나 돈의 획득을 목적으로 하는 이러한 욕망은 법질서를 무시하는 것쯤은 오히려 당연시한다. 어떤 곳에 법의 허점이 있는가, 어떻게 하면 법을 무시해도 좋은가 하는 문제에 이 욕망은 관심의 최대치를 갖다놓는다. 이 욕망은 법을 지키지 못한 것에 대하여 죄의식을 느끼지 않고, 법을 지키지 않은 것에 대하여 차라리 우월감을 느낀다. 그리하여 위법과 범법의 메커니즘을 잘 안다는 사실에 대해 자랑스러워하며, 그것을 마치 정보의 독점처럼 챙기고 다닌다.

욕망은 문명의 원동력이지만, 그것이 지나칠 때 인간 자체를 파괴시킨다. 더구나 그릇된 욕망은 자기 자신뿐 아니라 남과 사회 전체를 와해시킨다. 이렇듯 욕망이 오직 그 스스로의 확대재생산을 위해 그 모든 규범에 눈감을 때, 그곳에 사기꾼의 손길이 뻗치게 마련이다. 사기꾼은 언제나 그 그릇된 욕망의 충족을 장담해 주면서 생겨나기 때문이다. 어느 누구도 그릇된 욕망을 갖지 않을 때, 사기행위는 싹을 키울 아무런 땅을 가질 수 없다.

잘 속아넘어가는 두 번째 원인은, 거짓에 대한 판별능력, 혹은 그의지의 결핍이다. 이 점은 사실상 매우 용이하게 방지될 수 있는데도 불구하고, 우리 사회의 비분석적·비학문적 관습으로 인해 어처구니없게도 방치되어 있는 부분이다. 예컨대 누가 어떤 사람에게 접근해서 나는 이러저러한 사람인데 토지를 불하해 주겠다, 아들딸을 학교에 넣어주겠다 했을 때 가장 먼저 해야 할 일은 그 사람의 말의 진위에 대한 판별 아니겠는가. 그 누군가가 자신의 말대로 그러한 자리에 있는지 여부는 확인만 해보면 금방 알 수 있는 일이다. 그런데도 사람들은 그 확인행위를 소홀히 한다. 때로는 확인이 불가능함을 호소한다. 확인이 불가능하다는 사실은, 그것이 거짓임을 입증하는 것과 같다. 과거와 현재에 거짓이 있다면 이 경우 그 미래도 거짓으로 추정하는 것이 올바르다. 그러나 우리 한국인들은 이 손쉬운 확인작업에 게으르다.

확인을 잘할 줄 모르는 우리네 이웃들의 사는 모습은, 나에게 우리 사회가 아직도 덜 개화된 사회임을 아프게 일깨워준다. 이 풍토가 바로 비문화·비학문의 풍토다. 한 사회가 성숙해 있다는 것은, 그 사회 구성원 모두가 학문적·문화적인 심성으로 함양되어 있음을 뜻한다. 이때 '학문적'이란 무슨 말인가. 그것은 모든 정보와 지식을 그 소유자 한 사람 한 사람이 확실한 생산자, 혹은 공급자에게 확인하는 습관에 익숙해 있다는 의미로 풀이된다. 확실치 못한 지식은 소문일 뿐이며, 소문은 진실의 적이다. 소문만이 횡행하고 그것을 확인할 줄 모르는 사회, 그러한 사회는 그 자체가 거대한 거짓 덩어리일 따름이다.

(1992년)

날림인생

비가 온 뒤끝의 서울시내 도로는 도로라고 하기에 민망할 만큼 울퉁불퉁 망가져 있어 자동차들이 제대로 달리는 것이 오히려 신기할 정도다. 물론 단 한번의 비로 이렇게 되지는 않았으리라. 그러나 이면 도로나 뒷골목은 말할 것도 없이, 주요 간선도로마저 이런 모양으로 흉하게 패어 있으니 비록 여러 차례의 비 피해라고 하더라도 불편하고 창피한 것은 사실이다. 왜 우리는 도로 하나 단단하게, 오래 쓸 수 있도록 잘 만들지 못하는 것일까 하는 씁쓸한 생각이 들기 때문이다.

지난날 어느 시인은 우리 현실을 가리켜 비닐우산 같다고 자조 섞인 비유를 한 일이 있는데, 이 말의 뜻은 물론 견고성, 안전성, 지속성이 없이 휙휙 뒤집어지기도 잘하고, 변하기도 잘하는 현실의 모든 부분 부분을 지적한 비판일 것이다. 확실히 우리 사회는 무엇 하나 오랫동안 단단하게 지켜지는 것도, 버텨나는 것도 드물다. 게다가 그 방정맞은 취약성과 가변성을 변화와 발전이라는 이름으로 자위하거나, 오히려 자랑하려 드는 경향마저 있어 문제는 자못 심각하다. 이렇게 되면 우리 사회뿐 아니라 우리 사회를 구성하는 한 사람 한 사람이 모두 날림공사나 다름없는 삶을 살고 있다고 하지 않을 수 없다.

1983년에 갔을 때 본 독일 뒤셀도르프 역 앞의 지하도공사는 1987년에 갔을 때에도 여전히 진행중이었다. 별로 큰 공사도 아니었는데 그처럼 오래 계속되고 있었다. 아마 지금쯤은 물론 완공되었겠지만, 그들은 그 느린 속도를 부끄러워하는 것이 아니라 튼튼하게 만드는 것을 당연하게 여기는 듯했다. 비슷한 외국의 예는 이미 수많은 사람들에 의하여 수없이 예거되어 왔고, 실제로 우리 국민들 다수가 여행 등의 경험을 통해 알고 있을 것이다. 도로 하나, 다리 하나를 놓고도 완벽하게 해놓아야 직성이 풀리는 저들에 비하면 우리들의 모든 공사·행사·일들은 너무 날림이며, 이것은 결국 우리들 마음씨가 날림이라는 결론으로 유도된다.

마음씨의 날림, 그것은 말하자면 우리 한국인들이 눈앞의 현세적인 것에만 급급할 뿐, 영원성과 같은 세계에는 낯설 뿐 아니라 아예 관심도 없는 것이 아닌가 하는 혐의와 관계된다. 날림의 마음씨는 내일은 어떻게 되든지 오늘은 우선 먹고 놀자는 사고방식인데, 마치 그것은 내일 도로가 망가지더라도 오늘은 적당히 땜질해 놓자는 생각과 그대로 연결된다. 극단적으로 말하자면 내일을 바라보지 않는 마음이며, 나음 세대를 고려하지 않는 마음이다. 보다 진지한 표현이 허락된다면, 인간의 생명을 길고긴 역사라는 시간의식 속에서 파악하지 못하고 자기 세대의 자기 혼자만을 중심으로 생각하는 마음이다. 하루살이 인생관이다.

사회나 인간이나 하나의 사회다운, 하나의 인간다운 위신과 체통이 있어야 한다. 여기서 신중하게 고려되어야 할 것은 무엇보다 지속성이다. 지속성이 없으면 사회나 인간뿐 아니라, 사소한 사물일지라도 자신의 정체성을 가질 수 없는 것이다. 예컨대 너무 잦은 변화는 그 변화의 주체에 대한 어떤 개념도 그 형성을 불허한다. 새로운 변화는 언제나 옛것, 전통의 기반 위에 조심스럽게 첨가되는 것이지, 옛것이나 전통을 허물어버린 자리에 새롭게 출현하는 것은 아니다. 우리가 문화민족이라고 부르는 어느 나라를 보더라도 새로움은 옛것과의 공존 위에서 조화를 갖추고 추구되며 세워지는 것을 볼 수 있다. 이러한 원리가 존중될 때 그 사회는 위신과 체통을 지니지만, 이 원리가 무시되면 모든 변화가 무조건 미덕시되는 나머지 변화, 변화, 변화만 거듭되고 마침내 비닐우산론이 나오게 된다. 비닐우산과 같은 사회에서는 어느 누구라도 책임의식을 갖고 꾸준히 일을 하려 들지 않으며, 도로 하나도 도로 같은 도로로 건설되기 힘들다.

건국 이후 그칠 날 없이 문제되어 온 일이지만 최근 다시 물의를 빚고 있는 공직사회의 부정부패 문제도 넓은 테두리에서 볼 때 이러한 날림의식과 무관하지 않다. 도대체 고급공무원쯤 되는 사람이 부정부패가 나쁘다는 사실을 모를 리 있겠으며, 잘못하면 법의 단죄를 받는다는 것을 왜 모르겠는가. 요컨대 그들은(사실은 우리 모두가 그렇다!) 그런 줄 알면서도 부정부패를 저지르는 것이다. 왜? 마음 깊은 곳에서부터 그것이 잘못이라는 생각이 박약하기 때문이다. 물론 잘못은 잘못이지만 모두들 그렇게 사는데 뭐 별수 있는가, 또 인생이란 어차피 그런 것 아니겠는가 하는 의식이 있기 때문이다. 날림의식이며 날림인생이다.

인생이란 그렇게 적당히 지나가는 날림공사와 같은 것이 아니다. 인간은 인간의 자의적 선택과 관계없이 창조주에 의해 이 세상에 보내졌으며, 인간 각자 각자는 긴 역사의 도정에서 자신의 몫을 충실히 하고, 후손에게 그 몫을 넘겨주어야 한다. 말하자면 우리는 영원한 생명현상의 한 시간적 부분으로서의 위치를 갖고 있는 것이다.

이렇게 볼 때 인생 하나하나의 의미는 매우 엄숙한 것이며, 그 인생이 사회와 맺고 있는 관계는 자못 심각한 것이다. 직업은 이를테면 인간이 사회와 맺고 있는 관계의 가장 구체적인 양상이다. 그 가운데서도 공직을 직업으로 하고 있는 사람은 수많은 다른 사람들을 위해 자기희생을 때로는 감수할 줄 아는 훈련된 정신을 가져야 하며, 스스로 날림의식을 털고 날림사회 개혁에 앞장서야 한다. 마지못해 할 수 없이 하는 것이 아닌 즐거운 마음가짐으로…….

충분히 튼튼한 공사를 할 수 있는 예산을 축내고 날림공사를 해온 것이 이제까지의 우리들 날림의식의 소산이었다면, 그것은 우리 인생 자체를 날림으로 만드는 슬픈 현상이다. 이 땅에 한번 초대받은 생명에 감사하면서 튼튼한 인생과 더불어 튼튼한 사회를 만들어갈 때 우리 사회는 비로소 위신 있는 얼굴을 가질 수 있을 것이다.   (1994년)

PK가 애칭인가

PK라는 영어 이니셜은 일상생활에서 아주 익숙한 낱말이 되었다. 신문지상에 거의 매일 나타나고 있고 범부들의 평범한 대화 속에도 스스럼없이 끼여드는 말이 되어버렸다. 대체 PK가 무엇인가, 이렇게 물어보는 사람도 없다. 우리말 사전에도, 영어사전에도 물론 그 뜻은 없건만, 사람들은 용하게 잘들 알고 있다.

이 PK가 최근에는 정부의 어느 부처 인사와 관련하여 다시금 화제에 올랐었다. 내용인즉, PK가 요직을 많이 차지했다는 것이다. 특정지역, 특정학교를 의미하는 듯한 이 말은 이제 그 학교, 그 지역을 은밀하게 뜻하는 은어의 범주를 넘어 우리 현실의 중심에서 우리 현실을 옳지 못하게 하는, 말의 한 상징기능을 갖고 있는 느낌마저 들게 한다. PK라는 말의 애용과 더불어 정실(情實) 혹은 지방색이라는 말은 벌써 무력해진 것 같다. 갖가지 인사나 편의문제에 있어 정실이나 지방색이 차지하는 비중이 커지고, 또 그것은 지극히 당연한 일로 받아들여지는 세태가 되었기 때문일까.

무릇 잘 아는 사람에게 정이 가고 일과 관련해서도 잘 돌봐주고 싶은 것이 인지상정임은 부인할 수 없는 우리네 현실이다. 비단 우리뿐이랴. 서양사회에서도 이른바 지연·학연 등의 문제가 아주 없다고는 할 수 없다. 하버드 대학 등 미국 명문대학에서 학생을 뽑을 때 그 학교를 나온 친척 등 자기네 학교와의 관계를 묻는 일은 오래된 관례가 되어 있다. 독일 같은 경우 정치인으로 출세하고자 할 때, 보수적 성향을 지지하면 바이에른 주와 같은 남부를, 진보적 성향를 표방할 때는 노동자가 많은 서북부 공업지역을 선택하는 일이 정계의 한 관습처럼 받아들여지고 있다. 그 결과 어느 지역에서는 어떤 사람들이, 또 다른 지역에서는 그와 성향이 다른 사람들이 지배적인 세력으로 성장한다. 또 사람을 쓸 때에 있어서도 같은 값이면 동향이나 모교를 선호하는 것 역시 우리네만의 풍습이라고 할 수는 없을 것이다.

그러나 어쩐 일인지 날이 갈수록 우리 주변에는 잘 아는 사람은 잘 봐주고 잘 모르는 사람은 잘 봐주지 않는, 이를테면 친분 이기주의와 같은 것이 극성을 더해가는 느낌이다. 동사무소 같은 곳에서 안면이 있는 사람을 따뜻하게 아는 척하는 정도는 한 마을 사람들끼리 있을 수 있는 정리(情理)라고 하자. 그러나 단단한 공적 규칙이나 원칙이 있음에도 불구하고 누군가 자신과 친하다거나 동향, 혹은 동창이라는 이유만으로 그 사람에 대해서만 그 규칙이나 원칙이 배제된다면 이것은 올바른 시민사회의 형성을 바탕에서부터 뒤흔드는 중대한 문제가 아닐 수 없다. 흔히 공과 사를 구별하지 못하는 데에서 나오는 혼선은 이렇듯 매우 작아보이는 혼선이 그 원인이다. 특히 공에 종사하는 공직자들은 그들의 일시적인 사가 그들 자신이 담당하고 추진하는 공무 전체를 망치게 하고, 공무에 대한 신뢰를 떨어뜨린다는 사실에 대해 스스로 경계를 게을리해서는 안될 것이다.

인정주의와 취락주의는 흔히 한국 사회의 오래된 미덕으로 평가된다. 그러나 이 미덕은 적어도 공무에 있어서는 반드시 미덕시하지 않는, 독하다고 할 만한 공공의식에 의해 대체되어야 할 것이다. 인정주의적 · 취락주의적 사고는 물론 농촌사회의 산물로, 그것을 그대로 답습한다는 것 자체에 비시대적인 요인이 없지 않다. 그러나 나로서는 그 자체가 나쁜 것이라고는 생각지 않는다. 시대의 변화에도 불구하고 언제나 지켜져야 할 것은 인간들끼리의 따사로운 사랑이기에 우리 사회는 우리 나름의 인정주의를 오히려 잘 발전시켜 나가야 한다. 그러나 오늘의 인정주의는 그 구조가 철저하게 굴곡되어 있다. 이웃끼리 정을 교환하고, 옆 사람의 상처를 보듬어주는 전통적 인정은 오히려 사라진 지 오래다. 옆집에 도둑이 들어도, 길가에서 옆에 가는 사람이 폭행을 당해도 아무도 도와주려고 하지 않는 끔찍한 현실이 오늘 우리의 것이 되었다.

반면 인정주의는 중산층 이상의 혜택받은 계층에서 자신들의 이익 확대를 위한 편리한 원리가 되어가고 있다. 그 에고이즘의 팽창, 저 뒷길에서 우리 모두를 위한 참다운 인정주의는 초겨울 나뭇가지처럼 헐벗는 모습으로 추락해 간다. 제발 바라거니와 자신들의 이기주의를 보호하고 확대하기 위한 원리를 우리의 전통적인 아름다운 인정주의의 이름으로 호도하지 말기를!

우리 사회가 풍부한 교육인구와 경제적 고도성장, 상당한 문화수준으로 국제적인 평가를 받고 있음에도 한 단계 높은 새로운 전환에 즈음하여 진통을 겪고 있는 데에는 그 까닭이 있을 것이다. 나로서는 그 까닭의 핵심에 '의식의 전환'이 놓여 있다고 보는데, 그것이 바로 공공의식의 함양이다. 무엇보다 이 의식을 앞서 실천해 가야 할 정치지도자들이나 정치집단들에서 도리어 이 의식의 결핍을 볼 수밖에 없다는 점에 오늘 우리 사회의 안타까움이 있다. 공사가 혼동되는 사회는 아직 근대사회가 아니다.　　　　　　　　　　　　　　(1996년)

성탄절의 기적

　대통령 선거 · 대학입시 등 큰 행사가 잇달아 붙어 있는 탓인지 올 크리스마스는 예년에 비해 조용한 듯하다. 화이트 크리스마스의 기색도 별로 없어보인다. 부분적으로는 너무 쓸쓸해 보이는 감마저 없지 않다. 그러나 조용한 크리스마스야말로 가장 크리스마스답다. 왜냐하면 예수야말로 조용히 오신 분이니까. 그는 조용히 와서 조용히 갔다. 그의 일생도 사실은 조용했다. 이제 우리도 크리스마스의 참된 뜻을 제대로 알게 된 것인가.

　기독교인이든 아니든 간에 예수를 '기적의 사나이'로 이해하고 있는 사람들이 꽤 있다. 물위를 걸어가는가 하면 이른바 이병오어(二餅五魚)의 사건을 연출해 낸 남자, 나병환자를 고치고 죽은 이를 살려낸 사람, 마침내는 자신의 죽음마저 걷어차버리고 부활하여 구름 위로 사라져버린 초인적인 능력의 소유자. 그리하여 예수를 믿고 따르는 많은 사람들은 바로 이러한 기적의 능력을 믿고 따르는 경우가 많다. 오늘 이 땅의 수많은 교회와 기도원에 몰려 있는 신도들 가운데에는 바로 이 체험을 누려보고 싶은 사람들이 아마도 적지 않을 것이다. 따지고 보면 나 자신도 그러한 호기심 밖에 머물러 있다고 큰소리칠 수 없는 존재일 것이다. 왜냐하면 생명과 죽음이 나의 능력 밖의 일임을 너무 잘 알고 있기 때문이다.

바로 그 예수가 이 세상에 오신 날이 크리스마스, 즉 성탄절이다. 그의 출생은 처음부터 기적적이다. 처녀 마리아의 몸에서 태어나지 않았는가. 그의 출생을 제일 먼저 알고 찾아온 사람은 동방의 박사들. 우리의 이른바 경험원칙으로는 알 수 없는 일이기에 때로는 이 사실은 부인되거나 신비화·신화화된다. 그러나 그것은 엄연한 역사적 사실로 기록되어 있다. 사실 속세에는 때로 믿기지 않는 일들이 일어나는데, 그중 가장 엄청난 것이 예수 사건이다. 따라서 성탄절은 굉장한 기적의 날이며, 이날을 맞이하여 세상은 조금쯤 시끄러워도 나쁠 것이 없을 듯하다. 기적에 대한 놀람, 축하의 소리가 조용하게만 행해진다는 것은 오히려 어색해 보인다.

그러나 성탄절에 일어난 기적은 이렇듯 눈에 보이는 이른바 사건적 기적을 훨씬 뛰어넘는 어떤 것이 아닐까. 그 의미에 대한 올바른 음미가 필요할 것 같다. 성탄절의 기적은 무엇보다 기독교 신앙과 관계없이 전세계에 걸쳐 2천 년 동안 이날이 기념되고 있다는 사실 자체에 있지 않을까. 이러한 예는 다른 어느 곳에서도 찾을 수 없다. 기독교를 적으로 하고 있는 나라에서도 때론 전쟁이 휴전되는가 하면, 일본과 같은 귀신신앙의 나라에서조차 이날이면 축하와 기념의 물결이 거리에 넘친다. 참 기적적인 일이라 하지 않을 수 없다. 나는 그 이유를 알 수 없다. 기적의 또다른 놀라움은 사람의 몸과 사람으로서의 모든 실존적 조건을 갖추었음에도 불구하고 예수가 보여준 인내와 관용이다. 그것은 사람의 능력을 초월한다. 그는 가는 곳마다 기적을 행하면서도 사람들에게 떠들지 말고 조용히 할 것을 당부했으며 그를 박해하고 체포한 자들을 원망하지 않았다. 그 역시 인간이었기에 하나님께 기도를 드리며 「될 수만 있다면 이 잔을 비켜달라」고 하면서 십자가에 달려 죽지 않고자 했다. 그러나 그는 다시 「내 뜻대로 마시고 당신 뜻대로 하소서」라고 기도하며 십자가에 순순히 매달렸다. 인간적인 고뇌와 갈등 속에서도 더 큰 뜻을 위해 자신을 희생하고 죽었던 것이다.

기적이 손오공의 여의주나 원더우먼 같은 신비의 차원에서 행해질 때 그것은 재미있는 구경거리는 될 수 있어도 우리의 삶에 깊은 감동으로 연결되지는 않는다. 예수의 기적이 기적일 수 있는 것은 우리를 감동시키기 때문이다. 그 감동은 여러 면에서 감동을 잃은 현대인을 새삼 흔들어 깨운다. 가장 핵심적인 움직임은 이타적인 사랑과 자기희생이다. 예수의 일생 가운데 어느 작은 한 부분도 자신만을 위해서 산 대목은 없다. 그는 남을 위해 자기를 버리는 일을 수없이 했으며, 필경 죽기까지 했다. 그러나 그 때문에 그는 다시 살아나 영원히 살게 된다.

우리에게도 지혜가 있다면 그 길이 더욱 자신에게도 유익한 길임을 알 것이다. 그러나 우리는 알면서도 그것을 하지 못한다. '영생' 보다 '지금' 이 좋기 때문이다. 예수는 그것을 했으며, 그것이 그의 능력이다. 바로 성탄절의 기적은 거기에 있다. 모두 제 잘난 척하며 남을 비방하는 세상에서 우리는 우리 스스로 기적을 일으킬 수 없을 것인가.

(1990년)

돈이 더럽혀지고 있다

　바야흐로 선거의 계절이다. 그것도 한 나라의 최고지도자를 뽑는 대통령 선거철이라 자못 긴장된 느낌을 가질 법하다. 모두 여덟 명이 출마했는데, 어떤 사람은 입후보를 하고 싶어도 공탁금 3억 원 때문에 못하는 경우도 있는 모양이다. 사실 말이 3억 원이지 이는 엄청난 액수이다. 그러나 대부분의 후보자들에게 그쯤은 아무것도 아닌 듯하다. 자신의 재산을 밝힌 후보들에 의하면 대체로 몇십억 원 정도는 갖고 있는 것으로 되어 있으며, 어떤 후보는 아예 돈이 너무 많아 그 정확한 액수가 잘 파악되지 않는 것 같기도 하다. 대체 그 많은 돈이 어디서 났을까. 후원회가 있어서 공공연하게 정치자금이 모금되는 것도 아닌데, 후보나 정당에 돈이 많다는 것은 의아스러운 궁금증을 불러일으키기에 족하다. 정치와 돈, 돈, 돈……. 따지고 보면 모든 사회의 부패 원인은 이들 관계의 맑지 못한 사정에서 비롯된다.
　선거기사로 어수선한 신문지상의 다른 한쪽을 어지럽히고 있는 사건도 역시 돈 사건이다. 한 은행 지점장의 자살로 인해 쏟아져 나오고 있는 갖가지 돈장사와 갖가지 치부가 현란하다. 일반서민들로서는 도저히 상상도 안되는 엄청난 액수를 제멋대로 위조하고 남의 돈도 제 돈처럼 챙기고, 요컨대 은행이나 금융기관을 제 개인금고처럼 주물러 오다가 마침내 삶마저 제멋대로 끝낸 은행간부. 사실 우리는 지금까지 이와 비슷한 사건들을 너무 많이 보아왔다. 그렇기 때문에 우리들 의식의 저 깊은 곳에는 돈이 성실한 사람들의 노동의 결과가 아니라, 배짱 좋은 사람들의 범죄와 연관된 것이라는 인식이 숨어 있다.

금융실명제인가 뭔가 하는 것도 끝내 실행되지 못하고 있으니 그 이유야 너무 뻔한 것 아닌가. 그 정당성에도 불구하고 미루어지고 있다면 아무래도 범죄의 냄새가 난다고 하지 않을 수 없다. 경제계가 요구하는데도 정계 쪽에서 머뭇거리고 있는 사정이 너무 속 드러나보인다. 이렇듯 떳떳하지 못한 돈으로 정치를 하는 사람들이 대체 어떻게 국민을 지도하는 '지도자'일 수 있는가. 그러나 나는 지금 새삼스럽게 정치인들의 한심한 자질 이야기를 하려는 것이 아니다. 내가 하고자 하는 것은 돈 이야기다.

지난번 도쿄에서 열린 한·일 문학 심포지엄에서 일본측의 한 발표자는 일본문학의 주요한 관심은 돈이라고 말하여 적잖은 충격을 준 일이 있다. 한국문학에서는 오히려 기피의 대상이라고 할 만한 것이 일본에서는 본격적인 관심의 대상인 것이다. 일본문학의 이러한 사정은 물론 그 나름으로 비판될 수 있을 것이다. 그러나 인간의 삶에서 물질적 현실을 어차피 도외시할 수 없다면 한국문학은 차라리 부정직한 것이 아닐까. 이것은 곧 한국인의 돈에 대한 위선적 명분주의를 반영하는 것이 아닐까. 돈은 단지 돈일 뿐인데도 한쪽으로는 숨어서 게걸스럽게 탐하는가 하면 다른 한쪽에서는 초연한 듯 불결시한다.

우리나라 지폐는 유독 더럽다. 세계 어느 나라 지폐가 우리의 그것처럼 더러운가. 여기에도 한 상징성이 감추어져 있다. 돈을 정당하게 벌어 정당하게 쓰지 않기 때문에 돈에 대한 반응이 도무지 자연스럽지 않은 것이다. 요컨대 한국인은 돈을 잘 다룰 줄 모르는 게 아닐까 하는 것이 나의 불안한 회의이다. 그것은 돈 다루는 훈련이 안된 탓일 것이다. 은행을 비롯한 금융기관의 역사가 꽤 오래될 뿐 아니라 지금은 그 종류도 퍽 많아졌는데 여전히 훈련이 안된 인상이다. 돈을 끌어들이는 방법도 꾸어주는 방법도 서투르기 짝이 없어보인다. 아무렇게나 끌어잡아 실적을 올리는가 하면, 시키는 대로 대출해 주는 데에만 익숙해 있는 것 같다. 이른바 자율성이 없으니 관리능력이 생길 리 없고 책임감 또한 없어 걸핏하면 사고, 사고, 사고다. 미국을 비롯한 금융선진국에서 금융시장을 완전개방하도록 우리에게 압력을 가하고 있는데 아마도 언젠가는 모두 열어놓지 않을 수 없을 것이다. 그렇다면 그들에게 돈을 뺏겨가면서 돈 다루는 훈련을 받게 되지 않으리라는 보장도 없다. 꼭 그 상태까지 가야 되겠는가.

돈이야 원래 깨끗할 것도, 더러울 것도 없는, 그냥 필요한 존재일 뿐이다. 그러나 그 돈이 자꾸 더럽혀지는 것이 문제다. 돈을 직접 다루는 금융인에 의해서, 돈을 잘 버는 것을 목적으로 하는 사업가에 의해서, 그 모든 기반을 잘 형성해 주어야 할 정치인에 의해서 특히 돈은 점점더 더럽혀진다. 그리하여 돈이 없는, 돈을 열심히 벌어야 할 평범한 사람들에게조차 돈은 더러운 것이라는 이상한 고정관념이 생겨난다. 이들은 이따금 돈을 학대하며, 돈을 학대하듯 자신을 학대한다. 바람직스럽지 못한 이러한 현실은 반드시 개선되어야 하는데 나는 이번 선거가 그 전환점이 되기를 희망한다. 오직 돈을 돈되게 하라. (1992년)

제멋대로 살기

민주주의 사회라고 하면, 자기 하고 싶은 대로 하면서 살아가는 사회라고 생각하는 사람들이 뜻밖에도 많이 있다. 아마도 민주주의를 탄압과 박해 속에서 쟁취하는 것만으로 생각해 온, 오랜 사고의 결과일는지 모른다. 이때 민주주의는 곧 자유를 연상시키고, 그것은 다시 마음껏 자유를 누리며 사는 사회를 상기시킨다. 틀린 생각은 아니다. 그러나 대체 「자유를 누린다」는 것은 무엇을 의미하는 것일까. 제멋대로 살아가는 것일까. 그렇게 생각하든 하지 않든 간에, 그렇게 살아가는 사람들이 확실히 많은 듯하다. 자기 말만 하고 남의 말을 듣지 않는 풍토, 자기 생각은 옳고 남의 생각은 그릇되었다는 사고방식이 이른바 민주화 기운 속에서 만연되고 있는 것 같다.

제멋대로 살기, 그 비근한 예를 우리는 매일매일 너무 많이 만난다. 내 돈 내가 쓰는데 남이 무슨 상관이냐는 식으로 쓰여지는 이상한 소비현실, 교통신호쯤 안 지키는 것이 정상이라는 듯 달려가는 자동차들, 그중에서도 가장 딱한 일은 국민들의 부탁을 받아 국민 전체의 일을 공평무사하게 해나가야 할 공무원들의 제멋대로 일하기다. 전체에 관한 일을 자기 개인 일처럼 처신하는, 말하자면 공사를 구분할 줄 모르는 어리석음이다. 공, 즉 공공정신은 사람들이 모두 제멋대로 살고 싶어하기 때문에 그것을 합당한 수준에서 조절하는 방법이며 기술이다. 누구나 제멋대로 쓰고, 제멋대로 달리면 다른 사람들이 피해를 보게 되므로, 당신도 조금 참고 나도 조금 참아 전체가 잘 굴러가도록 하자는 것이다.

그렇기 때문에 민주주의 사회의 요체는 인내이다. 우리 모두를 위해서 각자의 욕망이 억제되는 것이 요구된다. 자유를 위해서 자제가 요구되는, 얼핏 보면 모순된 것 같은 원리이지만 이 원리가 잊혀질 때, 민주주의는 정착하지 못한다. 또한 이 원리를 관리하는 제도가 국가이며, 그 구체적인 종사자들이 공무원이다. 공무원이 이 원리를 망각하면 국가는 흔들릴 수밖에 없고, 민주주의는 위협받는다.

우리 공무원들은 어떠한가. 얼마 전 어떤 도지사가 검찰에 소환되어 조사받을 때의 광경을 생각하면 너무 부끄러울 따름이다. 공공정신에 입각해서 공무를 성실히 수행하여야 할 사람들이 근무시간에 그 도지사를 줄줄 따라다니고 호위했다는 믿기지 않는 사실, 21세기 민주사회를 거론하는 시점에서 이 무슨 해괴한 모습인가. 공사를 구별 못하는 공무원에 의해서는 국민 전체의 관심사가 제대로 처리될 수 없을 것이다. 또 있다. 선거가 끝난 지 반년이 지나도록 국회에 한 발짝도 들여놓지 않고 있는 국회의원들의 꼴은 무엇인가. 내가 당선되면…… 운운으로 떠들던 공약은 당선 순간부터 내동댕이쳐진 것이다. 국회의원도 공무원이다. 그들이 정당의 지침에 따라 국회에 들어가지 않았다면 이 역시 공사를 혼동한 행위로 비난받아야 한다.

근무시간에 조사받으러 불려간 도지사를 따라다닌 공무원이나, 반년이 가깝도록 아무 일도 하지 않고 있는 국회의원에 대해서 봉급과 세비 등 일체의 임금을 줘서는 안될 것이다. 당국은 걸핏하면 되뇌는 소위 '무노동 무임금'의 원칙을 이 경우에도 당연히 적용해야 할 것이다. 공무원은 공적인 활동, 그들에게 주어진 일에 대해서만 마땅한 급료를 받아야 할 것이다.

한편 더 따지고 보면 공사를 구별하지 못하는 행태는 비단 공무원에만 한정된 일이 아니다. 우리 모두 즉 국민들 전체가 심각히 뒤돌아볼 큰 문제이다. 공무원도 우리 국민이라면, 우리들 의식 속 저 어떤 곳에 막연하나마 자신의 욕망으로 전체의 그것을 훼손하고 싶은 생각이 있는 것은 아닌지 생각해 보자. 과연 민주주의를 하고 싶은지, 곰곰이 짚어보자는 것이다. 혹시 국민 각자각자 자기 자신만은 독재자가 되고 싶은 것이 아닌가. 그런 심리가 왜곡된 채 숨어 있는 사회에서는 올바른 민주주의가 평화롭게 전개되기 힘들다.

정권의 끝 무렵, 이른바 권력의 누수현상이 심각하다고 개탄된다. 공무원들이 일은 안하고 정치인들의 눈치보기 바쁘다는 보도도 있다. 그 결과 일을 맡긴 국민들만 손해를 보고 있다. 공무원들은 정권을 위해 일하지도 않으며, 더구나 특정 정당이나 정치인을 위해서 일하는 것도 아니다. 오직 그들에게 맡겨진 공무 그 자체만을 위해 일해야 한다.
(1992년)

법이라는 우상

우리네 신문을 읽노라면 그 대부분의 내용이 재판소와 관계된 것임을 누구나 금방 알 수 있다. 폭력배 구속, 사형선고, 법정구속, 수색작업, 검거실패, 배상판결, 헌법소원, 의법처단, 법정투쟁도 불사, 시국치안, 민생치안, 강력단속…… . 사회면은 물론 정치 · 경제, 심지어는 스포츠면에 이르기까지 이른바 사건기사투성이인 데다 결국 그 사건은 경찰 · 검찰을 거쳐 법원으로 계속 이어지고 있다.

실제로 강도 · 살인 등의 사건이 터져서 일이 그렇게 되는 것들도 많지만 각종 이해관계가 얽혀 싸움이 된 나머지 결국 재판소에까지 가고야 마는, 말하자면 사건화된 사건들도 너무 많다. 다른 나라와 비교할 만한 자료를 갖고 있지는 않지만, 아마도 우리나라 사람들처럼 재판소 다니기 좋아하는 사람들이 또 있을지 나로서는 의문이 일 지경이다.

좋게 말해서 법에 호소한다는 것인데, 달리 말하면 법 만능주의 사고방식이라고 하지 않을 수 없다. 국민이 그런만큼 정부도 역시 마찬가지로 걸핏하면 무슨무슨 법을 만들겠다는 이야기를 쉽게 하고, 또 법대로 엄격히 집행하겠다는 말이 엄포처럼 자주 들린다. 그러다 보니 이 과정에서 일하는 사람들, 즉 경찰이나 검사·판사·변호사들의 위세도 여전히 대단하고 마치 이들의 힘에 따라 국민들의 이익·불이익이 좌우되는 것 같은 현실적 분위기도 조성된다. 생각해 보면 참 딱한 국민들이 아닐 수 없다. 그것은 잘해야 싸움 잘하는 민족의 누워 침 뱉기 식의 평가 이상을 받을 수 없는 수치스러운 현상이다.

한 사회가 인간적인 사회, 문화적인 사회라면 사직(司直) 종사자들은 언제나 숨어 있는 겸손한 존재 이상일 수 없을 것이다. 사직 종사자들이 할 일이 많고 위세등등한 사회는 아직은 덜 개화된 사회라고 할 수밖에 없다.

그것은 마치 율법주의를 앞세우고 기세등등했던 종교지도자들이 판을 치던 구약(舊約)시대를 연상시킨다. 그 시대는 아무리 하나님이 있었다 하더라도 인간과의 교통이 단절된 시기였다. 율법이든, 법이든, 결국에는 인간과 사회의 평화를 위해 존재하는 것. 율법이나 법 자체가 우상화되는 사회는 불행한 사회다. (1990년)

국어사전이 없으니

국어사전이 없어 큰일이라는 이야기를 그 동안 나는 입이 닳도록 해왔다. 강의나 강연 등을 통해 개탄해 왔고, 여러 종류의 지면을 빌려서도 분노를 동반한 호소를 해왔다. 그러나 적어도 아직까지 이렇다 할 반응을 나는 만나지 못하고 있다. 나의 주장에 설득력이 없는 것인지, 아니면 내 목소리가 너무 작은 것인지……. 아마도 두 가지 전부이리라.

국어사전이 없다고? 적지 않은 사람들이 나의 개탄에 우선 의아스러워한다. 모모한 사전들이 몇 종류 있는데 무슨 말이냐는 뜻이다. 이렇게 되면 먼저 사전에 대한 간단한 개념 설명이 요구된다.

간단히 말해서 현재 우리에게 있는 국어사전은 올바른 의미에서 사전이 못된다. 사전이라고 하면 의미사전은 말할 것도 없거니와, 발음사전 · 어원사전 · 용례사전 · 방언사전 · 문법사전 · 외래어사전 등 적어도 10여 권으로 된 방대한 규모를 갖고 있는 것이 보통이다. 독일의 두덴사전, 프랑스의 라루스사전 등 웬만한 문화국가면 모두 그런 사전을 갖고 있다.

게다가 이들 나라에서는 거의 해마다 사전 교정작업을 하고 있다. 그해 그해 달라진 의미나 발음 등을 첨가·수정하는 것이다. 따라서 사전을 읽어보면 그 사회와 문화의 변천과정을 일목요연하게 파악할 수 있다. 이런 사전이 바로 우리에게는 없는 것이다.

독립정부가 수립된 지 반세기가 되어가는데 제 나라말 사전 하나 없다는 사실을 대체 우리는 어떻게 받아들여야 하는가. 올림픽을 치른 나라, 동유럽 나라들을 향해 경제원조를 이야기할 정도가 된 나라가 이 무슨 꼴인지 답답하다.

문제의 제기는 물론 국어학계나 나 같은 문사들이 할 수밖에 없으나, 이처럼 방대한 작업은 결국 정부 차원에서 해나갈 도리밖에 없다. 마침 우리에게는 문화부라는 정부기관도 있고, 정신문화연구원 같은 좋은 시설도 있으니 더이상 미루지 말고 이 일을 기획, 착수했으면 좋겠다.

국어사전은 우리 민족의 정신적 텍스트다. 사전이 없으면, 두뇌와 가슴 없이 손발만 가지고 천방지축 뛰어다니는 어릿광대의 우스꽝스런 모습을 우리의 자화상으로 가질 수밖에 없다.　　　　　(1990년)

분양 방법

'분양'이라고 하면 아파트 분양이 생각난다. '분양'이라는 말은 나누어준다는 뜻일 터인데, 어찌된 셈인지 그 말은 이제 아파트와 짝을 이루어 돌아다닌다. 아마도 아파트는 적고 원하는 사람은 많은 탓일 것이다. 이 경우 자연히 분양 방법이 문제된다. 실제로 이 방법을 둘러싸고 우리는 많은 시행착오를 거듭해 왔고, 그러다보니 너무 많은 방법을 만들어냈음에도 불구하고 제대로 된 것 하나 없어 우리네 지혜의 수준에 한탄하지 않을 수 없는 비애도 맛보게 된다.

그러나 문제는 사실 간단하다. '분양'이라는 말 뜻대로 나누어주되 순서대로 나누어주면 되는 것이다. 이것을 올바로 시행하지 못하니까 추첨식이 등장하고, 다시 청약예금이다 뭐다 하는 것이 나오고, 마침내 채권입찰제라는 것까지 나타나게 되었다.

그러나 사태는 어찌되었는가. 한마디로 말해서, 문제는 마찬가지로 해결되지 않고 있다. 순서대로 하지 않는 모든 방법은 필경 부작용에 부작용만을 낳고, 일을 복잡하게만 할 뿐 문제를 풀지 못한다는 원칙을 우리 모두 새삼 상기할 필요가 있다.

순서대로 하자. 우리 사회의 모든 일의 원리도 그러하지만, 우선 아파트 분양방법부터 이 원리를 적용할 것을 나는 주장하고 싶다. 국민주택 규모 이하의 소형 아파트는 무주택이 오래된 순서부터, 그리고 그 이상의 중형 아파트는 주택청약예금 가입 순서대로 분양하자는 것이다. 얼마나 간단한가.

이 원리를 주택당국은 알면서도 일부러 외면하는 것인지, 아니면 아예 모르는 것인지 궁금하다. 지금의 분양방법은 마치 택시 타려고 줄 서 있는 사람들 앞에 막상 택시가 오자 다시 추첨을 하자느니, 웃돈을 더 내라느니 하는 꼴과 무엇이 다른가. 국가정책은 언제나 순리가 바탕을 이루어야 한다.

정책 자체를 위해서도 그렇지만 국민 교육적인 기능도 아울러 중시되어야 하기 때문이다. 정책이 순리의 바탕을 벗어나 이상하게 나가면 국민들 역시 「나라에서도 그러는데 나도 뭐⋯⋯」 하고 이상한 방법을 즐기게 마련이다. 아파트 분양방법부터 좀 쉽게, 올바르게 고쳐보자.　　　　　　　　　　　　　　　　　　　　　　(1990년)

작은 것 큰 것

  이 다음에 큰 인물이 되어야 한다는 말은 어린 소년들에 대한 격려의 말로 오랜 전통을 갖고 있다. 큰 인물이라, 글쎄 어떤 인물이 큰 인물일까?

  요즈음엔 별로 그런 경향이 적어졌지만 예전엔「대통령이 되겠다」는 것이 큰 인물의 가장 전형적인 보기였던 것 같다. 그 밖에 장군이 된다든가, 과학자가 된다든가 하는 일이 큰 인물되기의 구체적 목록이었다.

  큰 인물뿐만이 아니다. 대체로 우리들은 '큰 것'을 좋아한다. 웬만한 일이나 물건에 '큰' 자나 '大' 자 붙이기를 얼마나 좋아하는가. 자기가 다니는 학교나 모교는 아무리 작은 학교라 하더라도 앞에 '大' 자 붙여 말하기를 즐기는 것이 우리네 풍습이며, 식당이나 가게 이름에는 '大' 자 들어간 것들이 상당히 많다.

  이런 풍습은 우리 생활 주변에 너무도 많은데, 적지 않은 경우 이런 습관이 오히려 우리들의 삶에 허세를 부리게 하고, 때때로 불필요한

낭비와 피곤을 가져다준다. 한 예로 밥통 하나를 사려고 해도 1인용
이나 2인용의 작은 것은 아예 살 수가 없다. 애당초 만들지 않기 때문
이다. 자동차도 그저 큰 것만 만들고, 큰 것 타기를 좋아하고, 식당에
서도 '大'자만 좋아할 뿐 1인분은 아예 주문도 받지 않는 경우가 얼마
든지 있다. 나라가 작다 보니 '큰 것 콤플렉스'가 생긴 탓이라고 설명
해 버리면 그만일지 몰라도, 큰 것 선호습관 때문에 가장 중요한 '작
은 것'들이 간과되거나 무시되는 일은 결코 가볍거나 작은 일이 아니
다.

　무릇 세상일에는 큰 것, 작은 것이 사실상 따로 없다. 큰 일 작은 일
의 구별도 실제로는 무의미하다. 큰 일이란 작은 일 하나하나가 치밀
하게 이루어진 그 결과이며, 작은 일을 성실하게 매듭짓는 것 자체가
큰 일인 것이다.

　이런 사정을 모르고 큰 일에만 매달린다는 것은 결국 큰 일을 구성
하는 작은 일 하나하나를 소홀히 한다는 이야기며, 그것은 결국 큰 일
하기를 소원할 뿐 결코 큰 일은 하지 못한다는 무능의 다른 표현이 된
다. 큰 것이나 큰 일에만 집착하는 사이에 한국인들은 언제나 헛똑똑
이, 허한 민족으로 비추어지지 않을까 두렵다.　　　　　　(1990년)

꾀와 지혜

한국인은 머리가 좋다는 말이 있다. 외국인들이 그런 평가를 하기도 하고, 한국인들 스스로도 그런 생각을 하는 경우가 많은 것 같다.

청소년들의 학력이 세계 그 어느 나라보다 높다는 통계가 있는가 하면, 기술이나 예술 방면에서 뛰어난 재주를 자랑하는 청소년들도 적지 않다. 국제적인 기능대회에서 연달아 우승하기도 하며, 재외 학자들의 우수성이 간헐적으로 보도되기도 한다. 그리하여 어떤 사람들은 말한다. 「한국인은 머리는 좋은데 단결력이 약해서……」 과연 한국인은 자타가 공인할 만큼 머리가 좋은가.

결론부터 말해서 나는 한국인이 참된 의미에서 머리가 좋다는 생각을 갖고 있지 않다. 대체 머리가 좋다는 말의 참된 뜻이 무엇일까. 학교성적이 우수하고, 피아노를 잘 치고, 그림을 잘 그리고, 컴퓨터를 잘 만들고, 그런 것들이 머리 좋음의 전부일까 하는 생각에 나는 회의하지 않을 수 없다.

확실히 한국인의 머리 좋음은 기능적인 차원에 머무르는 것 같다.

그 구체적인 사례들은 얼마든지 있다. 수많은 공과대학과 공과대학생·공학자들이 있음에도 불구하고 삼각지 로터리의 돌아가는 모습을 보라. 그 우스꽝스러운 설계는 토목기술이 모자란 탓인가, 아니면 관청이 어리석기 때문인가.

무엇보다 개탄스러운 것은 나라가 새로 세워진 지 반세기가 지났는데도 올바른 국어사전 한권 없다는 것이다. 그 많은 국문학도와 국문학자가 있지만 아직도 국어사전은 준비되고 있다는 소식조차 없다. 부분만을 보고 전체를 볼 줄 모르는 두뇌, 하루하루의 생활에는 영악하지만 인생 전체를 두루 헤아려볼 줄 모르는 두뇌, 주어진 생명을 즐길 줄은 알지만 생명의 출발과 생명 그 이후를 깊이 관조하기에 게으른 두뇌, 그러한 머리는 기능적인 재주일 수는 있어도 말의 참된 뜻에서 좋은 머리는 아니다.

정말 머리가 좋다면, 이런 것들을 폭 넓게 내다볼 줄 아는 지혜를 가져야 할 것이다. 그렇다. 지혜, 오늘 우리에게 필요한 것은 지혜다. 지혜가 결핍된 지식이나 재주는 남에게 이용당하기 쉽고, 제 꾀에 제가 넘어가는 위험한 국민이 되기 쉽다. 집집마다 피아노 교습하는 일을 음악성으로 착각하지 말자. 진정 긴요한 것은 우리에게도 베토벤이 출현하는 일이다.　　　　　　　　　　　　　　　　　　(1990년)

강연회의 청중

　이따금 강연회의 연사로 초청받아 나갈 때가 있다. 물론 대부분의
경우 문학강연회인데, 특기할 것은 이때 대부분의 청중이 젊은이들이
라는 것이다. 대상이 학생인 경우는 물론 당연한 일이지만 일반인을
대상으로 한 경우에도 학생들뿐일 때는 당혹스럽다.

　그것도 여성들이 압도적인데, 말하자면 문학강연은 젊은 여성들만
이 좋아한다는 이야기가 될 수 있다. 강연회뿐 아니다. 미술 전람회·
음악회 또는 연극공연의 관객은 그 대부분이 젊은 여성들이라는 보고
가 나와 있다. 결국 한국의 문학행사는 젊은 여성들이 아니면 그 관중
층이 형성되지 않는다는 논리까지 생겨날 법하니 문제는 그리 간단치
않다.

　왜 한국의 남성들과 기성인들은 문화행사, 혹은 일체의 문화행위를
외면하거나 아예 관심을 갖지 않는 것일까. 바빠서? 그렇다. 한국사
람들은 무척 바쁘다. 먹고 살기 위해서 그렇게 바쁘다는 것인데, 한편
에서는 피둥피둥 일정한 일 없이 골프로, 사우나로 돌아다니는 부류

도 적지 않다. 물론 이들 가운데는 바쁘다는 사람들이 중복돼 있기도 하다. 바로 이들이 어떤 의미에서 우리 사회를 이끌어가는 사람들인데, 이들이 비문화적이면 우리 사회가 비문화적일 수밖에 없다.

확실히 한국의 힘있는 기성세대들은 문화를 백안시하는 감이 있다. 실업인도, 공무원도, 법조인도, 금융인도, 의료인도 지극히 일부의 예외를 제외하면 1년 내내 소설책 한 권 읽는 일이 드물 것이다. 그리하여 그들은 20대 학창시절의 지식으로 일생을 버텨가는 일이 비일비재하다.

게다가 엘리트에 속하는 사람들일수록 젊은 날의 지식, 이제는 좁고 낡은 것이 되어버린 지식에 대해 오히려 완강한 자부심을 갖고 자신의 세계만을 고집하는 수가 많다. 지식은 사람의 경험, 나이와 더불어 적극적으로 심화되어야 하지만 이와 함께 문화적 안목을 동반하는 확대도 이루어져야 한다.

그가 종사하는 분야가 무엇이든 필경은 인간사회를 위한 것인데, 인간에 대한 올바른 이해는 문화 전반에 대한 폭 넓은 이해를 통해 이루어지게 마련이다. 문화가 더이상 젊은이들만의 취미대상이거나 전문적 문화인들만의 놀이여서는 안된다. 문화는 사회구성원 모두가 진지하게 받아들이는 사회의 지배원리와 친숙해야 한다.   (1990년)

왜 부동산을

부동산 투기와 부동산 투기 억제대책의 발표가 악순환을 거듭하며 반복되고 있다. 자고 나면 천정부지로 치솟는 땅값과 집값, 이것을 붙잡겠다고 내놓는 당국의 정책은 하도 여러 번 듣고 보니 어느 대책이 몇 번째 것이며, 그 내용이 무엇인지 도무지 헷갈린다.

마치 고단위 처방이 병의 내성만 길러주듯 당국의 엄포에도 불구하고 부동산 투기붐은 좀처럼 가라앉을 줄 모른다. 이쯤 되면 당국의 정책이 사실상 문제의 핵심에서 벗어나 있다는 결론을 받아들이지 않을 수 없다.

그 원인은 단 한가지라고 해도 과언이 아니다. 즉 대부분의 국민과는 상관없이 일부 계층에만 최근 몇 년 사이에 갑자기 돈이 많아졌다는 점이다. 1987~1988년을 전후한 이른바 국제수지면에서의 흑자가 그것인데, 이로 인해 늘어난 돈이 재벌그룹과 그 종사자들, 그리고 그 주변인사들에게 쏠려버렸다. 돈을 조금 번 이들이 돈을 잘 다스리고 쓰는 방법을 제대로 알았다면 얼마나 다행이었겠는가. 벌 줄만 알았지 쓸 줄 모르는 한국인들에게 문제는 돈이 생기고 난 다음에 일어난 것이다. 왜 우리는 돈만 생기면 돈을 관리할 줄 모르고 돈에 정신마저 깔려버리는가. 그리하여 돈을 들고 어쩔 줄 몰라하는가.

마침내 먹고 마셔버리며, 무엇이든 닥치는 대로 사들인다. 1988년 이후 돈 좀 생겼다는 사람들이 닥치는 대로 사들인 것이 땅이며 아파트다. 이런 판에 수요에 비해 공급이 달린다고 아파트를 많이 짓고, 신도시를 건설해 보았자 근본적인 해결책이 되지 못한다. 왜? 집이 아무리 많이 공급되어도 결국 돈 있는 사람이 두 채, 세 채 사는 것이지 돈 없는 사람이야 어차피 마찬가지기 때문이다.

부동산 문제를 이른바 경제정책의 논리로만 파악할 때의 어쩔 수 없는 한계가 이것이다. 부동산 문제는 절대로 경제정책의 논리로만 풀리지 않는다. 보다 거시적인 사회정책을 포함한 한국인의 심리학 연구가 동반될 때 아마도 그 해결의 한가닥이 잡힐지 모른다. 한국인은 차라리 못살아야 평화로운 민족인가.　　　　　　　　　　(1990년)

투자순위

　우리나라 예산의 투자순위는 물론 국방비와 투융자(投融資) 부문이 선두에 선다. 국방비 부담이 많다는 것은 현실적으로 어쩔 수 없는 일인지 모르겠다. 그러나 투융자 부문의 투자순위가 높다는 사실에 대해 미심쩍어하는 사람이 별로 많지 않은 것 같다.

　1960년대 이후 우리의 우상은 경제발전이었다. 첫째도 경제발전, 둘째도 경제발전, 그저 경제발전을 위해 사는 백성들로 자타가 인정했으며, 수출·경제발전·국력신장은 시대적 가치로 정착되었고, 이에 대해 이의를 제기하는 목소리는 어쭙잖은 불만으로 무시되었다. 따라서 경제발전을 위해서는 거의 모든 것이 정당화되었다. 물론 압도적인 투자순위에 따라 막대한 국가예산이 여기에 투입되었다. 과연 그 결과 경제발전은 제법 이루어졌다. 높은 빌딩, 잘 닦인 길, 아파트숲, 고급 승용차……

　그러나 경제발전이라는 신화가 휩쓸고 간 우리의 주변을 살펴보자. 곳곳에서 날뛰는 범죄, 청소년들의 심각한 탈선, 섹스, 마약, 노동자들의 아우성과 농민들의 무력감, 대학가의 그칠 줄 모르는 소요, 그럼에도 불구하고 사치 일변도로 치닫는 고소득층(그 소득원은 언제나 알듯 모를 듯하다), 무엇보다 이 모든 문제들을 해결해야 할 정치인들 스스로의 부도덕과 무능력…….

경제발전이라는 우상이 가져온 엄청난 이 역기능 앞에서 우리는 이것이 단순한 역기능 이상의 심각한 문제임을 직시하지 않을 수 없게 되었다. 경제발전은, 그로 인한 열매를 관리할 정신적 능력의 발전이 결여된 상태에서는 인간의 삶을 개선시키는 것이 아니라, 오히려 파괴시키는 것임을 오늘 우리의 현실은 보여준다. 그런데도 한국인들은 여전히 그 상황을 잘 모른다. 정신발전을 꾀해야 할 교육투자가 투융자보다 정부예산 투자순위에서 뒤떨어지고 있다는 사실은 우리 국가와 국민이 여전히 그 위기의 본질을 모르고 있다는 증거다. 참으로 딱한 민족이 아닐 수 없다. 한국사람들은 차라리 좀 못살아야 한다는 자조 섞인 비판이 나오고 있음을 위정자나 부유층은 특히 주목하라! 오늘의 위기가 있다면, 그대들에게서 나온 것이다.　　　　　(1990년)

친분 이기주의

아마 우리나라 사람들처럼 '아는 사람'을 존중하는 사람들도 드물 것 같다. 하나부터 열까지, 아침부터 밤까지 사사건건 아는 사람이 있어야 일이 풀리고 아는 사람이 없으면 꼼짝할 수 없다는 믿음 아닌 믿음, 일종의 징크스라고 할까 터부라고 할까. 그런 것이 내남 할 것 없이 우리의 의식을 지배하고 있다. 동사무소에 서류 한장 떼어오려고 가더라도 아는 사람, 공항에서 입국수속을 하더라도 아는 사람, 병원에 진찰을 받으러 가더라도 아는 사람, 은행에 돈을 빌리러 가더라도 아는 사람…….

아는 사람이 있으면 성사가 되고 아는 사람이 없으면 일이 비틀어지기 십상이라는 생각이 그것이다. 그렇다면 그런 생각은 어디서 왔을까? 물론 그런 현실에서 온 것이다. 아는 사람의 유무에 따라 일 자체가 되고 안되고 하는 일이야 별로 없겠지만, 적어도 얼마나 빨리 되느냐 늦게 되느냐 하는 진행 속도에는 큰 영향을 끼치는 것이 사실이다.

아는 사람의 종류도 많다. 친척붙이에서 시작해서 동향, 동창……
한 다리 두 다리 소개받아 알게 된 축도 있다. 그 관계 속에는 절친한
친구도 있겠지만, 그저 얼굴을 안다거나 인사 정도 나누었다는 것이
전부인 경우도 있다. 그러나 그저 스쳐지나갔을 정도의 안면이 무슨
커다란 인연이나 되는 것 같은 위력을 발휘하는 것이 우리네 생활관
습의 한 구조로 되어 있다. 취락사회의 전근대적인 인정주의가 그 원
인이겠거니 하고 긍정적으로 이 현상을 이해할 수도 있을 것이다.

그러나 이 아는 사람 존중 습관은 놀랍게도 현대교육을 받고 엘리
트라고 자처하고 있는 사회 각계의 이른바 지도층인사들 사이에서도
여전히 그 위력을 발하고 있다. 어쩌면 더욱더 큰 힘을 발휘하고 있는
지 모른다. 그리하여 출세한 지인을 많이 갖기 위해서라도 일류대학
엘 꼭 가야 하고 서울에 와서 꼭 살아야겠다는 집단무의식이 형성된
다. 무엇을 위해서? 편안히 살기 위해서? 나 혼자만이라도 잘살기 위
해서?

아는 사람이라야 통하는 사회분위기를 나는 친분 이기주의의 소산
이라고 말하고 싶다. 도대체 사람들이 너무 자기 자신만을, 자기 가족
만을, 자기 친구만을, 자기 학교, 자기 지방만을 생각하는 경향이 강
한 것 같다. 옳은 말을 하더라도 자기 쪽이 아니면 손을 들지 않고, 틀
린 짓을 하더라도 자기 쪽이면 눈을 감아버리는 자세야말로 우리 사
회를 깊이 병들게 하는 친분 이기주의의 극명한 반영이다. 자기 자신
이 편안하게 살기 위해서는 사회 전체가 편안해야 한다는 범상한 진
실을 보아야 할 것이다. (1990년)

정박아의 행복

언젠가 '정박아'들만이 모여사는 곳을 가본 일이 있다. 우연한 일이었는데 그 기회에 실로 우연한 사실을 나는 발견했다. 겉으로는 멀쩡한 아이들도 있고 외관만으로 조금 이상한 아이들도 있었으나 대체로 그들은 재미있게 놀고 있었다. 한 아이가 뛰어가니까 다른 아이들은 열심히 그를 쫓아다녔다. 또 몇 아이는 누워 있고 몇 아이는 그 위로 넘어다니는 놀이를 하기도 했다. 그 비슷한 놀이를 하는 것들을 나는 한 삼십 분쯤 지켜보았는데 신기하게도 그들 모두의 모습은 그런 대로 행복해 보였다.

'정박아'라고 하면 불구자라는 말의 연상이 그렇듯이 다소간에 불행한 느낌을 주게 마련이다. 정상적인 정신의 발달이 이루어지지 않은 데서 오는 육체적·가정적·사회적 장애가 상대적으로 정상인의 눈에는 불행해 보일 수밖에 없다. 비단 정박아뿐이 아니다. 천형의 지병으로 인해 불구의 몸을 가진 사람들에 대한 일반의 이해는 으레 그들이 불행하다는 것이다.

그런 경우는 또 있다. 가난한 사람들에 대해 그렇지 않은 사람들이 갖고 있는 그들만의 렌즈가 있다. 지금은 별로 볼 수 없게 되었지만 도시의 판잣집이나 움막집, 시골의 낡은 토담집 같은 곳에서 누렇게 뜬 얼굴을 하고 있는 사람들을 보는 배부른 사람의 눈은 일그러지게 마련이다. 동정도 동정이지만 「저렇게 하고도 살 필요가 있을까?」 하는 생각마저 순간 가질 수 있다. 언젠가 공개되었던 비아프라의 앙상한 난민들의 사진은 누구에게나 그 비슷한 느낌을 순간 주었을 것이다.

육체적으로나 물질적으로 결핍을 안고 있는 인간들이 이 세계에는 무수히 많다. 우리 주변에서 시선을 조금만 돌려보아도 어렵잖게 만날 수 있다. 그런데 이들을 바라보는 대부분의 눈들은 동정과 연민을 거쳐 분노, 외면, 저주의 순서를 갖고 있지 않나 하고 나 스스로 놀랄 때가 많다. 불치, 불구의 자식을 죽인다거나 생활고를 비관한 자살 등과 같은 행위는 아주 비근한 예일 것이다.

그러나 정박아들의 놀이가 그들로서는 충분히 행복하듯이, 모든 인간은 그들이 비록 육체적·물질적으로 걸맞는 조건을 갖고 있지 않다 하더라도 다른 사람들에 의해 불행한 삶으로 읽혀져서는 안될 것이다. 인간은 능력과 환경의 상이점을 갖고 있지만, 인간의 삶 자체가 지니고 있는 엄숙한 존엄성에는 아무런 차별이 있을 수 없다. 요즈음 인간을 특정한 조건, 특히 물질과 정치라는 사회과학적 렌즈를 통해서만 보려고 하는 경향이 있는 것 같다. 인간은, 설사 아무리 쓸모없는 사람이라 하더라도 그 생명마저 쓸모없는 것으로 버려져서는 안될 것이다.   (1990년)

돈의 전통

'문화는 생활의 잉여'라는 말이 있다. '금강산도 식후경'이라는 이야기와도 아마 통하는 말일 것이다. 확실히 그렇다. 당장 하루 세끼가 온데간데없는 집안에 한 떨기 장미꽃이 아름답게 피어 있다고 해서 그 향기만을 먹고 살 수는 없을 것이다. 어떤 작가는 「남은 보릿고개를 못 넘겨서 야단인 판인데, 낙동강물이 파아랗느니 푸르니 어쩌니……」 한다고 아름다움만을 추구하는 문학을 개탄하면서 먹고 살기의 중요성을 역설한 일조차 있다.

「항산(恒産)이라야 항심(恒心)」「사흘 굶어 양반인 사람 없다」 등 인간의 물질생활을 강조하는 속담과 갖가지 경구에 우리는 익숙할 대로 익숙할 뿐 아니라, 실제로 그것이 현실인 매일매일을 살고 있다.

이런 종류의 물질적인 사고는 문학·예술 일반에도 넓게 퍼져 있다. 가령 칸딘스키 같은 화가의 말처럼 사랑, 불안 따위의 물질적인 감정에 우리는 너무 휩싸여 있는 것 같다. 사랑이라고 말할 때, 그 연상은 아주 넓은 것이어서 한입으로 쉽게 말할 수 없겠으나, 요컨대 여기서는 개인적인 욕망이 깃들인 남녀간의 그것과 같은 성질의 것이다. 불안도 마찬가지다. 이때의 불안은 기본적으로 무엇인가를 가지고 있는 자가 그것을 잃어버릴 것 같은 강박의 심리에서 유래된다. 그것들은 결국 모두 물질적인 감정이다.

이 물질적 감정의 위세는 어린이로부터 노인에 이르기까지 널리 애용되는 유행가의 내용을 훑어보면 여지없이 드러난다. 사랑타령과 원망투의 가사는 오늘의 우리들이 끊임없이 무엇인가를 소유하고자 하는데 여의치 않다는 물질적 욕망의 거꾸로 된 그림자를 내비쳐주는 것이다. 그래서 불안한 것을 싫어한다. 잃기 싫은 것이다. 잃을 만한 별 신통한 것이 없는 사람에게조차 잃기 싫다는 환상을 심어준다.

물질적 사고와 물질적 감정이 팽배해 있다는 것은, 말하자면 돈에 대해서 우리 사회가 확고한 전통을 갖고 있지 못함을 말해준다. 지난 수 세기 동안의 주자주의(朱子主義) 이념의 사회에서 돈은 천덕꾸러기였고, 돈을 밝히는 사람은 점잖지 못한 사람으로 치부되었다. 그런 사회 분위기가 어느 날 갑자기 뒤바뀌어서 모두들 돈, 돈 한다.

그러나 돈에 대한 전통은 이어져 오지 않았을지언정 우리 조상들은 그렇게 먹고 살기에만 급급한 사람들은 아니었다. 비록 물질적으로 풍부하지는 못했으나 사람의 길을 가려서 걸어보고자 했고 좀더 멋있는 삶을 갖고자 했다. 그 작은 잉여의 부분을 아마 문화라고 불러 좋을 것이다. 그 폭이 넓어지기 바란다.　　　　　　　　　　　(1990년)

풍선과 천사

　고무풍선을 불어본 사람이라면 그 팽창이 필경은 파멸을 가져온다
는 사실을 잘 알 것이다. 그것은 거꾸로 된 욕망의 함수다. 가령 독일
의 현대사는 군더더기 없이 그 사태를 잘 보여준다. 유럽의 선진공업
국 사이에서 느껴온 국민적 열패(劣敗)의식이 그들에게 「우리도 잘살
아 보아야겠다」는 강력한 의지를 불어넣어준 것까지는 좋았지만 급기
야 우월감으로 급변, 두 번에 걸친 세계전쟁을 일으킨 끝에 결국 파탄
의 아픔을 당한 것을 우리는 보았다. 정치적·경제적으로 불우했던
역사 상황 속에서 길러진 이상주의적 정신이 욕망을 붙드는 견제의
끈을 놓아버린 결과였다. 그들은 한때나마 풍선은 부는 사람의 능력
에 따라 얼마든지 부풀어날 수 있다고 믿었던 것이다.

　식민대국의 압제에서 벗어난 후진약소국, 요즈음 말로 이른바 제3
세계의 여러 나라들을 보면 나는 19세기 중반의 독일 생각이 자꾸 난
다. 그 역사적 아날로지가 반드시 꼭 들어맞는지 어떤지는 별도로 하
더라도, 불우한 역사적 환경을 딛고 자립하겠다는 의지의 강인함만은

적어도 공통되는 것 같다. 그것은 지극히 대견스러운 모습이다. 그러나「독일의 전철을 되풀이해서는 안될텐데…….」하는 우려는 나 혼자만의 노파심일까. 그 방정맞은 기우는 약소국들의 사고가 지나치게 배타적·독선적인 것은 아닌지 하는 생각, 무엇보다 팽창주의에 대항한다면서도 그들 스스로가 바로 그 팽창주의를 우상으로 삼고 있지 않은가 하는 생각에서 비롯된다.

내가 말하고자 하는 것은 제3세계 이야기가 아니다. 나는 지금 팽창주의의 허구에 대해서 말하고 싶은 것이다. 사람이란 누구든지 하나를 가지면 둘을 갖고 싶고, 앉으면 눕고 싶어한다. 말 타면 경마잡히고 싶다던가. 욕망이 없으면 인류 문명은 수렵사회에서 멈추었을지도 모를 일이다.

그러나 그 문명은 동시에 수많은 인류를 살상으로 몰아넣지 않았던가. 모든 것이 자동화되고, 끝간데 없이 생산성이 높아지리라는 기대의 밑바닥에는, 그것을 기대하고 있는 인간 그 자체를 위협하는 공룡의 괴기스러운 몸뚱이가 꿈틀거리고 있는 것이다. 아도르노의 말을 빌리면 '기계라는 이름의 천사'인데, 이 천사는 천국으로 나는 천사가 아니라, 기계를 향해서만 나는 천사다. 풍선은 자꾸만 불어댈 것이 아니라 적당히 불고 날려 보내주어야 한다. 맑은 하늘을 여유 있게 날아가는 풍선의 모습에서 진짜 천사의 얼굴을 볼 수 있어야 한다.

인간은 욕망을 그 스스로 지배해야겠다는 욕망을 가질 수 있다는 점에서 인간다운 것. 결코 기계와 같이 끝없이 팽창할 수 없으므로 인간다운 것이다. 왜냐하면 기계는 결코 천사가 아니니까. (1990년)

재미있는 반칙

　프로 레슬링을 보는 재미 가운데 하나는 반칙을 보는 재미다. 반칙
도 여러 가지지만 그중 가장 심한 것이라면 아예 링 밖으로 뛰어나오
는 것이다. 쥐어뜯고, 깨물고, 박치기하다가 못해 링에서 뛰어내려 몽
둥이나 의자를 휘두르는 것을 이따금 보게 되는데, 이런 반칙이 어디
까지 용인되는 것인지는 알 수 없으나 아무튼 사람들은 이런 때일수
록 재미있어한다.

　하기야 판에 박힌 듯한 일상생활에서도 파격의 재미라는 것이 있거
늘 비단 레슬링만의 반칙을 즐겁다 하겠는가. 어쨌든 링을 뛰어내려
온 레슬러들이 흉기(?)를 들고 이리저리 날뛰는 사이 카메라에 잡힌
쓸쓸한 링의 모습을 하고 있는 것 같은 착각이 드는 것이 요즈음의 교
육풍토인 듯하다.

　집집마다 자녀들의 교육비 부담이 많아서 죽겠다고 울상인데 막상 각
급 학교의 교원들은 봉급이 기본생활비도 안되어 못살겠다고 불만인 것
이다. 교육비 부담이 많다는 것은 교원들에게 그만큼 돈이 간다는 이야

기일 터인데, 그들은 대관절 왜 못살겠다고 아우성인가. 어느 대학의 교원자격증 수여식에서 「교원봉급이 운전사의 절반밖에 안되고 사회가 우리를 외면한다 하더라도 우리는 외로운 이 길을 소명감을 갖고 가겠다」며 자못 비장한 분위기였다는 보도는 대체 웬말인가. 학부모들의 호주머니는 어디로 가버렸다는 말인가.

이 심각한 아이러니에 바로 교육의 반칙이 있다. 재미는커녕 수십만 명에 달하는 교원들의 슬픔이 있다. 학부모들의 호주머니는 어디로 갔는가? 하고 엄숙하게 물어보았지만, 지금 그것을 모를 사람은 없을 것이다.

링 아래로 내려간 것이다. 흉기로까지 둔갑했는지 어떤지는 알 수 없으나 좀 유식하게 말한다면, 공교육비가 사교육비로 바꾸어진 것이다. 이리하여 돈 잘 버는 과외선생은 반칙에 능한 레슬러처럼 팬들의 열렬한 환영을 받고 돈 못 버는 학교선생은 가정에서도 학교에서도 무능한 인물의 심벌이 되어버린다. 심지어는 자신이 가르치는 학생들로부터도 실력 없고 인기 없는 교원이 되어버리는 것이다. 말하자면 입장료보다 훨씬 비싼 암표의 프리미엄으로 학부모들의 교육비가 엉뚱하게 흘러가버리고, 교육의 주최측은 계속 가난할 수밖에 없는 부조리가 반복되고 있는 셈이다.

암표가 날개 돋친 듯 팔리는 것을 보아서는 학교 등록금이 비싸다는 학부모들의 항의도 별 호소력이 없어보인다. 열렬한 향학열과 더불어 학부모들의 능력은 일단 확보되었다고 할 수 있을 것이다. 그렇다면 문제는 여기에도 현실화가 필요하다는 결론이 나온다. 쓸데없이 링 밖으로 나가는 교육낭비를 없애고 일체의 교육을 링 안으로 끌어들여올 수는 없는 일일까? 교육의 중요성이 강조되는 이때 교원의 사기를 높이는 일보다 중요한 일은 없을 것이다. (1990년)

캠페인 유감

고등학교 시절, 나는 내가 다니고 있는 학교에 대해 매우 강한 자부심을 갖고 있었다. 그 학교는 그럴 만한 여러 가지 이유를 갖고 있었지만, 그 가운데에서 가장 매력적인 것은 어떤 경우에도 학생이 표지 따위를 몸에 부착하지 않아도 된다는 점이었다.

1950년대는 '반공·반일'이 구두선(口頭禪)으로 절규되던 시기였으므로 당시 우리 또래 학생들은 앞가슴에 갖가지 표지를 붙이고 다녔는데, 우리 학교 학생만큼은 결코 그 '너덜거리는' 헝겊 조각을 달아본 기억이 없다.

「표지만 달고 표어만 요란하게 써붙이면 무슨 소용이냐. 중요한 것은 묵묵히 실천하거나 실천해 나갈 수 있는 의식과 힘을 키우는 것이다. 표어주의는 마치 그것만으로 일을 끝낸 것처럼 생각하는 형식주의를 가져오기 쉽다.」지금은 벌써 돌아가신 당시의 교장선생님은 늘 이렇게 역설하셨고 그 말씀은 이상한 설득력으로 나의 가슴에 파고들어 하나의 의식을 형성해 주었다. 중요한 것은 외관이 아니라 내실이라는 것을. 그리하여 나는 그맘때에 이미 '선행'이라는 푯말의 주인공이 결코 선하지만은 않다는 것을 터득하는 방법에 익숙해 있었다. 뿐더러 '깨끗하자'는 표지를 단 학생을 보면 오히려 더러운 느낌마저 들었다. 깨끗하려면 깨끗이 깨끗할 일이지 더럽게 저게 무슨 짓일까 하는.

지금 생각해도 당시의 교장선생님은 훌륭하신 분이셨다. 적어도 그는 인간을 이미 저 릴케의 '내면공간'으로 읽고 계신 분이었으며, 사회의 질서라는 것 역시 그 같은 공간의 질서라는 것을 잘 알고 계셨던 것으로 기억된다. 오늘날 이 평범한 세상의 진리는 얼마나 잘 인식되고 있을까? 최근 나는 자주 이 같은 회의와 더불어 자문하는 습관이 생겼다. 세상의 사람들이 아주 자주 '내면공간'의 진실 대신 밖으로 드러나는 표지에 좌우되는 것 같기 때문이다. 그 결과 실제의 실재와 표지는 크게 분리되어 마치 영혼 없는 육신처럼 표지만이 떠돌아 다니는 광경이 도처에서 목격된다.

가령 우리 주변을 돌아보자. 'ㅇㅇ 하기' 'ㅇㅇ 안하기' 'ㅇㅇ 갖기' 'ㅇㅇ 안갖기'라는 이름의 숱한 캠페인이며 'ㅇㅇ운동'의 현란한 표지들을 돌아보자. 그 지당하신 말씀들의 난무에도 불구하고 현실은 그와 정반대인 우리 주변을 돌아보자는 것이다. 웬만한 건물이나 육교에 거의 예외 없이 걸려 있는 현수막이며, 걸핏하면 열리는 무슨무슨 대회도 결코 보기 좋은 풍경은 못된다. 이런 것들은 이미 시민성장 과정에서 학교교육을 통해 이루어졌어야 할 상식이며 덕목인데, 막상 교육에서 실패하고 사회 캠페인으로 성공한다? 아무래도 크게 뒤바뀐 것 같다.

여기에 소용되는 물자와 인력의 낭비도 낭비려니와 무엇보다 교육 에너지의 커다란 낭비를 지적하지 않을 수 없다. 시끄럽고 창피스럽게 시민의 치부를 플래카드화할 것이 아니라, 어려서부터 교육을 통해 정신을 순화시키는 방법에 눈을 돌려야 할 것이다. 인간은 캠페인을 통해서가 아닌, 어린 시절의 교육을 통해서 형성된다.   (1990년)

돈의 제 값

왜 물가가 오르는가. 이 문제를 둘러싸고 경제관리들과 전문가들 사이에 고민이 대단한 것 같다. 수요에 비해 공급이 달리는 탓이라고 생각하는지 해당 품목의 값이 오른다 하면 거의 무조건 수입에 의존한다. 또하나는 현실화가 안된 탓이라고 생각하는지 요즈음은 현실화, 현실화 바람이다.

그러나 현실화야말로 한두 번 보아온 풍경이 아니다. 현실화 자체가 바로 물가인상임을 우리는 수없이 보아왔다. 수입정책만 해도 그렇다. 수입으로 인해서 해당 품목의 안정이 이루어지는 것은 일시적인 현상일 뿐 오히려 수입인플레를 가져오고 있지 않은가. 역설일는지 모르지만 물가가 오르는 이유는 문외한의 눈으로 볼 때 오히려 선명해 보일 수 있다.

보도자료에 따르면 1천 달러 소득 때 우리나라의 소비율이 61%임에 비해 일본은 55%이고, 개인저축률은 일본이 18%임에 비해 우리는 고작 9%라고 한다. 그런가 하면 우리나라의 국민저축률이 25%에 불과

할 때 인근 대만은 30%라는 것. 이것을 풀이하면 다른 나라 사람들은 쓰지 않고 저축할 때 우리는 그저 써서 없애버린다는 이야기가 된다.

정책입안자들이 주의할 대목은 바로 여기서부터다. 지금까지의 정책을 보면 소비를 줄이고 저축을 늘린다는 방안으로서 애용되고 있는 것의 으뜸은 각종 사회적 캠페인이다. 그 밖의 것이 있다면 금리인상 등 지극히 부분적인 인상이 강하다. 이것은 저축이 부진한 낭비주의의 근본원인에 정책입안자들의 눈이 닿지 않기 때문이 아닌가 하는 의문을 일으키게 한다.

씀씀이가 헤프고 저축이 안되는 주요한 원인은 돈이 사람들에게 골고루 주어져 있지 않기 때문인 것 같다. 돈 있는 사람들은 너무 많기 때문에 마구 써대고, 돈 적은 사람은 적기 때문에 아예 써버리는 것이 아닐까. 게다가 돈많은 사람들은 돈을 쉽게 벌어 돈 뒤에 숨은 땀의 뜻을 쉽게 잊어버리는 것이 아닐까. 이것을 인정한다면, 그들이 만들어놓은 고물가에 저소득층은 어차피 돈을 모두 쓰지 않을 수 없다는 결론이 나온다. 요컨대 높은 국민소득이 국민 전체의 뼈저린 리얼리티를 얻고 있지 못하는 까닭에, 그 돈이 헤퍼진다는 이야기다.

저축만 해도 그렇다. 저축은 주로 목돈을 그리워하는 저소득층이 하게 마련인데 그들은 기껏 해보아야 고소득층이 만들어놓은 고물가 때문에 저축의 즐거움을 누리지 못하고 좌절과 패배주의를 감수하는 것이다. 물가의 불안정은 이런 악순환의 어쩔 수 없는 사생아가 아닐까. 참다운 물가안정은 모든 사람이 골고루 돈의 고마움을 뼈저리게 느낄 때 이루어지는 것이다. 고소득층은 고소득층대로 돈의 고마움을 모르고, 저소득층은 그들대로 또한 고마움을 느끼지 못하는 상황에서 돈이 어떻게 제 값을 받을 수 있겠는가. 모든 사람에게 돈이 고루 돌아가는 사회적 안정이 동시에 물가안정을 가져오는 지름길일 것이다.

(1990년)

피아노는 왜 배우나

　이름을 소개할 수는 없으나, 세계적으로 유명한 독일의 어느 피아니스트가 받는 이른바 레슨비는 한달에 고작 40마르크다. 그에게서 배운 바 있는 한국의 어느 피아니스트의 고백을 들은 일이 있는데, 말인즉 자기는 독일에서 싸게 배웠으나 한국에 와서는 비싸게 가르치게 되어 양심상 좀 꺼림칙하다는 것이었다. 한국의 이 '양심적'인 피아니스트가 과연 레슨비를 얼마나 받고 있는지는 잘 알 수 없으나, 확실한 것은 40마르크 이상일 것이라는 점이다. 그의 문하에 수십 명의 제자가 있으니 궁금한 분은 환산해 보기 바란다.

　그러나 독일인 피아니스트에게서 감명스러운 점은, 그가 싼 레슨료를 받는다는 사실보다 그의 문하생을 받아들이는 태도와 방법에 있다. 그는 자기에게 배우기를 희망하는 학생을 간단히 테스트해 보고 그의 오랜 경험으로 학생의 재질과 가능성을 판단한다. 따라서 그의 문하생이 될 수 있느냐 하는 것은 전적으로 이 판단 결과에 의해 좌우되는 것이다.

여기까지 말하면 어느 분은 반문할 것이다. 누군들 그렇게 하지 않는가? 그것은 상식 아닌가? 그것이 뭐 감명스럽다고까지 할 것인가? 그러나 문제는 바로 이 지극한 상식이 우리에게는 감명스럽게까지 느껴진다는 현실에 있다. 재질과 가능성은커녕 돈의 액수에 따른다는 것을, 마치 증권시장이나 공사의 입찰현장 같은 기분이 든다는 것을, 벌써 많은 당사자들이 줄지어 '증언'하고 있지 않은가.

문제는 훌륭한 예술인이 되자는 데에 있는 것이 아니라 그저 대학에 입학하고 보자는 자세에 있다. 더 정확히 말한다면 훌륭한 예술인을 배출하기 위한 예술교육 시스템이 아니라, 범상한 예술대학생을 대량생산해 내는 교육제도에 있는지도 모른다. 피아노과에 가고자 하는 학생이 피아노 수업을 받지 않을 수 없을 것이며, 회화과에 가고자 하는 학생이 그림 수업을 마다할 수는 없는 노릇 아닌가. 오히려 지금보다 훨씬 더 어려서부터, 지금보다 훨씬 더 심한 고행의 수련을 쌓아야 할 것이다. 만약 레슨을 일체 없앤다면 피아노 칠 줄 모르는 음대학생, 그림 한장 그릴 줄 모르는 미술대학생이 생겨나지 않는다고 누가 장담할 수 있겠는가. 결국 재질도 가능성도 없는 사람이 돈만으로 대학에 가려고 한다거나, 실력과 권위가 약한 전문가가 예술인의 양심을 떨어뜨릴지도 모르게 될 소지를 안고 있는 현행 제도에 손질이 가해져야 할 것 같다.

나로서는 그 방법의 하나가, 공연히 종합대학에 묶여 있는 예체능계 대학을 대학 아닌 특수학교로 특성화하는 길이 아닐까 생각한다. 그렇게 되면 재질과 가능성이 없는 학생이 어떤 전공이든 상관없이 대학만 가고 보자는 생각이 없어질 것이고, 다른 한편 재질 있는 학생은 집중적인 수업을 지속적으로 받을 수 있을 것이다. 뿐더러 대학은 대학대로 누명을 씻을 수 있을 것이다. 무엇보다 상인시되고 있는 예술가의 위신이 보호될 것이다. (1990년)

문화국인가 문화소비국인가

뉴 키즈 온 더 블록이라는 미국의 젊은 노래패들이 서울에 와서 하룻밤을 묵고 갔다. 하룻밤을 겨우 지내고 갔을 뿐인데도 그들은 엄청난 화제를 남겨놓고 갔다. 수많은 팬들이, 특히 10대 소녀들이 공항에서부터 시끄럽더니, 공연장을 수라장으로 만든 끝에 급기야 한명의 소녀가 죽는 사고까지 발생했다. 사람들은 이 사태를 곧 광란이라고 표현했는데, 내가 보기에도 그 표현은 모처럼 제대로 들어맞은 것 같아보인다. 광란──그 뜻이 미쳐 날뛰는 것이라면 우리의 많은 소녀들이 미쳐 날뛴 것은 사실이다.

그러나 어디 미쳐 날뛰는 사람들이 이 소녀들뿐인가. 주주총회장을 가득 메운 총회꾼들, 정당의 지구당 대회나 입후보자 주위에 몰려든 정치꾼들 등등 나는 그 예를 일일이 들지 않기로 하겠다. 그 가운데에 오늘 꼭 이야기하고 싶은 것은, 이른바 문화행사 주변의 모습이다. 내가 확인한 바로는 외국의 유명한 연예인이나 그 단체, 음악가나 그 단체, 무용가나 그 단체치고 우리나라를 찾아오지 않은 사람이나 단체가 거의 없다.

옛 소련의 볼쇼이 발레단은 아마 수차례 다녀간 것으로 기억된다. 무슨무슨 교향악단은 그 횟수도 헤아리기 힘들 정도이다. 마이클 잭슨도 결국은 왔다갔다. 세계의 연예인들에겐 한국이 가장 풍성한 시장이 되었다. 게다가 놀라운 것은, 이 모든 공연행사의 입장료가 세계에서 가장 비싼 곳이 바로 한국이며, 따라서 그들에게 지불되는 돈도 우리나라에서 주는 것이 제일 비싸다. 한국이 가장 부자라서? 한국이 가장 문화국이라서?

아니다. 한국은 문화국가가 아니다. 예상되는 비판을 감수하면서라도 오늘 나는 이 말을 하고 싶다. 우리는 너무 오랫동안 스스로 문화국가임을, 문화국민임을 자처해 왔지만, 이제 겸허하게 그 자처 속에 숨은 허위의식을 고백해야 하겠다. 대체 무엇이 문화인가. 문화가 삶을 반성한 정신적 행위의 총체에 붙여지는 이름이라면, 우리 주변 어디를 살펴보아도 그 흔적은 너무도 희미하다. 수많은 음악가·화가·시인·소설가가 있고, 음악회와 연극·전시회 행사가 벌어지고 있기에 문화국인가? 집집마다 피아노가 있고, 대학의 예체능계 입시가 높은 응시율을 보이고 있다고 해서 문화국인가? 웅자(雄姿)를 자랑하는 예술의 전당이 있어서? 이런 모든 것들은 얼핏 보면 문화국가의 징표가 될 수 있다. 그러나 잘못하면 오히려 문화에 역기능을 조장하는 문화소비기관, 혹은 그런 기능을 하는 쪽으로 빠져버릴 위험이 있다. 실제로 지금 우리의 현실이 그 위험에 전면적으로 노출되어 있다.

참된 고민과 창작의 아픔 속에서 문화는 태어난다. 중요한 것은 그러므로 창조과정이며 창조적 문화인이다. 그 결과로 주어진 남의 열매를 자신의 신분과시나 허영을 위해 따먹는 일은, 좋게 보아 문화소비일 수는 있어도 문화창조는 아니다. 우리가 문화라고 생각하는 일상적 행위 속에서, 문화 자체를 마비시키는 테크니션이나 양산해서 즐기고 있는 것은 아닌지 모르겠다. 뉴 키즈 소동은 이러한 소비형태의 한 모습일 수 있다.

(1996년)

땅은 주인이 없다

러시아 소설을 보면 「대지에 입을 맞춘다」는 표현이 자주 나온다. 〈전쟁과 평화〉에도 나오고 〈벚꽃동산〉에도 나오고 〈의사 지바고〉에도 나온다. 과연 대륙민족이라는 것이 실감날 정도다. 해양민족들이 미련 없이 제 땅을 떠나 배를 타고 망망대해를 달려 새 땅을 발견하는 데 보람을 느꼈다면, 대륙인들은 그들을 웅장하게 포용하고 있는 대지로부터의 떠남에 두려움마저 느꼈던 것일까. 어쨌든 러시아인들이 그들의 땅을 바라보는 마음엔 종교적인 숭고함마저 깃들여 있는 것 같다. 마치 그 속에 생존을 지탱해 주는 열매뿐 아니라 정신을 지켜주는 초월적인 어떤 신비의 힘이라도 있듯이.

대지에 입을 맞추는 행위는 어머니에게 입을 맞추는 행위와 비슷하다. 알게 모르게 우리는 어머니에게 무수히 입맞추면서 커왔다. 어머니 역시 자식을 보듬고 입맞춤을 놓지 않는다. 자식이 어렸을 때는 말할 것도 없고, 그가 더이상 입맞춤을 거북해 할 나이에 이를 때까지 어머니의 입맞춤은 계속된다. 그리하여 마침내 어머니는 가고, 자식이 다시 그 나이가 되었을 때까지, 어머니는 입맞춤의 형태로 그에게 살아 있다. 어머니와의 입맞춤, 그 따뜻한 젖줄기야말로 자식을 낳고 키우는 역사의 바탕일 것이다. 어머니가 없는 아이, 젖을 잃어버린 아이에게서 우리가 황폐한 인간성을 발견하기 일쑤인 것은, 아마도 면면한 역사의 지평 위에 선 고아의 모습을 거기서 보기 때문일 것이다. 그만큼 우리는 어머니의 존재 없이 우리의 존재를 생각할 수 없다. 어머니의 사랑을 기억하지 못하는 자에게 고향은 없는 것이다. 대지는, 땅은, 말하자면 우리들의 어머니이다.

땅에 뿌리를 박고 사는 삶은, 따라서 어머니의 품속에서 편안하게 사는 삶이며, 그 삶은 언제나 행복하다. 땅을 떠난 사람들이 겪는 고통은 어머니를 잃은 자의 아픔일 것이다. 솔제니친이 처음 망명을 권유받았을 때, 이를 거부한 것은 조국의 대지 자체를 생명보다 중시한 까닭이었다. 공산주의의 장막에 가려 있는 소련에서 이따금 일어나는 망명파동은, 단순히 도망가고자 하는 망명객과 이를 막으려고 하는 당국 사이의 실랑이만은 아닌 것 같다. 그들은 공산체제와 억압이 싫어 자유세계를 동경하면서도, 그들을 낳아주고 길러준 땅을 쉽사리 배반하지 못하는 것이다. 〈조용한 강〉의 저자 숄로호프와 같은 작가도 바로 그런 경우이다.

그러나 우리들은 어머니인 우리의 땅을 조금은 쉽게 떠나는 것 같다. 일제의 식민침략이 전 국토를 궁핍화하던 1930년대에 남부여대 (男負女戴)하여 제 땅을 버리고 만주로, 간도로 떠나간 것은 어쩔 수 없는 일이었다. 그 당시 우리의 땅은 이미 우리의 땅이 아니었다. 1930년대의 피폐한 현실을 당시의 소설가 김유정은 「야반도주와 유리걸식」이라는 말로 슬퍼하고 있고, 이상화와 같은 시인은 「빼앗긴 들에도 봄은 오는가」라고 애통해 했다.

그러나 이제 우리는 우리의 땅을 되찾았다. 최근에 소설가 박태순

은 〈국토와 민중〉이라는 책을 내어 그 감회를 되살리게 해주었다. 그
는 책머리에서 「이 민중의 국토, 이 국토의 민중을 올바르게 관계 맺
게 하는 일, 다시 말해 우리의 국토는 민중의 차지이며 민중은 우리
국토의 주인이라는 것을 확고하게 인식하는 일은 몹시 중요한 것임에
도 불구하고 어찌된 까닭인지 그 동안 소홀히 여겨져 왔다」고 개탄하
고 있다.

그의 말은 타당하다. 도대체, 해방 이후 누가 이 땅을 우리의 것으
로 철저하게 인식하였으며, 어떤 힘에 의해서도 다시 짓밟혀서는 안
된다고 생각했던가. 물론 막연히 그렇게들 생각했는지는 모르겠다.
그러나 실상 그렇지 못했었음이 이제 와서 엄청난 현실로 드러나고
있다.

사람들은 별 생각 없이 이 땅을 떠나가고 있는 것이다. 이 땅이 척
박해서 더이상 살 수 없는 사람이 있다면 마땅히 새로운 땅을 찾아 개
척의 길을 떠나야 할 것이다. 그러나 현실은 그와 사뭇 다른 것 같다.
이 땅에서 많은 혜택을 받은 사람들이 홀연히 김포공항을 떠난 후 돌
아오지 않는다. 그렇게 해서 이루어진 재미교포 사회가 날로 번성하
고 있다고 해서, 이를 긍정적으로 보려는 눈도 있다. 그러나 대부분
그들이 우리 사회의 상층부였다는 사실을 생각할 때 우리는 그들이
이 땅을 버렸다는 느낌을 감출 수 없다.

이 땅은 또 탐욕과 무질서에 의해 얽히고 긁혀져 그 본래의 따뜻하
고 사랑스러운 모습을 잃어가고 있다. 마치 패륜아에 의해 구타당한
어머니의 일그러진 모습처럼 무분별한 '개발'에 밀려 나무둥지와 물
줄기가 제멋대로 잘리고, 또 바꿔지는가 하면, 어울리지 않는 시멘트
화장으로 몸살을 앓고 있다. '개발'의 등을 업은 관광객들은 분장한
국토의 모습이 아름답운지 정신 없이 들떠 산과 강을 유린하고 다닌
다. 그들에게 있어서 국토는 남의 땅, 하물며 어머니로서의 사랑과 존

경은 어느 구석에도 존재하지 않는 것 같다. 능멸의 형태로 학대당하고 있다고 하면 나의 지나친 비아냥거림일까.

그러는 사이 마침내 우리의 땅은 몇몇 재벌들에 의해 점유되어 가고 있는 모양이다. 어떤 돈 많은 기업가들이 얼마나 많은 땅에 멋대로 말뚝을 박아놓고 있는지는 그 회사의 간부들도 모를 정도라니, 우리로서는 까마득한 정보의 저쪽에 있는 셈이지만, 자신의 목젖이 남에 의해 옥죄는 듯한 답답한 감정만은 피할 길이 없다.

재벌기업들이 이른바 부동산 투자를 일삼고 있다는 사실이 알려진 건 물론 어제 오늘의 일이 아니다. 그들은 돈이 없다고 울상을 짓고 은행 돈을 열심히 빌려가지만, 다른 한편 업무와 아무 상관 없는 땅을 사두는 데에는 매우 민첩하게 움직인다. 이런 일을 막겠다고 정부에서는 이 문제만을 다루는 기관을 따로 만드는 등 대비책을 마련해 왔다고 하는데, 최근 발생한 소위 토지매입 부정사건은 재벌과 그 기관이 사이좋게 의논껏 부정을 저질러왔음을 알려준다.

이제 「땅을 산다」는 말 자체가 없어졌으면 좋겠다. 대체 땅을 어떻게 사고파는가. 생명을 팔고 산다는 말이 있을 수 없듯이, 어머니를 매매한다는 것은 말이 안되듯이, 「땅을 사고 판다」는 것은 근본적으로 말 자체가 되지 않는 것이 아닐지. 땅을 경작의 대상, 건축의 대상으로 볼 때에만 땅은 곧 매매의 대상이 된다. 땅을 팔려고 류보비에게 재촉하는 로파힌의 모습을 체호프는 땅의 변화 아닌 생활의 변화로 〈벚꽃동산〉에서 관찰하고 있다. 땅 위에 집을 짓고, 거기서 나는 열매를 먹고 있는 것은 사실이지만, 땅이 인간을 낳아준 곳이기에 그 땅의 주인은 거기에 사는 그 사람일 수밖에 없다. 이른바 땅주인이 아무리 바뀌어도 거기 그대로 언제나 남아 있는 땅 자체가 바로 그 튼튼한 증인이다.

생각해 보면, 우리의 땅이야말로 온갖 영욕을 보고 지켜온, 살아 있는 유일한 생명일 것이다. 그 땅의 의미를 모르고 날뛰었던 사람들, 땅을 마치 제것처럼 소유할 수 있으리라고 착각했던 사람들, 제 땅을 우습게 알고 버렸던 사람들을 땅은 그대로 말없이 포근하게 감싸고 있다. 이제 사람들의 할 일은 이 말없는 생명의 원천으로부터 이 시대를 살아가는 새로운 생명의 힘을 부여받는 일일 것이다. 사람들 쪽에서 더이상 땅을 향해 폭력을 행사한다면, 은인자중하고 있던 대지가 분노의 함성을 터뜨릴지도 모른다. 우리 시대의 무질서와 비극은, 그 자애로운 어머니의 노한 모습이 가까워오고 있음을 모르고 있는 데에 있는 것 같다. (1991년)

중산층의 원칙 파괴

말 많은 수서지구 주택조합원이었던 사람들의 절반이 사실은 자기 집이 있는 사람들이었던 것으로 밝혀지고 있다. 짐작 못했던 일은 아니지만, 이 보도를 접하면서 느끼게 되는 나의 심정은 벽을 보듯 답답할뿐이다. 사람들의 마음이 올바로 풀리지 않고서는 법도 제도도 정책도 무슨 소용이 있으랴.

욕망이 지나치면 죄를 낳는다고 하지만, 욕망이 문명의 원동력인 것도 또한 사실이다. 오늘 우리 사회의 발전도 따지고 보면 집단무의식으로 자리잡고 있는 거대한 욕망의 덩어리가 그 힘이 아닐까 싶다. 어디를 보더라도 분출하는 욕망, 욕망, 욕망들……. 그 욕망 덕분에 빌딩도 서고 공장도 돌아가고 길도 닦여지고, 그리하여 마침내 국민소득 6천 달러도 되었다. 또 지방자치체의 실시도 눈앞에 보게 되었다. 욕망을 깔고 우리 사회가 발전하고 있는 것은 틀림없는 일인 듯하다.

그러나 한편 눈을 조금만 옆으로 돌려보면 사회발전이라는 무서운 속도의 풍차에 치여 부서지거나 날아가버리는 것도 너무 많다. 사회

발전을 압축적으로 보여주고 있는 도시 발전만 하더라도 너무 정신이 없을 정도다. 예컨대 서울과 같은 대도시는 이미 대도시라는 말이 무색한 괴물이 되고 있어, 교통문제를 비롯한 수많은 난제들이 아예 해결 불가능하다는 진단까지 나오고 있다.

이런 소용돌이 속에서 아예 없어져 가는 것이 있다. 어렵게 말하면 공동체 정신이요, 쉽게 말하면 사람들끼리의 정, 혹은 염치나 분수와 같은 것들이다. 그 대신 살벌한 이기주의만 더 판을 쳐, 남이야 어떻게 되든 자기만 잘살면 된다는 사고는 법·제도·정책을 우습게 만들어버리는 이 세대의 막강한 힘으로 정착하고 있는 추세다. 남을 쳐라! 약하면 치고 강하더라도 쳐보라! 한 개인의 인격적 완성과 사회봉사를 위해 쓰여야 할 교육은 이때 그 '치는 도구'로서의 유효성을 발휘한다.

중산층이라는 사회학적·경제학적 용어는, 한 사회의 올바른 발전을 위한 바람직한 지렛대로서의 구실보다 이때 이 '치는 싸움'에서 승리한 자들의 집단과 같은 성격으로 나타난다. 그들은 일류 학교의 진학이라는 교육면에서 이겼고, 일류 직장·일류 결혼에서 이겼고, 드디어 일류 주택과 일류 자가용까지 얻었다. 욕망은 이쯤에서 끝나야 하고, 풍차는 단순한 속도보다 그 조화로운 기능에 이제 신경을 써야 할 것이다. 그러나 우리의 중산층은 그렇지 않다. 아마도 올바르게 성장하지 못한 올바르지 않은 중산층이기 때문일까. 그들은 남을 치는 작업을, 욕망의 확대재생산을, 돈키호테를 따라다니는 산초판자처럼 부지런히 행한다.

오늘 우리 사회의 이른바 사회문제는 소위 '중산층'이 야기하고 있다고 해도 지나친 말은 아닐 것이다. 전국을 휘젓고 돌아다니며 값을 올려놓고 있는 땅투기, 청약 때마다 과열바람을 일으켜 분양시 항상 말썽이 끊이지 않고 있는 아파트 투기, 부정입학 소동으로 올해에도 큰 회오리를 몰고 온 대학입시 파동, 어떤 대책에도 조금도 양보하지 않으려는 자가용족들로 인한 교통문제 등등, 얘기하자면 한이 없다.

이 모든 문제들은, 이미 웬만한 것은 가질 만큼 갖고 있는 중산층들이 더, 조금 더 가지려고 하는 욕망 때문에 빚어지는 일이다. 물론 그 욕망 자체야 인간의 어쩔 수 없는 본능이라고 치자. 문제는 그것이 법·제도·정책을 무시하고 이 사회를 온통 그 욕망만의 무질서가 지배하는 사회로 공공연하게 만들어가고 있다는 점에 있다.

이번의 수서파동은 그 전형적인 본보기이다. 이미 주택을 갖고 있는 사람들이 대부분인 정부기관·공공기관의 인사들이, 무주택자들을 위한 공영개발의 원칙을 부숴버리고 '특혜' 받기에 나섰다는 사실은 남을 쳐서라도 자신의 욕망을 확대하겠다는, 저 저주받은 메피스토식 탐욕이며 멸망의 길이다.

한 사회는 두말할 나위 없이 분명한 원칙에 의해 지배되어야 하고, 이 원칙은 누구보다도 그 사회의 받침돌이 되는 중산층에 의해 보호되어야 한다. 우리 사회에도 원칙이 있다. 민주주의의 원칙·자유의 원칙·공평의 원칙과 같은 것들이 그것이다. 우리는 이 원칙을 수없이 많은 입으로 뇌까리면서, 그 실천은 몇몇의 지도자에게만 요구할 뿐 자신은 언제나 치외법권적 진공상태에 놓여 있는 것으로 스스로 제외시키는 데 익숙해 있다. 우리가 중산층이라면, 그 중산층인 우리들이 말이다.

그들은 원칙을 보호하기는커녕 파괴하는 데에 익숙해 있다. 하나의 원칙 아래 올바른 정책이 세워져 실행되려고 할 때에 그들은 꼭 끼여들어 예외를 요구한다. 「나만은 좀 봐달라」는 것이다. 안되는 것을 되도록, 되는 것은 안되도록. 이런 압력은 반드시 정치적인 곳에서만 내려오지 않는다. 우리 사회의 모든 방향에서 다가온다. '나만은 어떻게 좀'이 그리하여 원칙을 무너뜨리고, 필경 원칙은 있으나마나한 꼴이 된다. 중요한 것은 법과 원칙 아닌, '아는 사람'이며 이것을 위해 교육 · 돈 · 권력 따위가 동원된다. 원칙이 지배하는 사회가 아니라 특혜가 지배하는 사회가 된다. 이때 특혜에서 소외된 사람들은 반항과 갈등을 일으키게 되며 불만을 집단화한다.

문제의 주범은 중산층의 탐욕주의이다. 비록, 그것이 부분적으로 나의 이익을 훼손하더라도 원칙에 순종하는 중산층이 될 때 원칙도, 사회도, 그리고 중산층 자신도 보호될 것이다.　　　　　(1994년)

사랑 없는 참사

한꺼번에 1백여 명의 목숨을 앗아간 엄청난 참사가 또 일어났다. 이번에는 대구에서. 비슷한 사건이 너무 자주 일어나 불감증까지 걸릴 정도다. 세간에서는 우리와 먼 거리에 있는 나라에서 일어난 사건이름을 따서 '호마하마' 비극이라고 다소 시니컬하게 말하는 이들이 있다.

'호마'는 폭탄이 터져 아비규환의 수라장이 된 오클라호마를 가리키는 말이며, '하마'는 독가스 세례로 뒤숭숭한 요코하마를 일컫는 이야기다. 그러나 호마하마뿐만이 아니냐. 같은 나라 정부군에 의해 수천 명이 학살당하고 있는 르완다를 보자. 아니, 먼 곳에서 들려오는 소식에만 귀기울일 필요는 없다. 우리 주변에서 들려오는 저 사람 죽이는 소리들을 들어보라. 자식이 부모를, 부모가 자식을, 친구·동료들끼리, 서로 사랑한다고 하는 사람들끼리의.

이러한 비극적인 현실의 원인을 인간이 원래 악질이라는 이론, 즉 성악설에서 발견하는 견해가 있다. 그런가 하면 문명이 발달하면서 물질주의적 가치관이 인명경시 풍조를 낳았다는 견해도 있다. 그 어느것이든 타당한 이유와 논리를 갖고 있다. 그러나 나는 인간에 대한 인간의 사랑 결핍을 그 핵심적인 이유로 지적하고 싶다. 인간애? 이 것 역시 너무 진부한 말 아닌가. 그렇기는 하지만 그 사랑은 인간이 가진 여러 가지 조건에 구애받지 않는, 말하자면 총체적인 의미에서 의 사랑임을 새삼 강조하고 싶은 것이다.

사람은 그 실존적인 조건이 각양각색이다. 인종이 다르고, 성별이 다르고, 세대가 다르고, 직업이 다르고, 성격이 다르고. 아 그렇다, 무 엇보다도 얼굴들이 모두 다르지 않은가. 이 서로 다름은 귀중한 인간 의 축복이다. 그러나 오늘날 인간의 인간에 대한 증오와 갈등, 알력은 다른 것을 다른 것으로 보지 못하고 존중해 주지 못하는 데서 생겨나 는 것 같다. 흑백간의 인종 분규라든지, 같은 나라 안에서의 이민족간 살육이라든지, 남녀간의 다툼이라든지, 세대간의 대립이라든지, 출신 지역간의 알력이라든지, 결국 서로 다른 것을 예쁘게 보아주고 신통 하게 생각하고 서로 받아들이려 하지 않는 데서 연유하는 것이다. 우 리의 문화도 지식도 학문도 이러한 갈등과 대립을 풀어주는 데 기여 하기보다 그것들을 조장하는 데 오히려 칼을 갈고 있다는 느낌을 나 는 문득문득 받을 때가 있다.

사람을 생산성과 규범 위주로만 보는 사회과학적 발상, 인체를 부 분적 기능으로 보기 일쑤인 자연과학적 사고, 사람의 행복을 물질 적·육체적 조건으로만 관찰하곤 하는(얼굴과 몸의 아름다움이 최고 의 가치가 되어버린 세태를 보라. 성형외과가 여성은 물론 남성들에 의해 문전성시를 이룬다고 하지 않는가) 시각은 이러한 현실을 극명 하게 반영해 주고 있다. 그것들은 모두 인간을 총체적으로 바라보지 않고 어느 한 부분을 클로즈업시켜 국부적으로 바라보는 데서 오는 왜곡된 인간관의 소산이다.

사람은 인격이 훌륭한 사람도 있고, 돈이 많은 사람도 있고, 얼굴이 잘생긴 사람도 있고, 몸이 좋은 사람도 있고, 유능한 사람도 있고, 이른바 가문이 좋은 사람도 있다. 그러나 그 반대의 경우들도 너무 많다. 이러한 분석은 한 인간에게서도 가능하다. 사람의 몸은 머리 끝에서 발 끝까지 무수한 장기들로 구성된 유기체적 존재이다. 두뇌와 심장만이 중요한 것은 아니다. 머리칼 하나, 발가락 하나 모두 그것들과 닿아 있는 귀중한 요소들이다. 이 모든 것이 종합되어서 총체적으로 움직일 때 생명의 아름다운 모습이 드러난다. 우리는 한 인간이 비록 어떤 정신적 · 육체적 · 물질적 조건에 있어서 커다란 결함이 있다 하여도 그를 총체적으로 감싸안고 사랑하는 정신을 가져야 한다. 자신과 정치적 입장이 다르다고 하여 숙청의 대상으로 생각하거나, 정치적 맞수를 적으로 생각하거나, 도덕적으로 지탄받는 자를 사회악으로 몰아치거나 함으로써 이 사회의 선이 구현된다고 믿는 한, 사람이 사람을 죽이는 호마하마의 비극은 끝없이 계속될 것이다. 안전사고라고 할 수 있는 대구 가스폭발 사건도, 따지고 보면 보이지 않는 수많은 사람들에 대한 총체적이며 은밀한 사랑이 부지불식간에 결여된 탓으로 일어난 참사다. 사랑은 모든 일에 대한 섬세한 배려 이외의 다른 말이 아니다. (1995년)

아무 곳에도 없는 서울

　나는 서울 삼선교에서 태어났다. 그곳에서 아마 서너 살 때까지 살았던 것 같다. 미군 B29의 공습에 대비해 분주히 왔다갔다하던 일본 군인들의 모습이 이따금 이 마을의 풍경과 함께 회상되기 때문이다. 그 다음의 기억은 주로 혜화동에 머물러 있는데, 지금은 여고로 바뀐 혜화초등학교 맞은편 집이 바로 우리집이었다. 그 당시엔 집 앞으로 개울이 흐르고 있었으며, 작은 다리가 길과 집 사이에 걸쳐 있었다. 여기서 나는 코앞에 있는 학교로 건너다녔다. 6·25가 터진 해에 나는 초등학교 4학년이었는데, 이때엔 우리집이 다시 돈암동으로 옮겨 와 있었다. 이렇듯 나의 유·소년 시절은 모두 돈암동과 혜화동 일대에 널려 있다.

　언제부턴가 나에게는 고향 콤플렉스 비슷한 것이 돋아나 있는 것을 발견했다. 사람들이 전라도 어디, 경상도 어디를 자신의 고향이라고 밝히면서 방학이나 휴가 때 찾아가는 모습을 보면서, 그 어디도 갈 곳 없었던 나의 쓸쓸한 자격지심 같은 것이 아니었을까 한다. 왜 나에게는 고향이 없을까, 나는 실향민도 아닌데…… 하는, 조금쯤 바보 같은 생각이 소년 시절을 꽤 지배했다. 사실을 고백하자면 그런 감정은 지금도 얼마쯤 남아 있다. 자기네 고장이나 고장 출신이 제일이라고 거품을 품는 정치성향의 사람들을 보면, 이렇다 할 고향이 없다는 것이 천만다행이라는 생각이 드는 것도 사실이지만, 무언가 좀 허허로운 느낌이 들기도 한다. 굳이 따져본다면 고향이 없는 것도 아닌데…….

서울을 고향으로 생각하지 못하는 데에는 몇 가지 이유가 있을 수 있다. 예컨대 서울에 살면서 서울이 고향이라고 할 때에는 무엇보다 고향에 대한 그리움, 말하자면 향수가 일어날 수 없다는 점이 치명적이다. 고향이라고 하면, 그곳을 향한 그리움이 있어야 하고, 그리하여 어느 날 문득 그곳으로 떠날 수 있어야 한다.

그러나 서울에서 서울로는 아무래도 맛이 안 나고 부자연스럽다. 그러나 이것말고도 고향은 고향다운 어떤 속내를 감추고 있어야 하지 않을까. 마을 어구의 느티나무며, 길모퉁이의 바위 하나, 그리고 마침내 집 앞에 이르렀을 때의 딸각문까지 어린 시절의 모습 그대로 일 때 「정말이지 고향은 고향이로구나!」 하는 감탄이 절로 우러날 것이다. 물론 밥 먹으라고 부르시던 어머니의 따뜻한 목소리도, 뒤꼍을 돌아 나오시던 아버지의 헛기침도 더이상 들리지 않는다 하더라도 웬만한 것은 있을 자리에 있을 때에 고향이 반가운 것이다. 「산천은 의구한데 인걸은 간데없다」는 말처럼, 풍경만이라도 그대로 변함없이 있어야 하지 않겠는가. 알아볼 아무것도 없다면, 고향은 없다고 할 수밖에 없다.

서울을 고향으로 느끼지 못하는 나의 쓸쓸함은 여기에도 그 원인이 있음을 정직하게 인정하지 않을 수 없다. 우선 삼선교나 혜화동에 흐르던 개울물은 그 자취조차 없고(물론 다리도 없다) 골목 입구에 있던 파출소도, 집 맞은편에 있던 학교도 없어졌다. 내가 살던 집도 상가 비슷하게 달라져 버렸다. 자, 어디서 나의 어린 시절을 찾을 것인

가. 서울은 이제 더이상 변하는 것만을 자랑할 것이 아니라, 지키는 데에서 더 큰 자부심을 가져야 할 것이다.   (1997년)

사 악 한

제2장 개혁 안되는 개혁

지 식 인

개혁 안되는 개혁

'개혁'이라는 말처럼 자주 들어온 말도 많지 않으련만, 그 개혁이 올바로 이루어진 경험을 우리는 갖고 있지 못하다. 언뜻 생각나는 것으로는 구한말 김옥균이 주도한 갑신정변이 있었다. 결과는 실패였다. 일제 식민통치에서 해방된 이후 역대 정권은 모두 개혁, 혹은 그와 비슷한 슬로건을 시정목표로 내세웠지만 한번도 성공하지 못했다.

이른바 문민정부의 개혁도 비슷한 운명을 걸어가고 있는 듯이 보인다. 그토록 소리 높은 외침, 그리고 실제로 몇몇 분야에서 행해져 온 가시적인 조치들에도 불구하고 개혁이 성공적인 성과를 거두고 있다는 판단은 그 어느쪽에서도 나오지 않는다. 어떤 보고서는 아예 그것이 실패했다고 결론짓기도 한다. 왜 이렇게 되었을까? 이제는 그 이유를 진지하게 따져볼 때가 되었다. 그런데도 사람들은 걸핏하면 와이에스 욕만 늘어놓을 뿐 그 본질적인 원인과 관련된 자기 반성에는 무심한 듯하다. 놀라운 것은, 지식인이라는 사람들의 행태 역시 이와 크게 다를 바 없다는 것이다. 이즈음의 예를 들어보자면 온통 그저 와

이에스 욕뿐이다. 그러나 이게 정말 와이에스 혼자만의 탓인지, 또 그것으로 해결될 일인지 나는 자못 의아스럽다. 개혁의 실패는 차라리 이러한 현실 자체의 어떤 깊숙한 곳에 음습하게 숨어 있는 곰팡이 때문이 아닐까. 분석되지 않은 우리의 침 튀는, 무분별한 언사들이 축축한 습기가 되어 그 곰팡이를 따뜻하게 번식시켜 오고 있는 것은 아닐까. 사실 나는 너무 오랫동안 이러한 의심으로부터 자유로울 수 없었다. 나의 문학도 따지고 보면 이 자유로움을 향한 갈망의 한 선택이었다고 할 수 있다.

갑자기 웬 개혁 타령이냐고? 이렇듯 시도때도없이 이어지는 개혁의 선풍과 구호에도 불구하고 왜 정말이지 개혁이 되지 않는지 직접 그 이유를 따져보고 싶었기 때문이다. 왜 개혁되기가 이토록 힘든가? 무엇이 그것을 막고 있는가? 개혁의 방향이 올바르지 못했다는 주장도 있고, 와이에스가 혼자 목에 힘만 주기 때문이라는 지적도 있다. 그리하여 개혁은커녕 각종 비리가 여전하고 노동법 파동인지 뭔지 서로 핏대를 올려대며 으르렁거리는 꼴도 예나 이제나 다름없는 현실이다. 대학 1학년 때 4·19를 겪고 5·16으로 군사정권을 맞은 이후 근 삼십 년간을 독재 치하에 찌들려오면서 이런 모습 저런 모습을 때로는 직접 당하고, 때로는 옆에서 눈물로 지켜본 터였다. 입 한번 뻥긋 잘못하면 쥐도 새도 모르게 끌려가고 모든 권력은 중앙에 집중되어 있어서, 그야말로 언론 자유와 지방자치제는 독립국가 출현 이후의 꿈이었다. 이른바 문민정부가 나타난 이후 이 꿈은 서서히 현실로 실현되었다. 너무나도 감사한 일이었고 사실 제이의 해방이라고 할 감격의 시간이었다. 개혁은 그 이후 당연히 따라와야 할 수순이었다고 할 수 있다.

그런데 상황은 다시 나빠지고 있다. 매우 황당한 일이 아닐 수 없다. 그리고 지식인을 포함한 많은 사람들이 그 책임을 전부 대통령에게만 돌리고 있는 감이 있다. 먼저 나는 이러한 현실인식에 부분적으로만 동의한다는 점을 말하고 싶다. 문제는 훨씬 심각한 곳에 있지 않을까? 무엇보다도 경제개혁과 교육개혁을 지켜보면서 내가 느낀 점은 우리 모두 개혁을 그리 달가워하지 않는다는 사실이었다. 그 정도는 차라리 '싫어한다'고 하는 편이 옳을 만큼 반동적·지체적이다. 거의 모든 사람들이 그런 얼굴들인데, 기이하게도 자신들은 그런 자신의 모습을 모른다. 다시 말하면, 남들을 개혁이라는 이름 아래 바로잡는 것에는 박수를 보내지만, 자신이 그 대상이 되는 것에는 저항한다. 그 대표적인 본보기가 관료체제이며 공무원들이다.

자, 다시 생각해 보자. 개혁, 개혁 하는데 도대체 무엇을 어떻게 개혁할 것인가. 개혁에는 개혁의 방향과 이념이 있어야 할 것이다. 그 이념은, 동어반복이 되겠지만, 이데올로기라고 해도 좋을 그 어떤 것이다. 이념은 겉으로는 정치적인 모습을 하고 있지만 그 바탕은 철학이며 사상인데, 과연 우리 사회의 철학은 무엇인가. 이 문제의 선결 없이는 모든 개혁이 필경 말장난으로 끝날 수밖에 없는 논리를 갖고 있다. 그것은 우리 자신이 어떤 사람들이며 우리 사회가 어떤 사회인지, 그리고 우리와 우리 사회는 어떤 모습으로 살아가고 싶은지, 이런 것들에 대한 자기 분석과 자기 희망을 담고 있다. 역사적으로 대륙국가들은 이 점에서 관념론을 발전시켜 왔고 해양국가들은 경험론을 키워왔음을 우리는 알고 있다. 관념론에서 사회주의가, 경험론에서 자본주의가 생겨난 것도 모두 잘 알려진 사실이다. 중국이 사회주의를, 미국이 자본주의를 그들의 이념으로 삼고 있는 까닭은, 그럴 수밖에 없는 역사적 필연성과 관계된다. 이념의 신토불이라고나 할까.

바로 이것, 우리에게도 신토불이의 이념이 있어야 한다. 그러나 나는 결코 한때 어떤 정치지도자가 주장했듯, 소위 '한국적 민주주의'를 역설하는 것은 아니다. 이념의 구체적 실현인 정책이, 그야말로

'그 온전한 실현'이 될 수 있도록 이념과 정책실현의 관계가 논리적으로 튼튼한 관계를 가져야 한다는 것을 힘주어 말할 따름이다.

하나의 가까운 예를 교육개혁 쪽에서 들어보자. 이즈음 한창 진행되고 있는 '교육개혁'의 기본논리는 교육소비자, 혹은 수요자 입장에서의 제도개혁이다. 쉽게 말하면, 학생 중심으로 학교가 바뀌어야 되겠다는 것이다. 이러한 논리는 말하자면 자본주의 이념의 한 표현이다. 요사이엔 아예 교육시장이라는 말까지 나올 정도로 이 문제가 미국을 중심으로 한 자본주의 틀 속에서의 풍속임을 알 수 있는데, 그것은 그 나름대로 타당성이 있다. (무릇 타당성 있는 일이 어디 한두 가지일까, 문제는 수미일관의 정책인 것을!) 그러므로 자본주의 논리를 교육정책에 도입하기로 결정했다면, 교육의 모든 면에서 그 정책이 실현되어야 한다는 점이다.

이제 그렇게 마땅히 되어가야 할 요소들을 생각해 보자. 소비자 중심의 생산관계는 당연히 생산주체, 소비주체의 자율성을 근간으로 한다. 자본주의야말로 자율성의 토양 위에서 피어나는 꽃이다. 그러므로 생산주체라고 할 수 있는 학교와 교원의 자율성은 절대적인 선결사항이다. 학교는 자신이 뽑고자 하는 학생들을 제 뜻대로 뽑을 수 있는 권리를 가져야 하며, 생산체제에 해당하는 교육과정과 내용을 그 뜻에 맞게끔 편성할 수 있는 권리 역시 가져야 한다. 그래야 소비자의 요구에 부응하는 생산제품을 만들어낼 수 있고, 생산기술을 발달시킬 수 있다. 요컨대 생산자와 소비자는 시장원리에 따라서 자연스러운 유통관계를 유지할 수 있는 것인데, 이때에는 기본적으로 양자에게 똑같이 자율성이 확보되어야 한다. 이것이 무너지면 곧 국영사업에 의한 배급체제로 변질된다.

자, 그렇다면 오늘 우리의 교육현실이 어디에 해당되며, 이른바 교육개혁의 내용이 무엇인지는 너무나도 자명하다. 가장 먼저 이루어져야 할 생산체제의 자율성 문제는 전혀 고려되지 않은 채 오히려 소비자 문제의 극히 일부가 많은 모순을 동반하면서 사태를 힘들게 만들고 있는 감이 있다. 지금이라도 개혁이 제대로 이루어지려면, 모든 학교주체에게 자율성이 되돌아가야 한다. 그러자면 교육당국의 모든 손길이 회수되어야 한다. 관료체제와 공무원들은 자본주의 이념 아래에서는 소수의 서비스 종사원으로 그 기능과 몫이 바뀌어야 하는 것이다. 이 논리는 다른 모든 분야에도 마찬가지로 작용한다. 가장 자주 인구에 회자되는 소위 경제정책에 있어서의 '규제' 문제도 바로 이것이 아닌가. 우리 경제의 발전을 저해하는 암적인 요소는 노동문제도, 고비용 저효율문제도 아닌(아닐 리야 없겠으나) 바로 정부의 규제문제 때문이라는 것이 우리 정부를 제외한 국내외의 일치된 지적(사실 정부 자신도 이를 시인하고 그 철폐를 누누이 약속하고 있지만)이다.

개혁이 제대로 이루어지지 않고 있는 요인으로 결국 관료체제와 공무원들이 도마 위에 오른 셈이 되었다. 그러나 그것을(혹은 그들을) 배타적으로 인식해서는 문제가 풀리지 않는다. 공무원들 역시 우리 국민이 아닌가. 문제는, 우리 자신들의 의식 깊숙한 곳에 자리해 있는 관료사상, 비민주적 발상이다. 생각해 보라, 지금이라도 자율화를 선언하고 나선 대학에서 만일 학생들을 성적순으로 뽑지 않고 기부금 입학이라도 단행한다면, 아마도 매스컴을 비롯한 소위 국민여론이 들끓을 것이다. 아무리 훌륭한 교육이념을 가진 학교설립자나 교장(총·학장)이 장기적인 계획 아래 이런 정책을 추구해 나간다 해도, 참을성 있게 기다려줄 한국인은 그리 많지 않다. 그렇다면 '위대한 개성'은 길러지지 않는다. 차라리 그전의 독재자가 그래도 좋았다는 말 같지 않은 말이나 지껄이면서 노예적 삶을 감수하는 숱한 사이비 지성과 그 위대한 개성은 사뭇 다르다. 모든이가 자기를 돌아보며 바꾸어나가지 않는 한 개혁은 없다. (1997년)

모든 길은 감옥으로 통한다?

로마 제국의 권력이 전 유럽을 장악하고 있을 때, 모든 길은 로마로 통했었다. 로마로 가지 않고서는 제대로 이루어지는 일이 없었다. 예수 시대를 지배하다가 마침내 예수를 십자가에 매달은 빌라도 총독도 로마정부가 보낸 파견관이었다. 소아시아 일대를 전도여행하던 사도 바울이 마침내 당도한 땅도 로마였으며, 그리하여 결국 옥사한 곳도 로마였다. 한 알의 밀알이 땅에 떨어져 썩음으로써 보다 큰 생명을 잉태하듯이, 바울의 순교는 로마를 기독교의 새로운 메카로 만들게 하였다. 모든 길은 로마로 통한다는 화두는, 그리하여 하나의 잠언이 되었다.

그 상징구조가 반드시 같은 것은 아니지만, 나는 최근 우리에게 있어서 모든 길은 감옥으로 통하는 것 같은 느낌에 휩싸여 살아가고 있다. 엊그제까지 우리를 호령하다시피하면서 군림하던 사람들이 줄지어 감옥으로 가고 있는 모습을 보면서 이 나라의 여러 가지 문제가 새삼 비극적으로 떠오르고 있음을 느끼게 된다. 왜 모두들 감옥으로 가

는가? 국회의원도 가고, 장관도 가고, 참모총장을 하던 군 최고지휘
관도 가고, 대학교수도 가고, 물론 사업가도 가고. 아! 너도 가고 나도
가야지, 이들을 붙잡아 감옥으로 보내는 일을 직업으로 하고 있는 검
사와 경찰관도 가고 있으니. 그리하여 마침내 대통령 하던 사람들도
감옥으로 갔다. 이른바 개혁이니 사정이니 하는 시대의 바람을 맞아
일어나고 있는 현상이지만, 따지고 보면 모든 이들에게 우리의 감옥
문은 너무 넓게 열려 있다. 신문을 보라, TV뉴스를 보라. 기사의 대부
분은 오늘도 누가 무슨 잘못을 저질러 붙잡혔고, 재판을 받았으며, 감
옥으로 가게 되었다는 이야기다. 무슨 잘못들을 그리 많이 자주 저지
르는지, 아니면 법이나 규정이 지나치게 까다로운 것인지 나로서는
의아스럽고 짜증스럽다.

　감옥에 간다고 하면 보통 생각으로는 도둑질을 했기 때문이라고 연
상하게 마련이다. 도둑질을 하는 사람을 우리는 보통 도둑놈이라고
부르는데, 이때 그 도둑놈은 물론 직업적인 도둑놈이다. 도둑놈보다
더 무서운 범죄자도 있다. 사람을 죽인 자나 강도 따위다. 어쨌든 이
들은 일반 사람들과는 다른, 처음부터 악한 사람들일 것이라는 통념
이 지배적이다. 그런데 해방과 건국 이후 우리의 현실은 어떠했나. 특
히 5 · 16 군사정부 이후 세상은 도대체 누가 도둑놈인지 알 수 없는
판이 되어버리고 말았다. 도둑을 잡아들이는 검사와 경찰관이 도둑놈
의 혐의로 붙잡히는 형국이 되었으니 보통사람들은 방향감각을 잃어
버리는 것이 당연하다고 할 수밖에 없다. 붙잡는 사람과 붙잡히는 사
람의 구별이 없어진 세상, 이런 세상에는 지배자와 피지배자, 가해자
와 피해자, 법과 불법의 구별이 있을 수 없다. 요컨대 법과 질서가 실
종되어 버린 세상이다. 세상이 이렇게 되어버린 것은 법과 질서를 이
끌어나가야 할 이른바 지도층이 범죄자 내지 범죄집단으로 타락해 버
렸기 때문이다. 규범을 세우고 가치를 형성해 나가야 할 지도층이 도

둑잡범과 똑같이 자신들의 저급한 욕망 충족에만 매달린 것이다.

지도층의 범죄는 일반 도둑들의 범죄에 비해 훨씬 더 비난받아야 할 문제를 안고 있다. 일반 도범들의 범죄는 식생활의 충족과 같은 일차적인 욕망을 채우고자 하는 데에서 나오는, 매우 처절한 현실의 반영이다. 그러나 지도층의 범죄는 먹고 사는 문제와 근본적으로 무관하다. 이즈음 날마다 터지고 있는 부정부패의 실태를 보면, 소위 수뢰나 횡령의 액수가 억 단위로 나타나고 있는데, 이것은 무엇을 말함인가. 욕망의 황당무계한 극대화가 아닌가. 지금도 충분히 잘먹고 잘사는 사람들이 더욱 호화롭게 살기 위하여 다른 사람들, 즉 자신들보다 못사는 아래 계층의 몫마저 빼앗고 있는 것이다. 단순 도범보다 그 죄질이 한결 무거울 수밖에 없는 이유이다. 공공의 위치에 있다는 것은, 사회구성원 전체를 대표하며 책임진다는 뜻이기에, 그들이 이 자리를 이용하여 보호하여야 할 대상을 오히려 파괴하는 것은 가공스러운 범죄가 아닐 수 없다.

지도층의 범죄는 다시 몇 가지로 나누어 생각할 수 있다. 첫째는 그들의 범죄가 사회 전체를 범죄의 현장으로 몰아감으로써 야기되는, 일종의 범죄의 지도성이다. 예컨대 한 고급공무원이 어느 업자를 상대로 돈을 받았다면, 그 업자는 다시 하청업체로부터 그에 상당하는 부정을 저지르게 되며, 그 하청업체는 다시 또다른 곳으로부터 그 돈을 충당받는다. 말하자면 범죄가 범죄를 조장·유발하는 범죄의 먹이 사슬을 만들어낸다.

다음에 생각할 수 있는 문제는 소위 권력형 범죄다. 이 범죄로부터는 지금까지의 정치인들 거의 모두가 자유로울 수 없을 것으로 보인다. 정치를 하는 데 필요한 정치자금의 조달이 음성적으로 행해지는 현실에서 이 범죄는 거의 범죄시되지 않았었다. 그러나 대체 그 돈은 어떻게 만들어지겠는가. 권력과 유착된 특혜, 이권 등을 통해 불법적으로 형성되면서도 그 범죄의 주체가 권력이라는 점에서 그 부정은 가려져 왔다. 어쩌다 그 사실이 조금 알려지게 된다 하더라도, 그것은 은폐되었다. 이 범죄는 정치자금이 양성화되고, 노조를 비롯한 모든 사회단체나 개인이 전면적으로 정치적 자유를 누리게 될 때, 아마 불식될는지 모른다. 그런 점에서 최근 일부 정치인들 사이에서 추진되고 있는 후원회 활동은 긍정적으로 받아들여질 만하다. 정치가 부정한 축재를 위한 검은 뒷거래가 아닌, 우리 모두의 삶의 개선을 위한 투명한 사회활동으로 인식될 때, 이 범죄는 사라지게 될 것이다. 전문 정치인뿐 아니라 국민 전체, 어린 학생들에게도 인기 있는 정치인과 정당이 생겨나고 정치문화가 발전한다면, 그에 필요한 정치자금은 맑게, 자연스럽게 조달될 것이다.

지도층 범죄의 세 번째 문제점은, 우리 사회의 오랜 관행과 관계된다. 좀 배우고 출세한 사람들(엘리트 계층? 글쎄 어떤 식으로 말하든 마찬가지다)은 으레 좀 대접을 받겠다는 의식이 있는데, 이것은 일종의 권력욕으로 비판되어 마땅하다. 이 권력욕이 관료의식을 낳고 모든 행정을 국민에 대한 봉사 아닌 군림의 형태로 만들어놓는다. 그리하여 엘리트 계층 사이에서 교환되는 이른바 '인사'는 사실상 뇌물의 성격을 띠게 마련이며, 이런 관행이 이른바 친분 이기주의, 집단 이기주의를 배태시킨다. 우리 주위를 돌아보자. 많은 모임들이 있으나 그 모임을 실제적으로 움직이는 에너지, 그리고 그 사실상의 지향점은 친분 확인과 도모이다. 그것으로 그들의 법과 질서를 넘어서는 어떤 특별한 사회적 대우를 암암리에 추구하는 것이다. 그럼으로써 발생하는 범죄는 범죄 아닌 우월의식으로 포장된다.

지도층 범죄가 근절되지 않는 가장 현실적인 마지막 이유는, 사직 당국 자체의 부정에 있다고 보아야 할 것이다. 최근에 한 간부 검사가 구속되었는데, 이것은 건국 이후 처음 있는 일이라고 한다. 그렇다면 그 동안 검찰은 그만큼 깨끗했다는 말인가. 이에 수긍할 사람은 그리 많지 않은 것 같다. 이번에도 많은 검사들이 의혹의 대상이 되었고, 그 의혹으로부터 모두 자유롭다고 할 수는 없는 모양이다. 경찰 쪽의 사정은 더욱 험한 듯하다. 경찰 총수를 지낸 사람이 수갑을 차는 일도 보았고, 중견 간부나 하급 경찰관이 그들 동료의 손에 의해 감옥으로 가는 일도 심심찮게 목도되어 왔다. 사직당국의 엄정성과 준법성은 단순히 그들 자신이 범법을 하지 않았다는 소극적인 차원에서만 관찰되어서는 안될 것이다. 그들은 권력의 풍향이나 압력과 관계없이 권력형 범죄를 포함한 모든 범죄에 엄격한 법집행을 해야 한다. 이것을 게을리하거나 잘못한다면, 이 역시 범죄나 다를 바 없는 일로 비판되어야 한다. 범법이 사직당국에 의해 다스려지지 않는다면 필경 모든 법은 휴지에 지나지 않고, 범죄는 더이상 범죄로서 규탄되지 않는다. 결국 범죄가 지배하는 세상이 된다.

한편 사직당국 못지않게 소명감·책임감이 환기되어야 할 기관은 언론기관이다. 과연 언론기관은 깨끗한가. 그들은 매일같이 부정부패를 질타하고 공분을 터뜨리고 있지만, 그들을 향한 우리 모두의 시선은 별로 미덥지 않다. 그들이 스스로 그들의 부정을 진술하지 않는 한, 우리는 그 실상을 알 수 없게 되어 있다. 언론인이 자율적으로 다시 서지 않는 한, 우리의 미래는 똑바로 뻗어갈 수 없다. 사실 우리의 언론기관은 정당 혹은 정치집단과 다를 바 없이 지나치게 정치화되어 온 감이 있다. 어떤 의미에서 모든 신문·방송·잡지가 모두 정론지들이다. 왜 이렇게 정치에 많은 관심을 표방하면서 국민들을 정치적으로 긁어대는가. 나로서는 언론기관이 권력욕과 관계된 신분 확인 혹은 그 상승을 중요한 존재 이유로 삼고 있기 때문이 아닌가 생각된다. 언론기관은 분명히 권력기관이 아니다. 언론기관은 문화기관이다. 그것은 권력을 비판하면서 새로운 권력을 추구하는 것이 아니라,

권력 이상의 삶의 가치창조에 기여한다. 그런 의미에서 우리의 언론기관은 정론지·상업지를 지양하고 문화적 성격을 추구해야 한다.

구약을 펼쳐보면 하나님의 많은 심판장면이 나온다. 바벨탑이 무너지고, 노아홍수의 심판장면도 나온다. 그 밖에도 지혜의 왕이라고 일컬어진 다윗이 잘못 나갈 때 그를 견책하신 것을 우리는 읽을 수 있다. 물론 하나님은 한없이 오래 참으신다. 그러나 우리 인간이 잘못된 욕망을 끝없이 추구할 때, 그 욕망은 기울어진 탑의 크기로 쌓여 올라가다가 마침내 무너진다. 하나님이 우리를 버리셨다기보다, 하나님 쪽의 적극적인 나무람이기보다, 우리들 인간 쪽의 방정맞은 배신이 빚은 불가피한 업보라고 하는 편이 맞을지 모른다. 하나님이 우리를 버리시지 않고 지금 다시 회개와 새로운 출발의 기회를 주심은 너무나도 감사한 일이다. 인간이 비록 완전히 깨끗해질 수는 없다 하더라도 이 구조적·총체적 불의의 사슬만은 끊어야 할 것이다. 지도층은 더구나 그 사슬을 잇는 자의 이름이 아니라 끊는 자의 이름이다.

(1996년)

인사하지 맙시다

구속, 구속, 구속…… 장관도, 장군도, 의원도, 교수도, 은행가도, 심지어는 가정부인까지, 찬 구속바람을 피하고 있는 분야는 어디에도 없어보인다. 모든 종류의 직업인들, 각 분야의 인사들이 골고루 잡혀가고 있으므로, 마치 모든 국민이 죄인이 된 기분이다. 물론 나를 포함한 이른바 지식인이라는 사람들도 여기서 벗어난 자리에 있지 않다.

따라서 매일 보도되는 신문기사, TV뉴스는 바로 우리의 자화상이다. 부정부패범으로 몰려 있는 그들에게서 나는 범인이나 가해자의 모습보다 초라하고 어리석은 피해자의 모습을 보게 된다. 우울하다. 이것이 우리의 수준이기 때문이다. 스스로를 끊임없이 범인의 수준으로 낮추어가고 있는 우리의 지혜, 무엇이 우리를 이처럼 가련하게 만들고 있는가.

문제를 우리 한국인으로만 제한하여 냉소적으로 우리들 자신을 바라보는 것은 옳지 않은 일인지도 모른다. 고대 희랍의 철인 헤라클리

투스는 대부분의 인간들이 습관적 수면상태 속에서 전신마비 증세를 보이고 있다고 그 옛날에 벌써 지적한 일이 있다. 예나 이제나 인간들이 드러내고 있는 정신적 상황이란 수면에 가까운 것, 올바로 깨어 있지 못하는 모양이다. 그러나 그렇다고 잠만 잘 것인가. 헤라클리투스는 물론 이 깨우는 일을 하는 것이 철학이라고, 철학의 길을 내세웠지만 내 생각으로는 그것도 그렇지 못한 듯하다. 철학이 있어온 지 수천 년, 우리에게도 철학은 없지 않지만 줄줄이 오라를 차는 현실은 오히려 더 강퍅해지고 있다.

따지자면 모든 인간은 죄인이라는 기독교의 교리를 따르든가, 성악설을 신봉하는 도리밖에 없을 것이다. 사실 근본적으로 인간에게 의롭고 선한 구석이 그렇지 않은 부분보다 많았다고 말하기는 힘들어보인다. 인간들의 인간된 특성이란 그 본질이 욕망이며, 이 욕망은 끊임없이 타인을 이용하거나 제압하는 쪽으로 나가고 있다. 순진하다는 어린이들에게서조차 이러한 성향은 드러난다. 남에게 잘 보이기 위해서는 그들 역시 거짓 표정짓기를 힘들어하지 않는다. 권위주의 사회의 어린이들이 짓는 집단적인 미소 뒤에 숨은 저 인간의 운명적인 음험성을 읽으면서 나는 이따금 몸서리를 칠 때가 있다. 정말이지 인간은 대책 없는 죄인임이 분명하다.

그러나 이렇게 말하면서 우리는 우리의 손을 편하게 놓을 수 없다. 특히 우리 사회의 그 부패한 냄새가 밖으로 터져나왔는데 코를 쥐고 달아날 수만은 없는 것이다. 조금이라도 덜 썩게 할 수만 있다면 부지런히 그 길을 찾아야 할 것이다. 인간을 죄인으로 단죄하고 앞으로의 천국을 약속한 예수님도, 할 수만 있다면 이 땅 위에서도 천국을 지을 수 있도록 해볼 것을 명령하지 않았는가. 국가시험을 본다는 국가기관에서 돈을 받고 답안지를 빼돌리는 일이, 인간은 원래 그렇다는 이유를 앞세워 정당화되거나 용서될 수는 없는 일이다. 돈을 받고 진급을 시켜주는 상사, 돈을 받고 세금을 면제해 주는 세리, 돈을 받고 의원 공천을 해주는 정치인들이 여전히 그 일을 관행으로 알고서 계속해 나가서는 안될 것이다.

나로서는 인간죄인론이나 성악설 이외에도 여기에는 한국인 특유의 어떤 이상한 메커니즘이 잠복해 있다고 본다. 그것은 민·관을 막론하고 널리 퍼져 있는 봉건적 관료주의 때문이 아닐까. 말하자면 우리 국민 모두의 의식이 여전히 민주화되지 못한 탓일 것이다. 그런 의미에서 우리들의 사고에는 사실상 민주화를 싫어하고 거부하는 그릇된 특권의식이 숨어 있는지 모른다. 자기만은 조금 더 대접을 받아야 하고, 자기가 다른 사람을 부리거나 봐줄 수 있는 권리가 있다고 생각하는, 적어도 그런 사회가 괜찮은 사회라고 여기는 찌꺼기 벼슬아치 의식이 남아 있는 것이다. 우리 누구나 혹시 이것이 없어질까 봐 두려워하거나, 이것 좀 얻으려고 발버둥치는 것은 아닌가.

찌꺼기 벼슬아치 의식은 소위 '인사(人事)'를 중요시하는 관습 속에 깊이 감추어져 있다. 「그 사람 인사를 할 줄 알더군」이나 「사람이 통 인사성이 없어서……」라는 표현은 한 사람의 인간성과 능력을 단숨에 결단내는 날카로운 칼이다. 그러나 그 칼은 보통 중후한 전통과 품위의 도포자락 속에 숨겨져 있다. 그 말을 하는 사람은 대부분 점잖으며, 그 비판의 대상이 된 사람은 여지없이 파괴된다.

도대체 인사란 무엇인가. 단순히 경례나 절을 하는 행위인가. 물론 아니다. 상당한 선물, 즉 돈을 뜻한다. 그리하여 돈은 은행에서 돈을 빌릴 때도 필요하고, 학교에서 좋은 평가를 받을 때에도 필요하고, 관청이나 군·정치판에서 출세할 때도 필요하며, 친애하는 유권자들을 상대로 표를 호소할 때도 필요하다. 필요하고 또 필요하다. 돈이 오가지 않으면 졸지에 인사성 없는 자가 되어버리기 때문이며, 이 판단은 어떤 능력이나 학벌, 인격도 능가한다. 지나치게 부정적인 지적일는지 모르겠으나, 한국 사회를 지금까지 지배해 온 것은 이러한 부정의 메커니즘이라고 할 수 있다. 그리고 그 인사를 받기 위해서는 자신이 누군가를 봐줄 수 있는 자리에 있어야 하며, 혹은 지금의 자리를 그런 자리로 애써 만들어야 한다. 이 메커니즘은 피드백의 원리에 편승해서 어디서 어떻게 끊길지 모른다.

지금 그 메커니즘이 군데군데 끊기고 있다. 그러나 아주 없어질지는 아직 누구도 알 수 없다. 왜냐하면 지금은 우리가 그것을 즐기고 있기 때문이다. 대체 이 재미있는 고리의 연결이 모두 끊어져 버린다면 얼마나 심심하겠는가. 아무런 재미가 없어진다고 하는 사람도 적지 않을 것이다. 돈을 무슨 맛에 버느냐며 투덜대는 사람도 있을 것이다.

한국사람은 돈을 쓸 줄 모른다고 하는데, 이 말은 결국 남을 위해 돈을 쓰지 않는다는 뜻이다. 남을 위하다니! 우리는 남을 골탕먹이기 위해 돈을 벌고 돈을 쓴다. 이러한 생각, 이러한 습관을 하루아침에 바꿀 수 있을까? 지금은 이른바 윗물 맑기를 통해 일정한 성과를 거두고 있다. 그러나 정말 달라지기 위해서는 사람이 달라져야 하고, 그러자면 교육이 혁신되어야 한다. 초등학교부터 삶의 의미를 교육시켜야 하고, 중학교부터는 삶의 길에 대한 선택도 연습시켜야 한다. 진지한 연구와 엄청난 투자가 따르지 않는 한 사람들은 여전히 인사만을 중요시하는 낡은 습관을 사랑할 것이다.

자, 인사하지 맙시다.   (1995년)

정치 자유는 완전하게

　벌써 몇 명의 젊은이들이 비명에 사라졌는지 모르겠다. 정말이지 우리는 이제 웬만한 죽음에 대해서는 놀라지도 않는, 생명 불감증에 라도 걸린 것 같다. 정치뿐 아니라 문화도, 종교도, 교육도 이 엄청난 죽음들 앞에서 엄숙하고 진지한 자기 반성을 해야 할 때가 이미 지났 다.

　따지고 보면, 오늘의 비극은 민주화에 대한 서로 다른 생각들의 대 립 때문에 빚어지고 있다. 이른바 운동권 학생들과 재야, 그리고 적지 않은 국민들은 여전히 민주화가 이루어지지 않고 있다고 주장하는 반 면, 정부·여당에서는 벌써 상당한 민주화가 이루어졌다고 소리를 높 인다. 언론의 자유가 훨씬 신장되었는가 하면, 그토록 오랫동안 갈망 해 왔던 지방자치제도 바야흐로 실시 단계에 접어들었으니 정부·여 당의 민주화 주장도 틀린 것이라고는 확실히 말할 수 없다. 다른 한편 과거에 못지않은 양심수들의 숫자와 학생·재야에 대한 탄압을 근거 로 내세우는 저항세력의 규탄과 호소 역시 가볍게 흘려들을 수 없는 내용을 갖고 있다. 무엇보다 시위학생을 죽인 진압경찰 때문에 그들의 주장은 한결 뚜렷한 설득력이 있어보인다.

　민주화라고 하면, 뭐니뭐니해도 가장 으뜸된 자리에는 정치적 자유가 놓여 있다고 하지 않을 수 없다. 자유로운 정치활동의 보장은 국가가 보장해 주어야 할 가장 긴요한 대목이다. 그 가장 알기 쉬운 형태가 선거를 통한 자유로운 정치참여라고 할 수 있는데, 이 참정권은 우리에게도 제대로 보장되어 있다. 그러나 정치활동의 자유는 선거를 통한 것만은 아니다. 보다 기본적인 것으로서 현실에 대해 정치적 견해를 자유롭게 발표할 수 있는 길이 언제나 열려 있어야 한다. 그 길은 때로는 말과 글의 형태로, 때로는 시위와 같은 직접적인 행동의 형태로 보장되어야 하는데, 지금 우리의 현실은 이 부분에 대한 이해가 제대로 이루어져 있지 못하다. 정부는 물론 국민 일부에서도 그 이해가 정당하게 행해지지 못함으로써, 우리 사회의 정치적 자유는 반쪽인 채로 그러한 기형적 이해가 사회 각 계층의 대립과 갈등을 낳는 요소가 되어왔다. 따라서 사회안정을 강조하는 정부로서는 이 요소를 없애는 데 진력해야 할 것이다.

　시위 등을 통한 정치활동에 대한 제한은 최근의 학생치사사건이 말해주듯, 마치 그것이 불법이나 되는 것처럼 정부에 의해 억압되어 왔다. 학생들이 화염병 등을 던지며 불법·과격 시위를 하기 때문에 이를 막을 수밖에 없다는 것이 정부의 주장이지만, 그렇다면 평화적 시위는 보호하고 있는지 묻지 않을 수 없다. 모든 사회집단들의 정치적 행동이 보장될 때, 정치적 자유는 진정한 것이 될 수 있다. 최근 우리 사회의 저항세력으로 떠오르고 있는 집단들을 대별해 보면 학생집단, 교사집단, 노동자집단 들이다. 이들은 그 자체로 정치집단이 아니지만, 언제나 정치적 견해를 자유롭게 피력하고 정치적 행동 또한 자유스럽게 할 수 있어야 한다.

그러나 정부를 포함한 우리 사회 일각에서는 학생은 공부만 하고, 선생은 가르치기만 하고, 노동자들은 노동만 하는 것이 당연하다는 인식을 갖고 있다. 물론 그들은 공부하고, 가르치고, 노동하지만 그것만 해야 하는 것은 아니다. 국민은 누구나 정치적 자유를 갖고 있기 때문이다.

　일반 국민은 몇 년에 한번씩 하는 선거를 통해서만 정치활동이 가능하다는 인식에서 벗어나지 못하는 한, 우리 사회의 혼란은 극복하기 힘들어보인다. 정부를 포함한 정치권은 부지불식간에 정치는 정치인이나 정당만이 하는 비순수한 것이라는 의식을 조장함으로써 다양한 사회집단들을 넓은 의미의 정치활동에서 소외시키고 있다. 정치에 오염되지 말고 당신들은 당신들 맡은 일이나 제대로 하라는 말투로 된 상투적 메커니즘은 오히려 사회 전체로부터 정치인과 정당을 거꾸로 소외시키고 있다. 다양한 사회집단들의 정치적 행위를 오히려 환영하고 수용함으로써 정부, 정치인, 정당은 사회적 신뢰를 높여야 할 것이다. (1987년)

누구나 정치를

누구나 정치를 할 수 있으면 좋겠다. 남자도 여자도, 젊은이도 늙은 이도, 학생도 선생도, 노동자도 기업주도, 공무원도 군인도. 실제로 우리 헌법은 모든 국민의 참정권을 보장하고 있다. 그럼에도 불구하고 현실은 그렇지 못하다. 군인이나 공무원은 말할 것도 없고, 우선 교사나 학생들의 정치활동에도 제약이 많다. 무엇보다 전교조 활동 사체가 불법시되고 있지 않은가. 대학생들의 경우에도 강조되고 있는 것은 오직 면학뿐, 정치적인 일체의 행동은 법을 떠나서라도 바람직 하지 못한 일로 평가되는 것이 일반적이다.

요컨대 한국인들의 정치관에는 기묘한 이중의식이 숨어 있는 것 같 다. 한편으로는 정치 혹은 정치인들을 외경시함으로써 이 길로의 진 출을 꿈꾸면서, 다른 한편으로는 정치 혹은 정치인들을 불결시·사갈 시함으로써 이 길로 나서는 것을 정상배·협잡꾼 등의 일로 치부하려 든다. 그러다 보니 정치를 평범한 보통사람들의 일상과 동떨어진 어 떤 것으로 여기게 되고, 정상적인 직업인들이 이에 관계하지 않는 것을 지극히 당연한 일인 듯 생각한다.

그러면 정치는 누가 하는가. 결과적으로 직업이 확실치 않은 사람들이 하는 경우가 가장 많지 않나 생각된다. 국회의원쯤 되는 사람들은 워낙 그렇다 하더라도 이른바 지구당 당원들의 직업성분은 모두 무엇인지 솔직히 말해서 몹시 궁금하다. 그러면서도 그들은 또 돈이 꽤 많은 것 같다. 일정한 직업이 없으면서도 돈 많은 사람들에 의해 정치가 이루어져 온 것이 오늘 우리 정치사회의 한 단면이라면, 이러한 정치현실이 오늘 우리 사회의 현실을 올바르게, 총체적으로 반영하고 있다고는 볼 수 없을 것이다.

정치는 현실의 올바른 반영이어야 한다. 현실의 모든 문제점과 모순은 정치에 그대로 반영되어야 하고, 정치는 이를 전체적으로 풀어나감으로써 우리 현실을 개선해 나가야 한다. 그런데 정치가 어떤 계층이나 집단, 직업의 사람들을 그 정당한 참여로부터 소외시키고 일부 인사에 의해서만 배타적으로 운영될 때 정치에 대한 불신은 물론, 정치 자체의 올바른 기능도 발휘될 수 없을 것이다. (1988년)

우리는 더러운 민족인가

  부정부패가 그치지 않고 있다. 고급공무원들이 줄줄이 잡혀 들어가고 있다. 보도에 의하면 사정당국은 앞으로도 고위공직자에 대한 수사를 철저히 벌여 지위고하를 막론하고 엄단하겠다니, 당분간 비슷한 모습을 계속 보게 될 것 같다. 그러나 이러한 모습을 우리는 처음 보지 않는다. 처음 보다니! 건국 이후 반세기 가까운 동안 얼마나 많이 보아왔는가. 출세하고, 부정하고, 감옥 가고, 또다시 나오고, 또……. 물론 청빈한 공직자들이 더 많겠지만 하도 오랫동안 변하지 않고 계속되어 오는 부정부패의 얼굴들에 분노를 넘어 슬픔을 금할 길이 없다. 과연 이 민족은 부정부패를 씻고 살 수 없을 정도의 더러운 민족인가. 자괴심은 이윽고 자멸감에 이른다. 경제발전을 소리 높여 자랑하고, 입만 열면 문화민족이라고 주장하면서, 게다가 올림픽 개최국이니 뭐니하고 뽐내면서 대체 이 꼴이 무엇인가.
  부정부패를 없앤다는 정부나 민간 주도의 숱한 캠페인들도 보아왔다. 새생활운동이다, 국민재건운동이다, 정의사회 구현이다, 서정쇄

신이다……. 솔직히 말해서 이제는 그런 말들이 오히려 듣기 싫다. 부정부패라는 괴물은 이런 캠페인으로 없어질 성질의 것이 아니다. 이 괴물은 몇 가지 조건이 갖추어지면 아무리 없애려고 해도 없어지지 않는 독성을 갖고 있기 때문이다. 한때 무시무시한 모습으로 위정자가 호령했으나 과연 부정부패가 없어졌던가. 그러므로 부정부패가 없는 사회를 위해서는, 생기고 난 다음에 뽑으려고 할 것이 아니라 생길 조건을 애당초 만들어놓지 말아야 한다.

부정부패는 무엇보다 그 민족이 지닌 인생관·세계관 등 이른바 가치관과 관계된다. 이렇게 볼 때, 한국인의 전통적인 가치관은, 현대에 와서 다시 점검해 볼 많은 부분을 갖고 있다. 물론 전통적인 가치관을 부정적으로만 비판해서도 안되겠으나, 그 가운데에서 이를테면 부귀다남이라든지 다복과 같은 가치관은 깊이깊이 재고해 볼 문제이다. 그것은 쉽게 말해서 현세, 즉 살아 생전 잘먹고 잘살면 그만이라는 생각인데, 이런 생각이 삶의 가치로 자리잡고 있는 한 출세와 돈 벌기의 경쟁은 그치지 않는다. 어떻게 정당하게 사느냐, 어떻게 정직하게 사느냐, 어떻게 진실되게 사느냐 하는 문제, 말하자면 진리의 문제는 여기에 철저히 결여되어 있다. 이런 가치관을 지닌 사람들이 고급공직자가 되었을 때 어떤 일이 생겨나겠는가. 출세와 부정부패로의 유혹이 정비례하여 증가하리라는 것은 논리상 너무도 쉽게 알 수 있다. 결국 이 문제는 교육을 통한 민족성의 반성이라는 장기적인 계획을 우리에게 요구하고 있는데, 안타깝게도 이 요구에 우리는 적절히 부응하지 못하고 있다. 올바른 교육을 해보고 싶다는 젊은 교육자를 오늘의 제도교육이 얼마나 진지하게 받아들이고 있는지 우리 모두 겸허하게 뒤돌아보자.

이런 근본적인 조건을 제외하더라도, 부정부패라는 독버섯이 자라나는 조건은 중요한 몇 가지 요소를 더 갖는다. 우선 지적할 수 있는 것은 법집행의 지속성·공정성과 사직당국의 엄정성이다. 구속되었다는 보도가 연일 요란하더니, 막상 어떤 법적 제재가 가해졌는가에 대해서는 목소리가 한층 낮아지며, 마침내 그 뒷소식은 알 수 없게 되는 일들을 우리는 너무 자주 보아왔다. 심지어는 그런 사람들이 다시 사회의 전면에 등장하여 보란 듯이 활동하고 있는 광경마저 보게 된다. 일본의 발전이 이야기될 때 거론되는 요소 가운데 하나가 사직당국의 엄정성과 법집행의 공정성, 지속성이라는 사실에 우리는 느끼는 바가 있어야 할 것이다. 사실 우리의 법집행과 현실감각 사이에는 어떤 거리감이 없지 않다. 물론 법과 현실은 다를 수밖에 없겠지만, 그 거리는 없을수록 좋은 것이라고 나는 믿는다. 왜냐하면 모든 다른 가치나 제도가 그렇듯이 필경 법도 법 자체만을 위해서 있는 것은 아니기 때문이다. 보다 중요한 것은 우리 모두가 속한 이 사회공동체이며, 여기에 필요한 것은 평범한 양식이라는 점이 존중되어야 한다.

부정부패가 자라나는 온상의 조건으로, 흔히 공직자들 자신은 변변치 못한 대우, 즉 박봉을 문제삼는다. 현실적으로 매우 설득력 있는 이야기다. 아닌게아니라 공직자들 가운데에도 사직관계 공직자나 경리관계, 교육관계 공직자 등은 그 일의 성격상 상당한 대우를 받아야 한다. 그러나 이와 함께 잊혀져서는 안될 심각한 문제가 있다. 그것은 공직자들 자신의 공직자의식, 즉 직업의식이다. 모든 직업에는 소명감이 있게 마련인데, 공직자들은 자신들이 하는 일이 개인사업이 아니라는 점을 투철히 인식하고 그 직업에 발을 들여놓아야 한다. 공직자는 그 이름 그대로 공(公), 그러니까 여러 사람들을 대신해서 그에게 맡겨진 일을 하도록 불리워진 사람이다. 그러므로 공직자에게는 자부심이 중요하고 명예가 지켜져야 한다. 함부로 남의 돈을 탐하지 않는다는 자부심, 공직자라고 해서 손만 빨고 살 수는 없으나 그가 먹어야 할 것은 남의 돈이 아니라 자부심이며 명예이다.   (1989년)

책임 있는 정치제도

국내외가 시끄럽다. 「요한계시록」에 나오는 말세의 징후가 곳곳에 나타나고 있다는 개탄이 나올 정도로 이 땅 위의 질서가 어지럽다. 중동 열사(熱沙)의 땅 위에서 벌어지고 있는 대결의 모습, 한반도의 남북 사이에 벌어지고 있는 대결의 모습, 또 남쪽 안에서 벌어지고 있는 동서 대결의 모습……. 세계는 바야흐로 냉전체제를 청산하고 화해의 시대로 옮겨가고 있다고 하지만, 나의 눈에는 숱한 대결의 구도가 여전히 망막을 어지럽힌다. 싸우지 않고는 살 수 없는 인간의 저 원죄와 천형의 악순환은 대체 언제 끝날 것인가.

대결과 분란의 시작은, 언제나 그렇듯이 정치인들로부터 비롯된다. 인간이 다른 인간을 지배하고자 하는 욕망은, 모든 욕망 가운데 가장 무서운 것이다. 그 욕망의 맨 앞줄에 항상 정치인들이 서 있다. 우리 정치에 있어서도 그 현상은 마찬가지다. 아니 가장 전형적인 예를 선명하게 보여준다. 억압으로 국민을 다스려온 군사통치의 오랜 세월이나, 자신이 반드시 지배자가 되고야 말겠다는 소위 양김씨의 무서운 집념 모두 우리를 떨리게 하는 욕망의 가장 추한 보기이다. 한심한 것은 아직도 우리 국민 모두가 여전히 이들의 지배 아래 있다는 사실이며, 그것도 이들이 민주화니 민주주의니 하는 아름다운 기치 아래 우리들 위에 군림하고 있다는 사실이다. 그것은 그들이 책임 있는 국민의 대변자로서가 아니라, 국민의 눈을 적당히 호도하면서 국민과는 상관없이, 다시 말하면 철저하게 무책임한 정치제도를 이끌어나가고 있다는 점에서 명백히 증명된다.

오늘의 우리 정치제도 아래에서는 정치인이라는 개념 자체가 애매하다. 흔히 국회의원을 가리켜 정치인이라고 부르고 있는데 나로서는 아무래도 동의할 수 없는 이상한 호칭이 아닐 수 없다. 우리의 국회의원이 무슨 정치를 하고 있는가. 내가 볼 때는 정치라는 이름 아래 사회를 불안하게 하고 있을 뿐, 온전한 정치를 하는 것으로 여겨지지 않는다. 그 이유는 그들의 이른바 정치적 행위가 국민에 대한 책임과 직접 연결되지 않아도 좋게끔 되어 있는 제도 탓이라고 생각한다.

오늘 우리의 국회의원들은 대저 무슨 일을 하고 있는가. 법률상, 즉 제도적으로 그들이 하고 있는 일은 크게 보아 입법행위, 예산심의, 국정감사와 같은 일들이 주종을 이룬다. 이 일들은 물론 매우 중요한 일이고 국민생활을 직·간접적으로 간섭하는 것들이다. 그러나 이런 일들은, 따지고 보면 결국 행정부에 예속된 상태에서 이루어질 수밖에 없도록 되어 있으며, 궁극적으로 이 모든 것을 지휘하는 사람은 대통령이다.

입법을 한다고 하지만 행정부에서 못마땅하게 생각하는 법안은 얼마든지 되돌려보낼 수 있으며, 예산심의 역시 그 편성과 집행은 행정부 소관이다. 국정감사라는 것이야말로 행정부 일에 행차 뒤에 나팔 부는 격 이상이 아니었음을 지금까지의 경험이 입증하고 있다. 요컨대 지금 국회의원이 하는 일은, 좀 통속적인 표현이 허락된다면, 행정부 옆에 곁가마 끓는 모습으로밖에 비치지 않는다. 정치의 사실상 실권은 대통령 이하 행정부에 있음에도 불구하고, 국회의원들은 마치 그들이 실권자인 양 착각하고 있는 것으로 보인다.

별 권력이 없음에도 국회의원들은 스스로 상당한 힘이 있는 것으로 오판하고, 그 오판이 현실화될 때마다 폭력적인 방법의 유혹을 받는다. 많은 수의 국회의원이 사퇴서를 내놓고 있는 현실도 이런 맥락에서 너무도 그 동기와 과정이 훤하게 드러난다. 요컨대 대통령 중심의 현 정치제도는 국회의원을 명실상부한 정치인으로 만들어주지 못하고 있을 뿐 아니라, 그들에게 이상한 무력감·좌절감을 안겨주고, 기껏해야 정치 브로커로서의 유혹만을 강하게 조성시켜 준다(벌써 현 국회의원 중 여러 명이 사직당국에 입건된 예를 보고 있지 않은가). 제도적으로 행정부 곁가마꼴을 만들어놓았으니 국회의원이 행정부 주위를 맴도는 것도 무리가 아니다. 정치가 실종되고, 국회의 권위가 실추되고 있다는 국회의원들의 자탄은 그러므로 누워서 침 뱉는 자승자박 현상으로 비판받아 마땅할 것이다.

정치가 현실의 총체적 반영이 되고, 정치인이 현실개선의 실천자 위치에 있기 위해서는, 오늘 우리의 정치제도는 반드시 고쳐져야 한다. 민주정치는 대의정치일 터인데, 수만·수십만 군중을 상대로 사자후를 토함으로써 단시간 내에 정치적 승부를 거는 직접정치도 지양해야 할 것이다. 오늘 우리 국민은 대통령을 정점으로 하는 행정부의 지배를 사실상 받고 있으면서도, 일군의 또다른 정치인 집단에 의해 일상적 삶의 기반을 간단없이 간섭받고 있다. 정치의 명과 실이 괴리된 정치제도 때문이다. 이런 제도 아래에서의 국회의원은 정치인으로서의 존경을 받기는 고사하고 정치적 능력을 발휘할 아무런 기회를 갖지 못하며, 우리들 삶의 현실과 구조적으로 차단되어 있어 그들 스스로도 자조감에 빠지기 쉽고, 나아가 국민들의 능멸의 대상이 될 요소를 안고 있다. 우리가 뽑은 국회의원이 올바른 권력의 주체가 되고, 그 권력을 올바르고 겸손하게 행사함으로써 난마와 같이 얽혀 있는 현실을 풀어가는 주체가 되고, 그 결과에 묵묵히 책임지는 주체가 되는, 그런 정치제도가 이제 정착되어야 할 것이다.   (1991년)

저항과 비판정신

우리들 스스로 생각해 보아도, 우리들 속에 엄청난 모순들이 혼재하고 있음을 발견하고 놀랄 때가 많다. 그 가운데서도, 불의의 현실에 대해 감정적이라고 표현해도 좋을 만큼 열렬한 저항을 하다가 곧잘 이를 망각해 버리고 그 현실에 도리어 흡수되는 모습은 도대체 어느 쪽이 참에 가까운 것인지 스스로를 곤혹케 한다.

권부에서 무서운 권력을 휘두르다가 일체의 정치적 과오에 책임을 지고 산중에 은거하던 분이 얼마 전 2년 만에 자택으로 돌아왔다. 그런데 그분이 돌아오던 날 자택 근처에는 귀경을 환영하는 사람들과 플래카드가 나왔는가 하면, 어떤 종교단체에서는 찬양의 노래까지 불렀다. 그분을 쫓아보낸 사람들과 찬양하는 사람들은 물론 우리 한겨레에 속하는 같은 나라 사람들이었다. 다른 부분이 있다면 2년의 시간이 지났다는 사실뿐이다. 그렇다면 우리는 스스로 물어볼 필요가 있다. 즉 우리는 너무 감정적으로 현실 혹은 어느 인물을 규탄하는 것이 아닌가, 아니면 우리는 현실 혹은 어느 인물을 너무 쉽게 용인하는 것이 아닌가 하는.

이런 일들은 과거에도 많이 있었다. 이 대통령이 4·19 이후 하야할 때도 사람들은 그 길을 따라가며 노후의 안녕을 빌고 그를 기렸다. 그러나 그는 결국 외국으로 망명까지 했다. 유신으로 서슬이 시퍼렇던 박 대통령 치하에서 육 여사가 돌아갔을 때도 마찬가지였다. 장례식은 거국적인 슬픔 속에서 엄수되었으며, 멀리 지방에서 상경한 할머니들이 태평로 큰길에서 아예 목놓아 곡을 했다. 박 대통령이 돌아갔을 때도 마찬가지였다. 독재의 종말이라는 차원에서 다뤄지기보다는 '시해'라는 표현이 암시하듯 마치 국왕이 죽은 듯한 분위기였다. 많은 외국인들은 한국민의 이러한 반응에 혼란을 느낀다고 했다. 독재 타도를 외치고 끊임없는 저항을 거듭하는 한국인들이 보다 보편적인 한국인인지, 비록 규탄의 대상일지언정 그들 정치인들의 불운에 애도를 보내는 한국인들이 보다 보편적인 한국인인지 갈피를 잡을 수 없다는 것이다. 그 혼란의 한가운데에 나 자신도 서 있다.

그러나 사태를 분석해 보면, 문제의 핵심은 뜻밖에도 저항의 자세에 있다. 불의의 정치현실에 대한 저항을 주도해 온 학생운동을 보더라도 그렇고, 문학예술 분야에서 행해져 온 이른바 실천운동을 보더라도 그렇다. 어떤 문제점을 찾아내면 그 문제점의 의미에 대한 본격적·본질적 탐구과정이 생략된 채 곧바로 규탄의 행동 차원으로 '실천'되는 것이 지금까지의 저항이 지니는 대체적인 특징 같아보인다. 이때 물론 그 저항은 대상에 있어서나 목적·취지에 있어서 아무런 잘못이 없다. 그러나 결과적으로 정서적 차원을 크게 넘지 못함으로써 광범위한 대중적 공감을 유발하지 못하고, 특히 지속적으로 조직화되지 못하는 치명적 약점에 노출되어 버린다. 말은 옳지만 왜 그런 식이냐는 불만이 오히려 주위에서 제기된다. 결국 저항은 보편성 획득에 실패하고 불연속적 자기 확인을 반복하게 된다.

1960년대 이후 우리 정치현실은 부단히 그 정통성을 비판받아 왔고, 이 때문에 사회안정은 기본적으로 기약되기 힘들었다. 끊임없는 데모와 진압 과정에서 생겨나는 최루탄, 고문파동, 구속, 석방 등등이 만성화된 사회현상이 되었다. 이 현상은 물론 현실구조 자체가 근본적으로 개선되지 않기 때문에 불식되지 않는 것이다. 그러나 이에 못지않게 간과해서 안될 부분은 이에 대항하는 저항의 패러다임이 또한 지극히 정서적이며 단순하다는 사실이다. 정서적·감정적 저항은 부서지기 쉽고, 이데올로기적인 그것은 민중으로부터 소외되기 쉽다. 따라서 지속적인 저항으로 저항 자체가 힘이 되기 위해서는 올바른 비판정신의 함양을 통해 저항양식이 이성화되어야 할 것이다.

올바른 비판정신은 올바른 지성을 존중하고, 모든 형태의 폭력을 배격하는 문화적 분위기와 관계되며, 궁극적으로 문화를 자산으로 삼는 실천적 노력을 통해 구체화된다. 현실의 세부사항에 즉각적으로 일희일비하면서 폭력적 사고를 버리지 못하면, 긴장된 문화의 힘이 배태되기 힘들다. 비판은 말로 하는 것이며, 말의 조직이 문화를 형성한다. 요컨대 문화는 언어인 것이다. 이 힘이 강력한 사회에서는 폭력이 준동하기 어렵다. 정치적 불의나 불의의 현실도 필경 폭력, 혹은 폭력의 소산이라면 이 언어로 된 문화의 힘이 지배하는 곳에서 그 같은 현실은 자연히 와해되거나 소멸될 수밖에 없을 것이다. 저항의 불연속성은 이때 문화의 지속성으로 바뀌고, 폭력은 스스로 부끄러워 머리 둘 곳이 없어진다.

1945년 이후 친일세력을 방관하거나 오히려 조장한 우리의 어리석음과 히틀러의·나치정권이 망한 후 나치 하에서 문화활동을 했던 철학자 하이데거와 시인 고트프리트 벤을 용서했던 독일인들의 지혜는, 비슷한 경우처럼 보이지만 내게는 어리석음과 지혜로 구별된다. 이 구별의 분별력을 키우는 일이, 소박한 저항을 통해 보편적 비판정신을 낭비시키는 어리석음보다 더 소중하게 생각된다.   (1991년)

정치인만의 정치놀음

　이 나라가 어디로 가려고 이러는 것일까? 곳곳에서 파업과 시위가 일어나는가 하면, 걸핏하면 공권력 투입이라고 해서 살벌한 경찰관의 모습이 거리마다 가득가득하다. 그런가 하면 주부들이 날로 치솟는 물가 때문에 살 수 없다고 아우성이고, 국민의 절반에 가까운 셋방살이 인생들은 셋돈이 엄청나게 올라 갈 곳이 없다고 절규하는 가운데 자살하는 사람들까지 생겨나고 있다. 그뿐인가. 땅값·집값은 미친 듯이 뛰어올라 불로소득자들의 사치행렬이 남의 나라처럼 요란한 한 편에서는, 주식값이 폭락을 거듭해 경제의 전망을 우울하게 하고 있다. 그런 가운데 도처에 횡행하는 범죄는 이 사회가 무정부상태에 놓여 있는 것은 아닌지 착각이 들 정도다. 10대 소년소녀들의 무서운 탈선, 마약의 난무……. 도대체 한치 앞을 가늠하기 힘든 조마조마한 현실 속을 지금 우리는 살아가고 있는 것이다.

　그러나 이 모든 혼란보다 더더욱 무서운 것이 있다. 그것은 이러한 현실의 문제점, 비리, 모순을 맡아서 풀어나가야 할 이른바 정치지도

자들에게 문제 해결을 위한 자세와 능력이 근본적으로 결여되어 있다는 사실이다. 그렇기는커녕 그들의 일거수일투족이 현실의 혼란을 더욱 가중시키고 있으며, 문제를 더욱 복잡하게 만들고 있기 때문이다. 흔히 이야기하는 정치에 대한 불신이란, 보다 알아듣기 쉽게 말한다면, 정치인들 모두 차라리 없었으면 좋겠다는 허무주의적 의식으로까지 연결된다.

그렇다면 오늘날 우리 정치인들의 철없음과 무능력은 어디에서 연유하는 것일까? 나로서는 이 문제와 관련하여 두 가지 원인을 지적하지 않을 수 없다. 그 하나는 오늘의 정치형태가 현실을 반영하고 개선함에 있어서 기본적인 한계를 가질 수밖에 없다는 구조상의 취약성이다. 정치란, 어려운 말 모두 제쳐놓고, 요컨대 우리 현실의 종합적인 경영이다. 그러나 우리의 법, 제도 등등은 이것을 스스로 차단하는 이상한 불구의 모습을 하고 있다. 다시 말해서 정치란, 국민 누구에게나 그 참여가 개방되어 각자각자, 혹은 각 집단이나 각 계층이 두루두루 참여하여 현실의 보다 나은 발전을 꾀하도록 법적·제도적인 보장과 연결되어 있어야 하는 것이다. 국민이면 누구나 정당에 가입할 수 있고 선거·피선거권의 행사를 포함한 정치활동을 할 수 있어야 한다. 말하자면 정치는 특정인이나 특정집단만의 놀이마당이어서는 안 되는 것이다.

우리의 정치현실은 그런데 어떠한가? 철두철미 특정인, 특정집단만의 제한된 놀음처럼 폐쇄된 무대 속에서 이루어진다. 도대체 정치활동을 합법적으로 할 수 있는 사람들이 근본적으로 제한되어 있다. 정치는 심하게 표현하면, 일정한 직업 없이 돈 많은 사람들에게만 유독 크게 열려져 있다. 공무원도 교사도 학생도 노동자도 정치를 해서는 안 되는 것이다. 한 사회의 건실한 중산층이나 중간계층, 전통적인 교양계층이나 노동현장의 일꾼들이 배제된 정치활동이 대체 우리 현실과 어떤 관계를 가질 수 있겠는가. 이 문제에 대한 인식이 하루빨리 바뀌어지지 않고서는 우리 정치와 현실은 물과 기름의 관계처럼, 상호 소외된 채 공전을 거듭할 수밖에 없고, 사회불안은 항상 지속될 수밖에 없을 것이다.

다음은 정치교육의 문제다. 오늘 우리 정치인들을 보노라면 정치에 대한 능력이 매우 부족해 보인다. 정치, 혹은 정치학에 대해서 전문지식이 없는 나 같은 문사가 볼 때에도, 그 무능함은 너무도 잘 드러난다. 대화를 할 줄도 모르고 타협을 할 줄도 모른다. 일의 추진력도 보잘것없고, 도무지 책임감이라고는 찾아볼 길이 없는 사람들이 우리 정치인들이다. 하물며 국민에게 희망을 주고 국민을 사랑하면서 이끌고 가는 지도자로서의 정치인이란 아예 존재하지 않는다.

오늘 우리의 정치인들이 왜 이 모양이 되었는지 생각해 볼 때, 이들이 받아온 교육과의 관계를 떼어놓고 생각할 수 없다. 도대체 그들이 보고 배운 것이 무엇이 있겠는가. 일제시대, 해방이 된 뒤에는 자유당 독재 시대, 그리고 5 · 16 이후의 군사정권 시대를 거쳐온 이들이 보고 배운 것이란 결국 정치적 비전을 담은 높은 경륜 아닌, 백성을 억압하고 교묘하게 통치하는 잔꾀 이상의 별것이 없기 때문이다. 해방 이후 새 나라가 세워졌을 때 국가경영의 근본으로 자리잡았어야 할 문제가 교육문제였으며, 정치교육 역시 그 일환으로 정착되었어야 할 터였다. 그러나 이 문제는 너무도 쉽게 간과되었으며, 그 결과 정치인은 곧 정상배나 다름없는 현실이 초래된 것이다.

따라서 정치교육의 문제는 그 중요성이 당장 시급하게 인식되어 하루빨리 시행되어야 한다. 조금 구체적으로 언급한다면, 자라나는 청소년들, 초등학교 이상의 각급 학교 학생들에게 그 학년 수준에 걸맞는 정치교육이 일찍부터 실시되어야 한다. 반장선거 등을 비롯한 학급경영의 자율권을 다소의 시행착오를 감수하면서도 보장해 주어야 할 것이고, 정당 견학 등을 통해 정치가 우리 삶의 가장 친근한 현장임을 습득시키는 한편, 「학생은 공부나 하라」든지 「면학 분위기 조성에만 힘쓰라」는 투의 청소년의식을 의도적으로 소외시키는 구습을 청산해야 한다. 나아가 법적으로 성인의 연령에 이른 학생들에게는 당연히 정당 가입의 권리를 보장해 주어야 할 것이다.

무엇보다 정치는 성인들, 그것도 특정한 그룹만이 행하는 일이라는 고정관념을 통해 정치를 스스로 불순화시키는 병폐를 불식하고, 어린이들의 과자 한개 사먹는 일에까지 정치가 연관되어 있음을 알리도록 해서, 정치가 건전한 사업의 하나임을 인식시켜야 한다. 민주교육을 통해 정치인은 어려서부터 성장되어야 한다. 예술가나 과학자의 그것처럼, 오늘의 혼란 속에서도 그나마 미래의 시대에 대비하는 지혜를 짜내야 할 것이다. (1992년)

권위주의 씻고 올바른 권위를

　많은 사람들이 오늘의 우리 사회를 병든 사회라고 진단하고 있다. 각종 흉악범과 청소년 범죄를 포함한 범죄의 만연과 치안부재 상황은 국가의 존재이유에 대한 질문으로까지 나타나고 있으며, 이를 척결해야 할 사직기관의 기강해이 문제도 심각해진 형편에 이르고 있다. 공무원을 비롯한 공직자들의 공공의식 미비에 따른 부정부패, 탐욕적 이기심에만 매달린 온갖 부도덕에 대해서는 아예 불감증의 수준을 넘어선 것 같은 인상을 주고 있다. 요컨대 어른·아이 할 것 없이 어디 성한 사람이 몇 명 있는가 할 정도로 병든 모습으로 이 사회의 환부가 떠오르고 있는 것이다.

　병든 사회에서는 차라리 같이 병든 모습으로 있는 것이 정직하다는 어느 지식인의 독백도 있지만, 그 같은 반어적·지적 논리를 즐길 만큼 이미 한가하지 않다는 것이 나를 포함한 많은 사람들의 느낌일 것이다.

　그러나 보다 심각한 것은 이 병든 사회에 대처하는 우리 사회의 대응자세다. 한 개인에게 있어서도 병은 병 그 자체보다 병에 대응하는 환자의 자세가 더 중요한 것으로 인식된다. 예컨대 병이 있는 줄 모르고 지나친다든지, 병이 있는 줄 알면서도 진단과 투약을 게을리한다든지, 돌팔이 진단으로 병을 더 키워간다든지 한다면 그것은 모두 치료와는 거리가 먼 행위일 것이다. 병의 원인에 대한 정확한 진단과 이에 따른 장·단기요법을 숙지한 다음 성실하게 그 치료과정을 밟아가는 것이 마땅한 조치 아니겠는가.

병든 사회의 치유도 같은 논리의 적용에서 벗어날 수 없으며, 사회구성원 모두 이러한 논리를 철저히 터득하고 그 이행에 힘을 기울여야 한다. 만약 그렇지 못할 때, 한 개인에게 미치는 비극은 한 사회에 있어서는 더욱 무서운 파국으로 나아가지 않는다는 보장이 없다. 병든 우리 사회의 치유에 있어서 가장 경계해야 될 점은 공연히 수선만 떠는 비합리적인 각종 캠페인이다. 올바르게 살자느니, 청소년을 선도하자느니, 국민운동을 벌여야 한다느니, 범죄와 전쟁을 해야 한다느니, 향락·퇴폐문화를 추방해야 한다느니 하면서 벌여대는 온갖 모임, 선전 등이 거대한 이 환자를 더욱 피곤하게 한다.

환부의 깊은 부분에 자리잡고 있는 병원체는 사실상 그 정체가 드러난 것으로서, 이제 필요한 것은 그 제거수술을 용기 있게 단행하는 일이며, 그로 인한 고통을 사회구성원 모두가 인내와 관용으로 감내하는 일이다. 그 병원체는 무엇인가. 역사적으로 누적되어 온 정치적 불의다. 오늘 우리 사회의 질병을 고치기 위해 가장 먼저 행해져야 할 일은 정치적 정의의 회복이며, 그러기 위해서는 정당을 포함한 정치인, 정치집단의 각성이 뼈아프게 이루어져야 한다. 극단적으로 표현해 정치인들만 반성하면 병든 사회는 눈에 띄게 건강해질 것이다. 거꾸로 말하면 그들 때문에 이 사회는 지금 병들어 있다.

권위주의라는 말로 일컬어져 온 지난 시대의 정치적 불의는 첫째,

우리의 자녀를 인간답게 키우는 일에 관심을 가지지도 않았고 그 일을 위해 아무 일도 하지 않았다. 보여준 것은 다만 불의와 폭력이었기에 다음 세대 역시 그 유산을 확대재생산하고 있을 뿐이다. 흉 보면서 배운다고 하지 않는가.

정치적 폭력과 불의는 둘째, 나라를 맡아 국민을 위해 일해야 할 공직자들의 공덕심과 명예를 죽여버림으로써 큰 권력이든 작은 권력이든 그것을 사적 욕망의 도구로 떨어뜨리는 국가의식의 결핍현상을 초래했다. 잡혀야 할 폭력배와 잡아야 할 공무원이 함께 앉아 술 마시고 노는 상태에 이르렀건만 그것을 추상같이 바로잡아야 할 국가의 권위와 체통은 보이지 않는 것이 현실 아닌가.

셋째, 바로 그 정치에 대한 국민의 신뢰를 획득하지 못하기 때문에 표면상 안정돼 보이는 경우라 하더라도 그 사회는 질서를 갖지 못한다. 쉽게 말해, 무질서가 판을 치게 마련이다. 무질서는 행정체계에까지 연결되며, 그 결과 각종 정부사업들도 이 범주를 벗어나기 힘들게 된다. 이랬다저랬다 하는 관료들의 식언, 기술개발 부진으로 애로를 겪고 있는 수출, 농촌사업 구조개편의 지지부진, 퇴폐·향락산업의 번창 등도 무질서한 행정체계의 한 소산이라는 점 또한 솔직하게 인정되어야 한다.

사람도 일생을 살면서 병들 수 있듯이 한 사회도 긴 역사의 도정에서 병들 수 있다. 따라서 지나친 절망이나 좌절은 바람직하지 않다. 올바른 진단과 올바른 처방, 올바른 치유과정을 받아들인다면 보다 건강한 사회로 다시 태어날 수 있을 것이다.

오늘 우리에게 요구되는 것은 이러한 분석과 합리주의, 이를 위해 필요한 자기 쇄신을 단행하는 정치인들의 각성이다. 정치인과 정치집단은 행여 「우리 모두가 반성해야 한다」는 식으로 책임회피를 하려든다거나 도덕적인 재무장을 해야 한다는 투로 초점을 흐려서는 안된다. 치유에는 순서가 있으며, 이 순서가 바뀔 때 치유는 오히려 난맥을 드러낼 수 있다.

권력의 왜곡에서 비롯된 우리 사회의 질병은 정치인과 권력기관이 바로서야만 그 치유의 실마리가 풀릴 것이다. 이행기에 있어서 너무 성급하게 병이 낫기를 서두르는 것을 경계하는 한편, 문제의 핵심을 보는 눈도 게을리해서는 안된다. 권위주의의 온전한 청산만이 올바른 권위를 세울 것이다.   (1993년)

회색의 아름다움

 참으로 딱한 일이다. 국회 문을 다시 열어놓고 휴회라니. 일이 이런 식으로 계속되고 보면 민자당이고 평민당이고 모두 똑같다는 탄식밖에 나오지 않는다. 국민들은 홍수로 고난을 당하고, 물가 때문에 못살겠다고 아우성이고, 사방에서 흉악범이 날뛰는 세상인데, 국민의 혈세를 받고 살아가는 소위 정치인이라는 사람들이 어떻게 이럴 수 있다는 말인가.

 정치하기 싫으면 국민 앞에 사표를 내고 모두 그만두면 될 것이다. 훤히 들여다보이는 얕은 전술·전략으로 그저 상대방을 이기기 위한 '정치놀음'은 이제 단연코 거부되어야 할 것이며, 사실상 권력도 없으면서 행정부를 결국 좇아갈 수밖에 없는 국회의원들을 계속 정치인으로 바라보아야 하는 현행 제도의 모순도 시급히 개선되어야 할 것이다.

 국회의원과 국회는 명실상부 권력의 중심이 되어야 하며, 국민이 부여하는 권력 창출의 산실이 되어야 비로소 대의정치도 확립되고,

국회와 국회의원은 제 나름의 위신과 책임을 갖고 점잖은 모습을 보여줄 수 있을 것이다. 대체 오늘의 꼴불견은 이런 제도를 방치하고 있는 국회의원들의 자승자박이 아니고 무엇이겠는가.

민자당이 평민당이나 민주당과 함께, 혹은 평민당이 민주당이나 민자당과 함께 정치를 하겠다면 '현실적'으로 해야 할 것이다. 목에 힘주고 명분에만 급급한 행위는 이제 정말 역겹기만 할 따름이다. 극단적으로 표현한다면, 이런 행위는 국민에 대한 기만행위라고 할 수 있다. 안될 줄 알면서 해보는 경우가 얼마나 많은가. 그것도 모르고 국민들은 기대를 걸고 좌절하고, 혹시나 하다가 역시나로 끝나고…….각 정당들과 그 책임자들은 모두 자기가 옳으므로 자기식대로 해야 한다고 주장하지만, 그것은 어디까지나 그들 성 안에서의 오만한 논리일 뿐이다. 누가 옳고 그름을 감히 단정적으로 말하는가. 정치인들은 제발 겸허한 태도로 상대방의 잘못도 수용하면서 대화나 타협을 해야 할 것이다.

상대방 못지않게 자신도 잘못이 있다는 사실을 우리는 언제나 염두에 두어야 한다. 게다가 정치란 하루도 쉬지 않는 우리 일상생활의 반영이므로 정치 역시 하루도 쉬어서는 안될 것이며, 그러므로 가치판단은 그들의 몫이 아니다. 정치에 있어서의 올바름이란 언제나 그때그때 국민의 현실반영이며, 그것은 철저히 현실적으로 이루어져야 한다.

현실적이지 못한 것은 우리 정치인들이 이를테면 명분, 혹은 명목론에 집착하고 있다는 사실을 말해준다. 명목론이란 결국 자기 화장이다. 명분이나 명목은 말 자체는 그럴듯하고, 또 모든 명분은 항상 그럴듯하게 마련이다. 그런만큼 명분은 언제나 현실을 가치폄하하기 일쑤이며, 그러다 보니 현실개선을 위해 현실적으로 아무것도 하지 못하는 결과로 인도되기 쉽다. 요컨대 명분론은 일종의 관념론이다.

그런데 정치를 한다는 사람들이 관념론에 빠져 있다니! 정치에 있어서 관념은 허상이며, 정치지도자들은 곧잘 이 허상을 내걸고 그들의 부하나 국민들을 이를 위한 싸움으로 충동질하고 채근한다. 오늘 우리 정치의 낙후성은 정치인들의 이러한 행태를 국민들이 똑바로 직시하지 못하고 여기에 감정적으로 동조해 온 탓도 적지 않다는 것이 나의 생각이다.

결국 우리 정치와 정치인들의 이 같은 한심스러운 작태는 우리 국민정신의 어떤 불구성, 혹은 모순된 의식의 노출이라는 점을 우리는 아프지만 인정하지 않을 수 없다. 그것을 나는 회색이라는 색깔에 대한 우리들 의식의 모순된 반응에서 상징적으로 살펴볼 수 있지 않을까 생각한다.

회색은 널리 알려진 대로 모든 색의 종합으로서 가장 세련된 멋을 자랑한다. 옷 색깔이나 자동차 색깔을 비롯한 실제 생활에서 아마 선호도가 가장 높은 색이 회색일 것이다. 회색 속에 흑색도 있고 백색도 있으며 다른 원색들도 기묘한 배색을 거듭하면서 종합된다. 실로 회색은 색 중의 색이라고 할 수 있다. 그러나 이것이 하나의 관념이 될 때, 즉 색채학과는 무관한 상황에서 '회색'이 명분화될 때 그것은 느닷없이 조소 · 경멸 · 거부의 대상이 된다. 그것은 흑백 어느 곳에도 끼이지 않는 불분명한 기회주의의 상징이 되고 무성격의 대명사로 배척된다.

생각해 보라. 회색분자라는 낱말이 우리의 짧은 현대사에서 우리의 의식을 얼마나 괴롭혔는가를. 작가 이청준이 소설 「소문의 벽」에서 고백하고 있듯이 이쪽이냐, 저쪽이냐를 강요당한 이데올로기의 선택 앞에서 얼마나 많은 한국인들이 희생되었는지 우리는 똑똑히 기억해야 한다. 인간은 누구나 어느 한 색깔에 묶일 수 없으며 때로는 그 모든 색을 넘어설 수도 있는 것이다.

마치 헤겔이 고질적인 독일인의 양극성 기질을 명제―반명제―종합명제로 극복함으로써 독일정신의 새로운 지평을 열었듯이, 우리도 이제 학문적인 차원에서 보다 종합적이 이론을 창출해 내고 정치를 포함한 현실에 새로운 논리를 공급해 주어야 할 것이다. 이 점에 있어서 모든 지식인·문화인을 비롯, 학계의 진지한 자성이 요구된다.

요컨대 우리 사회는 이제 허상에 지나지 않는 명분론을 선으로 받아들이는 지적 분위기를 홀홀 털어버리고, 보다 현실에 입각한 새로운 종합명제를 찾아 우리의 정신문화 수준을 높이고 이러한 문화의 세례를 받는 정치를 향유할 수 있도록 노력해야 할 것이다. 회색을 좋아하면서도 회색주의를 무조건 부도덕시하는 허위의식을 버리고 회색의 아름다움을 용감히, 그러나 찬찬히 말해주어야 할 것이다. 현실의 바탕 위에서 보다 좋은 사회로의 진입은 이러한 종합정신에 의해 부단히 추구되는 것이지 결코 과거형의 명분을 보수적으로 방어함으로써 이루어지지는 않는다.　　　　　　　　　　　(1992년)

정말로 민주주의를 원하는가

　지금 우리는 커다란 전환기를 살아가고 있다. 한때는 그에 대한 논의 자체가 금기처럼 여겨졌던 개헌이, 여야 합의에 의해서 조만간 이루어질 전망이며, 이에 따라 이른바 민주화의 기운도 고조되고 있다.
　그러나 정치부문에서 억압과 획일이 뚜렷하게 완화된 것 이외에 민주화라는 지극히 당위스러운 명제는, 아직도 애매한 추상의 덩어리로 우리의 눈앞에 아른거리고 있는 느낌이다. 민주주의 그 자체가 그토록 힘든 것일까, 아니면 우리의 힘이 조금쯤 모자라는 것일까.
　민주주의를 즐기기에 우리의 힘이 역시 부족하다는 현실적 비관론의 뿌리는 간단치 않다. 지나치게 자조적인 경향은 엽전의식이라는 말로 불리었던 때도 있었고, 바로 그 같은 자기비하의 심리적 억압은 일제가 왜곡해 놓은 소위 정체사관의 결과라는 견해도 있었다. 어떻게 되었든 40년 가까운 일제 식민통치와 건국 이후에도 계속된 권위주의적 · 전근대적 정치질서로 말미암아 민주주의에 대한 기대가 자학적 허무주의의 분위기 속에서 흔들려온 것은 부인할 수 없는 현실이라고 하겠다.

이런 배경 아래에서 우리들의 민주적 역량에 대한 회의가 때때로 불쑥불쑥 기분 나쁘게 우리들 자신의 가슴을 덮쳤고, 실제로 비관스러워 보이는 일들도 자주 일어났었다. 물론 한국인이 서구의회주의에 체질적으로 잘 들어맞는 성격과 역사구조를 가졌느냐 하는 문제는 훨씬 진지하게 논의되어야 할 문제일 것이다.

그러나 가까운 곳에만 눈을 돌릴 경우에도, 민주주의에 대한 우리의 벅찬 기대는 바로 그 옆에 만만찮아보이는 도전을 거느리고 있는 것이 사실이다. 대통령 선거를 앞두고 후보자로 예상되는 사람들의 말과 행동을 보더라도 그렇고, 이른바 노사분규에 임하는 노동자와 기업인들의 대립을 보아도 그렇다. 민주주의의 기본이 인간을 존중하는 정신이라면, 이 같은 정신의 결핍은 너무나도 보편화된 감이 있다. 누구든 목소리만 높은 사람이 제일인 듯하다. 목소리야 높은 사람도 있고 낮은 사람도 있고, 큰 사람도 있고 작은 사람도 있지 않겠는가. 자기 자신과 다른 사람의 목소리를 들을 줄 모르는 자는, 다른 사람도 자신의 목소리를 들어주지 않으리라고 생각해야 한다. 남의 말을 듣지 않고 자기 자신만을 주장하는 곳에는 애당초 민주주의가 자랄 수 없다.

이 기회에 우리는 과연 민주주의를 하고 싶어하는 사람들이며, 그것을 위해선 우리 모두 어떤 노력을 하는 것이 바람직한 일인가 생각해 보는 것도 좋을 것이다. 나로서는 무엇보다도 인간 그 자체에 대한 깊은 관심과 애정, 나아가 과연 인간이란 어떤 존재인가 하는 문제에 대한 진지한 이해가 우리 생활 속에서 항상 이루어져 나가야 될 것이라는 점을 강조하고 싶다.

지극히 새삼스러운 이야기 같지만 이 문제는 매우 중요하게 거듭거듭 인식되어야 한다. 우리들은 이즈음 너무 이 문제를 소홀히 하면서

146

지내고 있는 경향이 있다. 다시 말해서 '인간'이 없는 인간사회 속에 묻혀 지내고 있는 것이다. 흔히 지적되는 산업사회의 지향점들, 예컨 대 능률과 편의, 화폐와 물질의 타성화된 관습을 재생산해 나가는 것 이 삶의 목적인 것처럼 되어 있는 사회 속에서, 그 같은 관점에 포착 된 인간의 단면만을 보면서 살고 있다. 가령 어떤 한 사람이 있다면, 우리는 그의 총체적 인격에 주목하기보다는, 그가 무엇을 하는 사람 이며 돈을 얼마나 버는 사람이고, 출신은 어디이며 학력은 어떤 정도 인지를 재빨리 알아내고서 그에 대한 평가를 일단락해 버리는 것이 다. 이 경우 그가 정치적으로 자신과 다른 노선이라든가, 그가 자신이 필요한 조건에 적합지 않다면, 한 인간으로서의 쓸모마저 철저히 무 시, 배척되어 버린다.

요컨대 오늘을 사는 우리들은 자신과 다른 사람들에 대해 철저하게 못 참는 경향이 있다. 인간존재는 한 사람 한 사람 모두 다르다. 심지 어 쌍둥이라고 해도 똑같지는 않다. 이렇듯 서로서로 다른 인간존재 들은 자기 자신과는 다른 사람들로 이 세상이 가득 차 있다는 사실을 인정해야 하고, 다른 사람들과의 만남을 감사하면서 즐겨야 할 것이 다.

그러나 사실은 어떠한가. 다른 사람들과의 만남——생긴 것이 다른 사람, 처지가 다른 사람, 출신이 다른 사람, 생각이 다른 사람 등등 ——을 감사는커녕 증오로써 회피하고 있는 사람들이 너무 많은 것 같 다. 자기와는 달리 못생겼다고 해서, 자기와는 달리 못산다고 해서, 자기와는 달리 못 배웠다고 해서, 자기와는 정치적 견해가 다르다고 해서 우리는 그 사람을 싫어하거나 피한 일은 없는가. 자기와 비슷한 사람, 자기와 같다고 생각하는 사람들하고만 어울려 전체와의 만남을 깨뜨리고, 인간의 총체적 인격과 실체를 보지 못한 일은 없는가 반성 해 볼 일이다.

인간에 대한 이해와 사랑은, 그가 지닌 다면성을 함께 이해하고 살아가고자 하는 것이 되지 못할 때 참다운 것일 수 없다. 필요에 의해 파악된 동류성만이 강조되는 사회에서는 이 같은 강한 동류집단들이 서로 충돌하는 분열이 있을 뿐, 민주주의의 따뜻한 훈기는 없다. 이런 의미에서 지나친 동창의식, 지나친 동향의식, 또는 지나친 정치적 동류집단은 자신들의 모임이 행여 다른 집단에 배타적으로 작용하지 않는가 하는 문제를 항상 고려해야 할 것이며, 자신들의 빛깔이 분열 아닌 다양성의 형태로 관계를 맺도록 힘든 노력을 기울여야 할 것이다. 이 점에서 우리는 불행했던 과거를 각별히 교훈 삼을 필요가 있다.

자신과 출신 고향이 다르다고 해서, 자신과 정치적 견해가 다르다고 해서, 서로서로 그 인간적 고귀함과 생명의 권위마저 무시하고자 했던 어리석음의 역사는 그리 멀지 않은 곳에 있다. 비록 그의 정치관이 옳지 못하고, 비록 도덕적으로 지탄의 대상이 되는 경우라 하더라도 인간의 생명과 총체성은 보호되어야 하는 것이다. 올바른 민주주의는 이러한 바탕 위에서 뻗어갈 수 있다. 민주주의는 씩씩하고도 도덕적인 힘찬 주장보다는, 아무리 별볼일 없는 사람이라도, 그런 사람과도 함께 살아갈 수 있다는 너그러운 마음씨를 요구하는 힘든 노력의 다른 이름이라고 할 수 있다.

다음으로 나는 우리 국민성에 대한 우리들 자신의 판단에 잘못은 없는지 한번 생각해 보고 싶다. 흔히 우리들은 스스로를 가리켜, 한 사람 한 사람은 우수한데 단결이 잘 안되는 약점이 있다고 진단하는 경우가 많다. 나는 이러한 견해에 원칙적으로 동의하지 않는다. 무엇보다 우리들 각자가 과연 그렇게 생각할 수 있을 정도로 우수한가 하는 문제를 고려해 볼 필요가 있다.

물론 외국에 가서 공부도 잘하고 뛰어난 예술적·과학적 재능을 지닌 사람들도 꽤 있다. 그러나 그것은 어디까지나 기능면에서의 재주

일 뿐, 참다운 우수함은 삶 전체를 관리하는 지혜를 동반하는 것이어야 한다. 지나친 자기 비판이 될지 모르겠으나, 이 대명천지에 몇십 명씩 어느 한 여인의 사주에 의해 떼죽음을 하는 사람들, 제 나라의 수도조차도 도시다운 환경으로 정리하지 못한 채 살아가는 사람들, 무엇보다 건국 이후 50년 동안 제 나라 청소년들을 제대로 교육시키지 못한 사람들(여기서 나는 그 눈물겨운 향학열을 말하고 있는 것이 아니다. 오히려 그 향학열을 수용치 못한 교육이념과 제도의 불구성을 말하는 것이다)이 스스로를 일컬어 우수하다고 말할 수 있을까. 나로서는 이 시점에서 우리가 좀더 겸손해질 필요가 있다고 믿는다. 이러한 겸손의 바탕 위에서 민주사회 구현을 위해 우리 자신을 채찍질하고 단련해야 할 것이다.

많은 사람들은 민주주의 실현을 위해 반드시 요구되는 조건으로 보통 정치적 정의감을 생각하는 것 같다. 물론 그것은 필수적 조건이다. 독재와 불의, 부정에 맞서 싸우는 용기는 말처럼 그렇게 쉬운 것이 아니다. 그러나 이 용기 없이는 결코 민주주의가 주어지지 않는다. 우리의 역사를 보면 이런 의미에서 우리는 혁혁한 전통을 갖고 있다. 과거 봉건사회 속에서의 싸움은 말할 것도 없으려니와 새로운 현대 정부가 수립된 건국 이후 오늘에 이르는 50년을 보더라도 그 전통은 여전히 빛나고 있다.

그러나 4 · 19는 당시 왜 좌절되었으며, 어떻게 해서 5 · 16과 유신은 일어났는가. 많은 논란과 연구가 있어왔고 또 앞으로도 있을 터이지만, 문학을 하는 나 같은 사람의 안목으로 볼 때, 민주주의를 위해서는 정치적 정의감 이외에도 더 요구되는 일이 많다. 그중 한가지로서 나는 정직성을 들고 싶다. 어떤 의미에서 이 조건은 다른 그 어떤 조건보다도 중요하지 않나 생각된다. 정직성이 결여되었을 때 진실성이 있을 수 없고, 진실성이 없는 기반 위에서는 그 어떤 말과 행동도 믿음을 가질 수 없다. 극단적으로 말하면, 아무리 좋은 이념이나 생각, 대화도 있으나마나다.

과연 지난날들을 돌아볼 때 민주주의에 역행하는 세력은 말할 것도 없고, 민주주의를 부르짖는 사람들도 정말로 민주주의를 갈망하고 있었는지 의심스러운 부분이 적지 않다. 우리보다 앞서서 제법 민주주의를 해오고 있다고 생각되는 나라들을 보면, 이 정직성이야말로 그 사회구성의 기본원리가 되고 있음을 볼 수 있다. 그런 나라들에서는 정직하지 못하면 신용이 없어지고, 신용이 없으면 하루도 그 사회에서 버텨낼 수가 없다. 정말로 민주주의를 원하는가. 우리들 각자각자 정직하게 자신에게 되물어보자.

끝으로 생각해 보고자 하는 것은 참고 기다리는 힘, 즉 소망이라는 문제다. 우리가 정직하게 민주주의와 올바른 사회의 건설을 원한다면, 꾸준히 그날을 기다릴 줄 알아야 할 것이다. 며칠 노력해 보다가 안되면, 몇 달 밀고 나가보다가 안되면, 몇 년 몇십 년 고생하다가 안된다고 해서 역시 안되는구나 하고 이것을 팽개치고 주저앉아서는 안된다. 정 안되는 경우에는 다음 시대까지 기다릴 줄 알아야 한다.

이것은 무조건 참자는 이야기와는 전혀 다르다. 달리 어떻게 할 길이 없으니까 할 수 없이 참자는 소극적 수동주의가 아니라, 우리가 믿고 바라는 것이 옳으므로 성취될 날을 기다린다는 의연한 능동주의다. 그것은 말의 참된 뜻에서, 시대를 초월하는 시대성이라고 할 수 있다. 자기 생전, 혹은 자신이 어떤 자리에 있을 때 일을 해낸다는 세속적 공적주의를 그것은 뛰어넘는다. 조급한 마음씨는 패배주의를 가져오기 쉬우며, 마음속에 싹트는 패배주의야말로 넉넉한 마음씨로 너그럽게 열려야 할 민주주의의 공적(公敵)이다.　　　(1988년)

화끈한 것, 이제 그만

화끈한 더위가 화끈하게 전국을 불태우고 있다. 화끈한 것을 좋아하는 우리들을 하늘도 알아주신 것일까. 그러나 이럴 때만은 잠시 화끈한 것을 피하고 싶은 간사함이 우리들 마음속 한 구석에 자리잡고 있다. 요컨대 좋은 것만 좋은 것이다. 무릇 사람들은 좋은 것만 좋아하게끔 되어 있는 것 같다. 지루한 장마 가운데에서 이렇게 열망했던 한줄기 햇빛이 이제는 한줄기 소나기에 대한 열망으로 바뀌고 있으니까. 마찬가지로 사람들은 부에 대한 욕망으로 가득 차 물질추구의 노예가 된 생활을 마다않고 있지만, 막상 돈과 평안함을 얻은 다음에는 그에 대한 고마움을 잊어버리고 제멋대로의 무절제에 빠져버린다. 돈과 평안함의 노예로 아예 자신을 맡겨버리는 것이다. 인간의 삶이란 아마 그렇게 지나가버리는 것인지 모른다.

그렇다면 성선설을 한때 주장했던 어느 선현의 지혜는 유감스럽게도 인간에 대한 근본적인 통찰에 많은 부분 오류를 지니고 있지 않은가 생각된다. 인류 역사를 돌아볼 때 성선설보다는 차라리 그 반대의 경우가 훨씬 그럴듯한 예를 우리는 너무도 많이 보아왔기 때문이다. 이 찌는 듯한 폭염 아래 열사의 땅에서 뜨거운 열전을 시작한 중동의 현실을 바라보면서 더더욱 나의 비관론은 식어지지 않는다.

모든 민족들을 비교인류학 내지 비교문화론적 입장에서 살펴볼 능력은 없으나, 우리 민족 또한 부를 삶의 최고 가치로 삼고, 여기에 생활의 에너지 대부분을 쏟아붓는 데 있어서 결코 다른 민족들에 뒤지지는 않는 것 같다. 확실히 우리들의 삶, 그 삶을 구체적으로 표현해내는 우리들의 종교 · 학문 · 교육 · 정치 등등은 물질추구적 삶의 지표를 향해 집중되어 있고, 이를 위해서는 다른 가치들이 폄하(貶下)되거나 억제되어 있다.

잘살아 보자, 잘살아 보자, 더 잘살자는 집단무의식은 이에 대한 간헐적인 비판에도 불구하고 우리들 생활을 무섭게 지배하고 있다. 역사상 청빈을 역설한 선현들이 없지 않으나, 또 실제로 그것을 실천한 경우도 적지 않으나, 대부분의 경우 그것은 열등가치에 머무른 채 부를 대신하는 보다 적극적인 가치수립에 성공한 것으로 보이지 않는다. 그저 잘살아 보자는 식이고, 이때 그것은 다복을 의미하며 복은 물론 부를 중심으로 한 현세의 물질적 만족이다. 다복은 그것 자체만으로서는 물론 비난의 대상이 될 수 없을 것이다. 무엇보다 인간 자신이 육체적 존재이며, 육체는 곧 물질이기 때문이다. 그러나 인간은 동시에 물질적 존재만은 아니다. 그러므로 다복은 보다 높은 가치 아래에서 그 올바른 자리를 가질 수 있어야 한다.

우리에게 있어서 문제가 있다면, 보다 높은 가치가 결여된 상태에서 다복이 최고의 가치 노릇을 하고 있다는 점에 있다. 그렇기 때문에 잘먹고 잘살기 위한 경쟁이 뜨겁게 벌어지고 화끈한 것을 찾는 모든 노력이 정당화된다. 어떤 다른 가치도 그 위에 설 수 없고, 어떤 다른 가치도 그 사이에 끼여들 틈이 없다.

기업인이나 정치인은 말할 것도 없고, 그리하여 교육자나 학자, 심지어는 예술인까지도 이 다복이라는 가치를 압도적으로 받아들인다. 돈의 다과(多寡)가 일의 보람으로 직결되는 상황에 빠져들고 있는 것이 오늘의 현실이다. 말하자면 무엇이 인간의 가치이며, 이 우주와 생명의 본질은 무엇이며, 그것이 우리 삶과 어떤 관계에 있는가 하는 근원적인 모색, 즉 진리에의 탐구는 사회 속에서 아무런 힘을 얻지 못하고 백안시된다. 진리 어쩌구 하는 말은 현실을 망각한 한가한 말이 되고, 오늘 당장의 화폐 획득에만 혈안이 되다시피하고 있다. 이 같은 현실 속에서 과소비 현상이 판을 치고 공무원의 부정부패가 발생하지 않는다면 도리어 이상한 일이리라. 사정단속반의 활동만으로는 한계를 가질 수밖에 없는 논리가 너무도 자명하지 않은가.

샤머니즘을 정신의 근원으로 한 유교적 전통사회의 현세주의적 가치관이 이렇듯 부정적 기능을 발휘하고 있는 마당에, 새롭게 형성되고 있는 현대 산업사회는 그 기능을 한층 배가시켜 주는 결과를 몰고 오면서 우리 사회의 정신적 기초를 흔들고 있다. 극단적인 비관론자들에 의해 소돔과 고모라로까지 묘사되고 있는 오늘 우리의 현실은, 따라서 획기적인 의식의 전환 없이는 그 개선의 전망이 지극히 불투명하다는 점에서 우려된다.

획기적인 의식의 전환은 예컨대 의식개혁 운동과 같은 단기적 캠페인—정부 수립 이후 반세기 동안 심심치 않게 행해져 온, 그러나 아무 효과는 없었던—과는 애당초 무관하다. 이 의식의 전환은 오늘을 살고 있는 우리가 당장 조급한 결실을 바랄 때에는 결코 이루어지지 않는 장기적인 안목과 이에 입각한 인생관·세계관을 요구한다.

이 점에 있어서 우리는 새로운 세대를 새롭게 기르기 위한 엄청난 교육투자와 이를 위한 대담한 결단을 내려야 한다. 경제발전만을 지상목표로 하는 투융자(投融資)정책과 이에 따른 국가예산 편성의 습관성, 이른바 성장 위주 정책을 과감히 떨쳐버리고 새로운 가치를 모색해 나갈 정신적 작업, 즉 교육부문에 국가정책의 핵심을 맞추어야 한다. 오늘 우리 사회의 혼란은 단기적으로 말해서 경제수지의 흑자 때문에 생겨난 것이지 적자 때문에 발생한 것은 아니다.

물질이 없을 때 가난한 범죄에 낭만적으로 시달렸다면, 물질이 풍성해지자 훨씬 고급화된 범죄, 이를테면 인명살상쯤 대수롭지 않게 여기는 무시무시한 범죄의 위협 아래 놓이게 되었다. 사람을 이렇게 만들어놓은 상태에서 그 돈은 결국 사람 죽이는 돈 노릇밖에 하지 못한다. 민생치안, 민생치안 하지만 현실의 이 같은 변화를 경찰이 막을 수 있다고 생각한다면 그것은 시대인식의 결핍에서 오는 무지의 소산이 아닐 수 없다.   (1990년)

한국인의 지혜

　자기 자신을 지나치게 비하하는 버릇은 좋지 못하다. 그러나 자기의 것이면 모두 좋은 것으로 생각하고, 이를 자랑하거나 이에 대한 비판에 무조건 방어하는 태도는 더욱 좋지 못하다. 오늘의 한국인에 대한 우리 스스로의 진단에는, 그러나 유감스럽게도 이 두 가지 면이 모두 포함되어 있다는 것이 나의 판단이다. 지나친 자기 비하와 자기 과시, 이 두 가지의 안개를 걷어내고 오늘 우리의 모습을 똑바로 바라본다면 서로 엇갈리는 많은 모습과 더불어 그 모습 역시 다양하게 드러날 것이다. 그것들 가운데서도 나는 특히 지혜의 결핍이라는 면에서 우리의 초상화를 읽는다.

　우리는 흔히 「한국인들이 머리는 좋다」고 말한다. 이때 머리란 과연 무엇일까. 시험성적이 우수하다는 이야기일까, 상황판단을 잘한다는 것일까, 아니면 물건을 잘 만든다는 이야기일까, 혹은 그저 출세 지향적이라는 말일까. 아마도 여러 가지 뜻이 함축되어 있을 것이다. 그러나 참다운 의미에서의 좋은 두뇌란 지혜가 있다는 말로 쓰여져야 할 것이다. 그런 의미에서 본다면 확실히 우리에게는 지혜가 참 많이 부족한 것이 사실이다. 나는 이 문제를 오늘의 우리 사회가 겪고 있는 혼란과 관련하여 살펴보고 싶다.

우리 사회 혼란의 근본적인 원인은 문제를 정신적 뿌리에서 바라보지 않는 습관에서 잘 나타난다. 정신적 뿌리가 잘못 박혀 있다는 사실을 정직하고 겸허하게 바라볼 줄 아는 지혜가 있다면, 문제를 풀어가는 방법도 이와 관련하여 자연스럽게 제시될 것이다. 무엇보다도 인간의 중요성, 교육의 중요성이 국가정책의 제일 목표가 되어야 할 것이며, 당연히 국가예산도 이 부문에 과감히 집중 투자되어야 할 것이다. 사람을 올바로 기르지 못한 탓에 올바르지 못한 지도자, 올바르지 못한 젊은이들이 범람하고 있는 것이다.

사람을 올바르게 기르는 데에는 상당한 시간이 필요하다. 그러나 그 시작은 당장 이루어져야 한다. 물론 이와 함께 단기적인 많은 정책도 강구되어야 할 것이다. 이때 가장 중요한 것은 공소한 이데올로기로 주창되기만 하는 민주주의를 모든 정책의 바탕으로 삼고 성실하게 실천하는 일이다. 그 가운데에서도 본질적인 것 두 가지, 즉 정치적 자유와 경제적 자유에 대한 사회적 실천은 한시도 늦추어져서는 안될 기본 정책이다. 오늘날 우리 사회를 흔들고 있는 많은 혼란들은 이 문제가 정책으로 수립되고 실천되지 않는 데에서 유발되고 있다는 것이 나의 생각이다.

지금 거리에서는 민주화를 하라고 제 몸까지 불살라 버리는 젊은이들이 나오는가 하면, 정부 쪽에서는 이미 민주화가 상당히 이루어졌다고 주장한다. 그렇다면 결국 민주화의 뜻을 양쪽에서 모두 제대로 이해하고 있지 못하다는 이야기가 아니겠는가. 그것은 필경 민주화에 대한 지혜의 결핍이라는 결론으로 유도된다.

정치적 자유와 경제적 자유에 대한 올바른 이해와 실천은, 오늘 이 시대를 살아가는 한국인들이 무엇보다 먼저 갖추어야 할 지혜이다. 오늘 우리의 현실이 과거에 비해 어느 정도 민주화가 이루어진 것은 사실이다. 언론자유라든지 지방자치제라든지 하는 문제에 있어서는 분명 진일보한 상태에 있다. 그러나 민주화는 그 근본부터 풀리지 않으면 오히려 불만과 혼란을 가중시키는 함정과 만날 수 있다. 우리의 지금 현실이 그런 감이 있다.

그렇다면 구체적으로 정치적 자유란 무엇인가. 한마디로 말해서 사회구성원 모두가 개인의 형태로든 집단의 형태로든 정치적 행위를 할 수 있는 것을 의미한다. 예컨대, 현재는 교사단체, 노동자단체 등등의 정치행위가 금지되어 있는데, 이것은 정치적 자유라는 측면에서뿐 아니라 정치에 대한 사회적 편견을 조장한다는 면에서도 옳지 않다. 정치란 마치 오렌지의 씨처럼 모든 표면적 사회활동의 중심으로서, 어떤 사회활동도 정치와 무관한 것은 없다.

그러나 현행 제도는 몇 년에 한번씩 돌아오는 선거를 통한 정치행위만을 허락하고 있다고 해도 과언이 아니다. 그것은 이른바 철저한 공영제를 통해서 이루어지는 탓에 일반시민들의 축제적 참여가 통제됨으로써, 정치는 곧 더러운 것이라는 통념을 오히려 부추기고 있다. 따라서 선거를 통한 활발한 정치참여는 물론, 평상시에도 누구나(물론 어느 집단이나) 정치활동을 할 수 있어야 한다. 그가 선거권을 가진 성인이라면, 대학생이든 노동자든 공무원이든 모두 자신의 정치적 견해를 피력할 수 있는 방법과 기회가 보장되어야 하는 것이다. 여러 물줄기가 합하여 큰 강을 만들듯, 각계각층의 견해가 모두 피력되어 참된 여론과 참된 정치를 만드는 것이다. 이것이 봉쇄될 때 여기저기서 보기 흉한 자기 주장들의 무절제한 범람현상이 생겨난다.

경제적 자유도 마찬가지다. 모든 사람은 경제적 주체로서 그 활동이 보장되어야 하며, 여기서 그 자유의 요체는 자율성이며 공정거래다. 그것은 또한 자본주의 시장원리의 바탕이기도 하다. 그러나 오늘 우리의 경제 현실은 타율적인 면이 너무 많으며, 공정거래는 구두선에 지나지 않을 뿐 지켜지지 않고 있다.

그 가장 표본적인 보기가 금융시장의 타율성과 불공정거래다. 경제의 실체는 물자이며, 그것은 곧 돈이다. 그런데 그 돈 시장이 타율적으로 통제되고 그 거래가 불공정하게 이루어진다면, 이에 기초를 둔 다른 경제활동은 어떻게 되겠는가. 오늘날 공정거래법이라는 것이 있지만, 금융기관의 돈 거래는 이 법에 적용을 받지 않고 있는 것이 현실 아닌가. 돈 장사는 장사가 아닌가. 그러니까 결국 시중의 돈은 검은 손으로 들어가고, 그렇지 않은 손은 항상 자금난을 호소한다. 돈 시장이 이 모양이니 돈은 부동산 투기로 쏠리게 마련이고, 결국 물가가 오른다. 너무나도 간단하고 뻔한 이치인데, 이것 하나 제대로 보지 못하고 제대로 잡지 못한다. 정책 당국자들은 언제나 말은 맞지만 현실이 그렇지 못하다는 투의 변명만 늘어놓는다. 한국인의 지혜 결핍이 두드러지게 드러나는 장면이다. 원리가 타당하면 어떤 고통과 희생을 감수하더라도 그것대로 움직여야 한다. 더 큰 고통과 희생을 미리미리 막을 줄 아는 결단이 바로 지혜이기 때문이다.　　(1990년)

사 악 한

제3장 해체되는 문화

지 식 인

해체되는 문화

문법의 배후에 권력이 있다는 생각이 이른바 해체시(解體詩)로 하여금 사회적·문화적 정당성을 주장케 한다. 권력이 제도를 낳고 제도가 관습을 낳고, 관습은 바로 그 관습에 길들여지는 수많은 인간들을 낳는다. 문법을 가진다는 것은 그러므로 권력을 만들어준다는 것이며, 문법을 지킨다는 것은 따라서 그 권력에 복종한다는 것이다.

대체로 1980년대 중반 이후 본격적으로 우리 시단에 나타나기 시작한 해체시는 이러한 생각 아래에서 재래의 문법에 도전한다. 행갈이와 띄어쓰기, 심지어는 활자 호수도 제멋대로 정함으로써 서정시란 대체로 이러저러해야 할 것 아닌가 하는 시의 문법을 무시함은 물론, 아예 국어문법까지 무시한다. 그리하여 보통의 독자들은 당황하지 않을 수 없다. 일련의 이러한 해체시들 가운데에서 가장 온건한, 그러니까 가장 문법적인, 또 그 시적 수준에 있어서도 우수하다고 할 한편의 시를 읽어보자.

미꾸라지 용꿈 꾸고 있네, 라는 말 있죠?
미꾸라지 용됐네, 하는 속담도——. 그러나 용이 된 미꾸라지 본 적
없죠?
뭐, 내 정자(精子)가 미꾸라지라고? 어처구니없어하는 용의 얼굴이
보일 것 같죠?
미꾸라지 용됐네, 하는 이 말. 도저히 높은 곳에 오를 자격이 없는 종
자가
어쩌다 높은 자리에 앉았을 때, 도저히 용이 될 수 없는 자들의 선망
과 질시 섞인
자기비하의 빈정거림, 맞죠?
에그——인간 못난 놈, 여직 돼먹지 못한 헛꿈에 취해 헛침 흘리고
있다니 쯧쯧——
　　　　　　　——김신용, 「미꾸라지의 꿈」

　전통적인 시의 독자는 곤혹감을 느끼지 않을 수 없는 작품이다. 이
작품은 물론 더 이어진다. 무엇보다 시는 시인의 추억이나 회상 등 과
거의 체험에 기반을 둔 묘사로 시작되거나, 자연과의 교감에 의해 형
성된다는 관습에 익숙한 독자는 황당한 느낌마저 가질 것이다. 어떤
일정한 대상에 대한 시인의 차분한 인식이 아닌, 현실에 대한 시인의
직설적인 요설로 충만된 시, 이러한 시도 과연 시라고 할 수 있을까?
무엇보다 경험적 자아를 털고, 새로운 문학적 전망을 보여주어야 할
시적 자아의 생성이 쉽게 발견되지 않는다. 자, 그렇다면?
　물론 해체시는 그 나름대로 해체, 또는 해체주의로 불리우는 철학
내지 문학이론의 긴밀한 영향 아래에서 전개되는 것이므로, 단순히
우리 시단에서만 돌발적으로 나타난 어떤 반향의 형태는 아니다. 이
론면에서 볼 때 그것은 멀리는 1960년대 프랑스의 롤랑 바르뜨에게까

지 소급되며 가까이는 헤럴드 블룸 등 이른바 미국의 예일학파와 연관된다. 그 가운데에서도 데리다의 이론은 압도적이라고 할 수 있다. 그는 플라톤과 아리스토텔레스 이후의 서구철학이 지나치게 로고스 지향적이었음을 비판하면서, 이에 바탕을 두고 발전해 온 일체의 형이상학은 그 근본부터 해체되어야 한다고 주장한다. 그것은 텍스트를 통해 약속되어진 개념을 해체한다. 그 결과 숨겨진 의미가 오히려 발견될 수 있으며 모순적인 요소들로 버려진 것들이 새로운 의미를 띠고 부각될 수 있다. 따라서 기존의 장르는 붕괴되고, 장르와 장르 사이의 경계도 흔들리게 된다. 이러한 해체이론은 포스트구조주의, 그리고 포스트모더니즘과의 넓은 제휴관계 속에 있는데, 여기서 우리가 주목해야 할 것은 이 모든 것이 막다른 길에 이른 후기 산업사회의 산물이라는 사실이다.

해체, 혹은 해체주의는 확실히 오늘의 후기 산업사회가 내뱉어놓은 불가피한 현실의 한 측면을 반영하고 있다. 무엇보다 그것은 발전, 또는 성취라는 이름 아래 이루어지고 있는 문명의 총체가 본질적으로 얼마나 허위일 수 있는가 하는 점을 끊임없이 드러낸다. 그것은 순응에 대한 원초적 거부의 형태이기 때문에 저항으로서의 본질적 치열성을 얻는다. 그러나 18세기의 가장 본질적인 저항양식이었던 낭만주의도 결국은 '새로운 형식의 부단한 추구'라는 이념을 통해 새로운 전망을 소유할 수 있었듯이, 해체주의도 그러한 대체 전망의 발견에 대해 진지한 고려가 있어야 할 것이다. 그러나 이론적 측면에서 볼 때에 현재로서 그러한 전망은 밝아보이지 않는다. 그렇다면? 김신용의 시와 더불어 제기해 보았던 나의 질문은, 따라서 차라리 넓은 의미에서 해체시라고 부를 수 있는 일군의 시들에 대한 희망과 어울린다.

내 사랑하는 女子, 지금 창 밖에서 태양에 반짝이고 있네. 나는 커피를 마시며 그녀를 보네. 커피 같은 女子, 그레놀 같은 女子, 모카골드 같은 女子. 창 밖의 모든 것은 반짝이며 뒤집히네. 뒤집히며 변하네. 그녀도 뒤집히며 엉덩이가 짝짝이가 되네. 오른쪽 엉덩이가 큰 女子, 줄거리가 복잡한 女子, 그녀를 나는 사랑했네. 자주 책 속 그녀가 꽂아놓은 한잎 클로버 같은 女子, 잎이 세 개이기도 하고 네 개이기도 한 女子.

이와 비슷한 경향의 시들을 1970년대 이후 가장 앞서서 이끌어왔다고 할 수 있는 시인 오규원의 작품이다. 연작시 「한잎의 女子」 가운데 세 번째 시로서 「언어는 신의 안방 문고리를 쥐고 흔드는 건방진 나의 폭력이다」라는 부제를 달고 있는데, 독서의 진행에 큰 무리가 따르지 않는 시다.

한 여자를 묘사하고 있는 시다. 전체 시 가운데 인용된 부분은 앞의 절반 부분인데 뒷부분도 앞부분과 비슷하다. 독자는 이 시를 읽고 여기서 아, 그런 여자가 있구나 하고 무심코 지나갈 수 있지만 한편 가만히 들여다보면 그 내용이 심상치 않다. 대체 그런 여자가 있는가? 또 그런 여자의 실제 내용이 어떻다는 것인가 의문스러워진다. 대체 잎이 세 개이기도 하고 네 개이기도 한 여자란 말은 무슨 말인가? 여기서 우리는 한 문장의 어법에 있어서 이 시는 충분히 문법을 지키고 있는 것 같으면서도 전체적으로는 문법에서 슬그머니 벗어나 있음을 발견하게 된다. 그러한 여자를 시인은 사랑한다고 했는데 그 여자가 어떤 여자인지 확연히 전모가 잡히지 않는 것이다.

이때 홀연히 우리는 이 시에서의 여자가 반드시 여자가 아니어도 좋다는 생각을 하게 된다. 그 여자는 남자가 되어도 좋고 어떤 사물이 되어도 좋다. 그것은 말하기에 따라서 얼마든지 달라질 수 있는 이 세상의 모든 것들이다. 실제로 해체주의에서는 말의 중요성에 각별한 비중을 두는데, 그것도 '말' 보다는 '글'을 통해서 사물은 그 모습을 얼마든지 달리하고, 진실마저 심지어는 다양하게 나타난다는 것이다. 그리하여 이 시에서의 여자는 결국 어떤 여자인지 알 수 없게 되어버린다.

시인 오규원은 오랫동안 이렇듯 '글'을 통한 진실의 뒤집기 작업에 종사해 온, 가장 독자적인 시인이다. 그의 작업은 해체이론이 우리에게 익숙해지기 이전부터 행해져 온 것이므로 그의 시와 해체이론을 연관시키는 것은 아마도 부당할지도 모른다. 그러나 나는 지금 해체이론의 타당성 여부와 해체시의 아름다움, 또는 추함을 말하고자 하는 것이 아니기 때문에 오 시인의 해체시 편입 여부는 관심 안에 있지 않다. 문제는 그렇다면? 즉 오늘 우리의 현실이 후기 자본주의의 온갖 폐단에 의해 더럽혀지고 있어 역사발전이나 진실의 결과라고 할 수 있는 그 모든 것들이 허위로 드러났다면, 그것을 허위로 그려내는 이른바 대증적(對症的) 현실인식은 그럴 법한 일이다. 나의 '그렇다면?'은 바로 이 다음에 생겨난다. 해체도 좋고, 해체시도 좋은데, 그렇다면 그것에 의해 진실은 밝혀지는가? 진리는 보다 확실해지는가? 하는 점을 나는 묻고 싶은 것이다.

최근에 많은 해체시들이 쏟아져 나오고 있는데, 그 대부분에 공감하면서도 뒷맛은 언제나 찜찜하다. 어쩌면 그 모든 시들이 진실을 말하고 있는지도 모른다. 그러나 더 큰 진실은, 진실이 그런 식으로 밝혀질 때 우리 모두를 차라리 불편하게 한다는 사실이 아닐까. 아름다움은 오히려 그 밖의 현실이 보여주는 추함과 불의, 허위에 있는 것이 아니라 그 모든 것들이 거대한 '나'들의 잘못된 결과라는 점을 깨닫는 순간에 가능한 것이 아닐까. 그런 의미에서 해체시에 편재하는 시적 자아의 박약성은 심각하게 재고되어야 할 것이다.   (1995년)

1990년대 한국 지성의 자리

　지성, 혹은 지성인의 좌표나 역할은 어느 시대에서든 대체로 비슷한 것이다. 지성의 속성을 반성과 비판으로 손쉽게 요약한다면, 어느 시대든 이상적인 유토피아는 아니므로, 늘 유토피아를 꿈꾸는 인간에게 있어서 반성과 비판은 행해질 수밖에 없고, 따라서 지성은 살아 움직이지 않을 수 없다. 지성이 죽어버린 시대는 꿈을 잃어버린 시대이며, 더 나아지고자 하는 희망을 포기한 시대이며, 결국 현실에 순응하는 육체적 동작으로만 만족하는 불행한 시대라고 하지 않을 수 없다.

　그러나 시대에 따라 지성의 자리가 노상 똑같은 모습으로 나타나는 것만은 아니다. 예컨대 봉건시대와 오늘날을 비교해 보면 사정은 명백해진다. 지성은 근대의 산물이며 근대 이후 시대에 따라서, 더 자세히는 세대에 따라서 조금씩 다른 양상을 보여온 것이 사실이다(이런 소박한 진술에 대해서도 이견이 있을 수 있을 것이다. 가령 봉건시대에 있어서도 한국 사회의 경우 양반계층이나 보다 그 이전의 소수 엘리트 집단을 지성과 관련시켜 보는 견해이다. 그러나 분명히 말해둘

것은 정치적으로 실천적 주체, 즉 지배집단이나 계층을 지성과 관련 지을 수 없다는 사실이다. 그들은 현실을 담당하고 있으므로 객관적 비판의 대상이지, 비판의 주체일 수는 없다).

르네상스—종교개혁—대혁명—시민사회의 성립으로 이어지는 유럽의 근대화 과정도 결국은 지성적 활동의 소산이며, 이렇게 볼 때 지성이 역사발전의 원동력으로 작용해 온 것은 의심의 여지없는 사실 이다. 그러나 20세기, 혹은 현대사회에 와서 지성은, 과연 올바른 역 사발전이란 무엇이냐는 근본적인 문제에 대해 회의를 갖게 되고 문명 의 진보에 끊임없는 물음표를 던진다. 시대에 따라 지성의 구체적인 모습이 달라지는 현상이 여기서 발견된다.

이 변화는 근본적으로 시대인식과 관계된다. 「이 시대는 어떠한 시 대인가?」 하는 문제에 대해 올바른 분석이 선행될 때 그 시대 지성의 성격과 위상이 더불어 분명해진다는 점을 다시 한번 환기해 볼 필요 가 있다.

우리의 시대는 어떠한 시대인가? 짧은 개괄이 되겠지만, 이에 대해 서는 먼저 보다 넓은 고찰이 요구된다. 이 시대는 기본적으로 몇 가지 특징을 가진 시대로 이해된다. 첫째, 신성을 상실한 시대다. 오늘날 우리 주변에 난립해 있는 무수히 많은 교회들에도 불구하고, 우리는 신성이 소멸된 시대에 살고 있다. 비단 한국뿐 아니라 기독교 문화의 세례를 먼저 받은 유럽이나 미대륙, 그리고 기독교 아닌 다른 종교를 신봉해 온 인도 등 많은 다른 나라들에 있어서도 신성의 약화는 일반 적 현상으로 대두되고 있다.

둘째, 이 시대는 신성의 약화에 따른 자연스러운 현상으로 신성의 자리에 인간성을 대체시키고 있으며, 이때 인간성은 인간의 능력에 대한 교만한 과신으로까지 이어지면서 마침내는 로봇이 인간을 대체 하는 지경에까지 이르고 있다. 다시 말해 과학기술이 신이 되는 상황으로 변했다. 크고 작은 집단이나 개인, 나아가 국가나 정부도 기술개발, 기술혁신을 소리 높여 외치고 있고 좋은 기술이 곧 행복을 가져다 주는 것으로 부지불식간에 받아들여지고 있다. 과연 테크노피아가 유토피아인가.

셋째, 이 시대는 앞의 이유 때문에 당연한 결과로서 압도적인 경제주의 · 물질주의의 지배를 운명처럼 떠안고 있는 시대이며, 각종 생산 체제가 소비를 지배하고 있는 시대다. 소비자가 왕이라는 명제는 케케묵은 진부한 이야기가 되어버렸고, 그 대신 생산과 결부된 자본이 소비와 수요를 창출해 내면서 일방적인 공급을 퍼붓는다. 좀 심하게 표현한다면, 사람들은 거대 생산 메커니즘의 노예가 되다시피한 상황에 부딪히고 있다.

넷째, 이 시대는 이러한 특징들에 편승한 정치권력이 정당성을 주장하는 시대이며, 또 여기에 효율성을 보이면 정치도 인기와 설득력을 얻어가는 것으로 보인다.

시대인식을 이렇게 행할 경우, 우리는 그 모든 현상들을 신성이 소멸 내지 약화된 상황에서 제기되는 우상의 대두라는 측면에서 주목하지 않을 수 없다. 신성에 대한 외경심이 살아 있었을 때, 인간은 비교적 겸손할 수 있었다. 물론 그 시기를 언제부터 언제까지였다고 딱 잘라 말할 수는 없다. 기독교가 유럽을 지배했을 당시에도, 오히려 정치와 결탁된 모습을 통해 인간을 억압했던 역사를 우리는 기억하고 있기 때문이다. 그러나 적어도 현대사회처럼 신성을 외면하고 살았던 시대는 일찍이 없었으며, 이런 현상은 발터 벤야민이나 하비 콕스 같은 학자들에 의해 한결같이 영성(靈性)이 사라지고 정치성이 강화된 시대로 풀이되었다.

확실히 신성이 소멸된 곳에서는 우상이 판을 치게 된다. 문제는 그 우상이 어떤 우상이냐는 것인데, 기술 · 물질 · 권력과 같은 것이 오늘날 그 내용을 이루고 있다. 20세기에 들어섰으나 아직 이 같은 우상의 정체가 분명해지기 이전, 세계는 그 모습이 확연치 않은 이들 우상을 가상의 적으로 삼고 좌우의 대립으로 분열했고, 치열한 싸움을 벌여 왔다. 공산주의와 자본주의의 대립이 그 전형적인 모습인데, 이 둘은 기술 · 물질 · 권력을 우상으로 삼고 있다는 점에서는 비슷한 근본을 가지면서도, 그 구조에 있어서 정반대되는 모습으로 싸웠던 것이다.

그러나 오늘날 공산주의와 자본주의의 대립구조는 점차 와해되어 가는 양상을 보이고 있다. 이른바 냉전시대의 종언과 좌우 이데올로기 대립의 소멸에 대해서는 일찍이 1960년대 말부터 H.마르쿠제 등의 예언적 석학이 전망을 해온 바 있으나, 최근에 와서 그 모습이 한결 현실화되어 가고 있다. 마르쿠제는 1960년대 말 이미 후기 산업사회의 도래를 통해 이데올로기 대립 대신 후기 산업사회 자체가 새로운 이데올로기가 될 것임을 명백히 한 바 있다. 그에 의하면 공산주의마저 국제적 연대성 대신 민족이익을 우선으로 삼음으로써 바야흐로 산업사회를 목표로 한 새로운 민족주의가 발흥할 것이며, 그 모습은 궁극적으로 산업사회에 길든 평균인들의 양산으로 나타날 것이라는 전망이었다.

과연 그의 예언적 분석은 적중되어 가고 있는 형태다. 고르바초프의 소련이 이른바 페레스트로이카를 단행하면서 일기 시작한 동유럽의 변화가 이를 입증하고 있으며, 공산주의 진영에서의 변화는 폐쇄국가로 알려져 온 쿠바에까지 그 파장을 미치고 있다.

물론 이와는 다른 의미에서 자본주의 진영 쪽에서 일어나고 있는 변화는 아직 미미해 보인다. 그러나 몇몇 나라를 제외하고 보면 마르쿠제의 진단은 상당히 정확하게 들어맞아가고 있는 형세다. 후기 산업사회의 첨단기술성과 물질지상주의의 우상이 계속되는 한, 아마도 1990년대의 세계는 이 같은 풍속에 더욱 박차를 가할 것으로 전망되며, 이로써 세계는 더욱 좁아지고 답답해지지 않을까 생각된다.

그런 가운데에도 한국 사회는 유독 독특한 모습을 하고 있는 것으로 보인다. 무엇보다 특징적인 것은, 좌우 이데올로기 대립구조의 와해라는 세계적 물결에도 불구하고 우리에게는 그 파장이 매우 미미하게 느껴지고 있다는 사실이다. 남북통일과 교류에 대한 남북 정치인들 사이의 언급과 공방이 분주함에도 불구하고, 좀처럼 냉전 분위기를 종식시키고 신뢰를 회복시킬 만한 조짐은 엿보이지 않고 있다. 뿐만 아니라 이른바 재야세력과 운동권으로 불리는 학생들의 급진적 주장 역시 겉돌기만 할 뿐, 사회적인 힘의 차원으로는 결집되지 못하고 있다. 결국 이데올로기 대립의 해소는커녕 같은 민족으로서의 동질성을 확인하는 최소한의 공동작업마저 이루어지지 않는 현실인 것이다.

통일이나 남북교류 문제를 제외하더라도 우리에게 있어서 오늘의 시대는 몇 가지 중요한, 크게 반성하고 비판되어야 할, 또 지적된 사항들이 곧 시정·시행되어야 할 문제를 안고 있다. 좁은 의미의 우리 시대에 대한 시대인식이라고 할 수 있는 이 문제들을 나는 대략 세 가지로 나누어 말해보고자 한다.

첫째는 교육문제다. 일반적으로 교육 전반을 가리키는 것이지만 이 자리에서 특히 지적되어야 할 점은, 우리에게 있어서 정치교육이 전혀 이루어지지 못해왔다는 사실이다. 1945년 해방, 1948년 정부수립 이후 역대 정치지도자들은 새로운 국가의 비전과 연결된 국민교육에 등한하였으며, 더불어 지도자 교육에도 아무런 경륜과 노력을 보여주지 못했다. 그 결과, 교육되지 못한 지도자들에 의한 파행적인 정치행태가 계속되어 왔는데, 그것은 군 출신 지도자에게든 민간 지도자에게든 마찬가지 모습으로 나타났던 것이다. 새로운 비전에 의한 새로운 교육이 병행되지 않고서는 오늘은 물론 내일에 있어서도 올바른 정치지도자를 갖기 힘든 것이 지금의 상황이다.

둘째로, 지적될 점은 우리 정치문화의 구조가 폐쇄적이라는 사실이다. 이러한 현실은 앞서 언급한 정치교육의 부재에 따른 필연적인 결과라고 할 수 있는데, 이로 인하여 우리 정치가 우리 사회의 온갖 현실을 수용하고 반영하고 개선하는 기능을 제대로 수행함에 있어서 근본적인 취약성을 드러내게 된다. 예컨대 우리 사회가 안고 있는 숱한 문제들은——통일과 민주화 문제를 제외하더라도 교육문제 · 교통문제 · 농촌문제 · 빈부격차문제 · 공해문제 등등——언제나 정치적 현안으로 등장하면서도 정치적 해결의 새로운 결과로 인도되지 못하고 있는 것이다. 정치를 현실개선의 기능이라는 전면적 · 개방적 차원에서 이해하지 않고 제한된 특수집단의 놀이로 받아들이는 습관이 반복되고 있기 때문이다.

그리하여 '정치'는 언제나 '정치적'이라는 말의 동의어가 되어버린다. 따라서 정치가 있음에도 불구하고, 정치인과 정당 · 정부 · 의회 · 법제도가 모두 있음에도 불구하고, 온갖 사회현상과 문제점들은 그것들을 통해 여과되고 해결되지 못한 채 언제나 문제점 그대로 공전만을 반복하게 된다. 그 결과 나타나는 것이 정치와 정치적 메커니즘에 대한 불신이며, 국민적 좌절감이다.

이 모든 것이 따지고 보면 우리 정치구조의 폐쇄성에서 연유한다는 것이 나의 생각이다. 오늘 우리의 정치구조는 정상적인 직업을 가진, 정상적인 생활인이 정치생활을 하는 것을 막아버리는 여러 가지 틀을 갖고 있다. 공무원도, 교사도, 노동자도, 학생도 정치활동을 하는 것을 법으로 금지하거나 사회적으로 백안시하는 풍토와 현실이다. 그렇다면 정치는 누가 하는가. 직업 정치인이라고 딱지가 붙어 있는 사람들을 제외하면, 일정한 직업 없이도 돈이 있는 사람, 아니면 기업가나 할 수 있는 현실이다. 이들에 의해 현실의 핵심이 올바로 전달되고 문제점이 개선되기를 기대한다는 것은 애당초 불가능한 일일 것이다.

'정치'가 현실 속에서 공전하고, 현실이 '정치' 속에서 공전한다.

세 번째로 말하지 않을 수 없는 것은, 이상의 문제들 때문에 야기되고 있는 국민적 좌절감과 허무주의, 이를 극복하기 위해 팽배하고 있는 각종 신비주의가 난무한다는 것이다. 우리나라 사람들을 가리켜 종교성이 강한 민족이라고 말한 학자도 있으나, 문제는 그 종교성이 진리를 향한 구도라는 높은 차원의 종교심 아닌, 그 대부분이 미신적 신비주의라는 점이다. 정확한 통계가 힘들 만큼 무수한 숫자의 사이비 종교가 이 좁은 땅을 누비고 있는 현실은, 정말이지 1990년대의 지성을 논하는 일 자체가 부끄러울 정도다.

사이비 종교는 그렇다 치고, 신비주의를 가장 배격하는 유일신 사상의 기독교에 있어서도 샤머니즘화를 우려하는 교단 내외의 목소리는 이미 오래 전부터 있어온 일이 아닌가. 기복신앙과 개교회주의에 대한 반성과 비판 또한 교단 내외에서 벌써부터 행해지고 있으나, 좀처럼 불식되지 않고 있다. 그것은 교회의 문제라기보다 이 시대를 사는 우리 모두의 의식 문제이기 때문에 간단치 않다.

한마디로 묶어 신비주의라고 할 수 있는 우리 시대의 정신적 성향은, 결국 정치가 올바른 현실반영 및 개선기능을 하지 못하는 데에서 오는 국민적 좌절감의 다른 표현이다. 국민적 좌절감이란 국민 한 사람 한 사람이 삶의 의미를 즐겁게 느끼지 못하고, 일상적 퇴행감 속에 빠지는 것을 말하는데, 그 극복의 구심점을 손쉬운 신비주의적 종교성에서 찾고자 하는 것이다. 고대 그리스 신화와 같이 세련된 체계도 갖고 있지 못한 오늘의 신비주의는, 그 구체적 모습이 미신으로밖에 달리 나타날 길이 없다. 여기에 구태여 문화라는 말을 붙인다면 그저 생존문화일 뿐, 반성과 비판의 지성이 숨쉴 공간은 비좁다.

시대인식이 이렇게 분명해질 때 지성의 자리와 역할도 어느 정도 분명해질 것이다. 이 문제와 관련해서 나에게 가장 먼저 인식되는 것은 정치의 개방을 향해 올바른 발언을 할 수 있도록 모든 지성이 노력해야 하겠다는 것이다. 앞서 나는 우리 시대의 비판받아야 할 근본적 문제점 세 가지를 지적하였는데 이때 지성은 무엇보다 그것을 풀어나가야 할 순서와 그 매듭을 발견하는 지혜를 가져야 한다.

우리 민족이 우수하다는 이야기를 우리 스스로 하기 좋아한다. 그러나 가령 중·고교 등 소년시절 학교성적이 좋다는 것이 우리 민족의 우수성에 대한 증거가 될 수 있는지에 대해서는 재고가 필요하다. 더욱 중요한 것은 소년기까지 비교적 괜찮은 두뇌를 가진 민족이 왜 30대 이후의 기성세대로 들어서면서 그것을 유지하거나 발전시키지 못하느냐는 점에 대한 반성이다.

그러나 좀처럼 그런 반성은 찾아보기 어렵다. 이것이 바로 지혜의 결핍이다. 혹 기능적인 두뇌는 좋을지 몰라도, 삶과 세계를 거시적으로 통찰하고, 모든 정책과 처세를 인간을 위해서 행하는 지혜에 있어서, 우리는 보다 날카로운 자기 비판을 감수해야 한다는 것이 나의 생각이다. 지혜의 결핍이란 결국 그만큼 우리가 지성적이지 못하다는 판단과 결부되며, 반성과 비판을 거부하는 습성에 오래 젖어왔다는 말이 될 것이다.

지혜로써 풀어야 할 최초의 작업은 앞서 말한대로 정치의 개방이다. 누구나 정당활동을 손쉽게 할 수 있고, 누구나 자기 고장의 일을 자기들이 해나가는 정치—이것이 개방적인 정치라면, 지금까지의 고정관념에서 벗어나 자유로운 사고를 할 수 있도록 서로서로 도와야 할 것이다. 정치적 권위주의가 소멸될 때 참다운 정치의 권위가 회복될 것이며, 이때 정치는 국민교육적인 기능을 갖고 사회를 올바로 반영하고 이끌어나갈 수 있을 것이다.

정치가 이렇게 우리 모두의 손쉽고 친근한 그 무엇이 될 때, 당연하게도 우리 사회의 무속적 신비주의와 허무주의적 좌절감의 분위기는 개선될 것이다. 그러나 여기에도 지성의 역할은 필요하다. 정치의 개방이라는 측면 이외에도 이 같은 분위기의 개선을 위해서는 지성인 스스로의 노력이 또한 요구된다.

그것은 우리 종교성이 신비주의적인 방향으로 함몰되지 않도록 우리 스스로 올바른 종교성을 확보해야 한다는 사실이다. 이를 위해서는 오늘의 지성이 지나치게 세속적이며 기능주의적이며 공리주의적이라는 사실이 겸허하게 인정되어야 하며, 또 크게 비판되어야 한다. 이런 것들이 행여 합리성이라는 이름으로 옹호되거나 은폐된다면 이것은 단연 청산되어야 한다. 참다운 지성은 땅 위의 세속적 질서만 계산하지 않고, 하늘의 영원한 질서도 존중할 줄 알아야 한다. 이른바 초월성과 내재성을 함께 갖출 때 그 지성이 현실을 향해 올바른 판단과 권위 있는 발언을 할 수 있다. 앞서 말한 지혜란 바로 이 같은 자세와 능력일 터인데, 1990년대의 지성은 이 수준으로 올라서서 자신의 자리를 찾아야 한다.

해방 이후의 현대사는 지성인에게 좌절감과 패배감만을 안겨주었고, 그 결과 우리의 지성은 자조적이거나 투쟁적인 것이 되었다. 이제 1990년대의 지성은 이러한 범주를 벗어나 한 단계 높은 곳에서 현실 지도적인 음성을 들려주어야 할 것이다. 그것은 결코 현실 도피적인 것이 아니다. 현실은 부단히 비판되고 개혁되어야 하지만, 같은 범주 안에서의 육탄전에 의해 그것이 이루어지는 것은 아니다.

현실담당 세력과 지성과의 관계는 여야의 대립처럼 단기적이며 공리적이지 않다. 그것은 동일 범주 내 관계가 아니라, 차원을 달리하는 관계다. 멀리 보아야 그 범주의 울타리밖에 볼 수 없는 현실담당 세력에 대하여 보다 큰 힘의 존재를 부단히 일깨워주고, 그들에게 끊임없이 정신의 세례를 퍼부어주는 큰 사람의 모습을 보여주어야 한다.

조선조 이후 계속되어 온 기능주의적 지성, 정치주의적 지성은 이

제 불식되고, 깊은 철학을 동반하는 멋진 지성으로 새로 태어나야 한다. 철학과 종교에 무관심하거나 이를 오히려 반지성적이라고 생각함으로써, 철학과 종교를 관념과 신비주의의 늪으로 밀어넣었던 잘못에서도 서서히 벗어나 이를 폭 넓게 껴안아야 할 것이다. 1990년대 우리 사회는 그것을 지성에게 요구하고 있다. (1990년)

나의 방, 나의 책

서재가 고색창연한 학풍이 깃들인 외모로부터 연상된다면, 나에게 서재는 없다. 방 세 개짜리의 작은 아파트 어느 곳에도 그 같은 분위기를 살릴 공간이 허락되지 않기 때문이다. 비교적 이사를 자주 다닌 편이기 때문에 한때 서재 비슷한 것을 마련해 본 적이 없었던 것은 아니지만, 어쨌든 이즈음 나에게 「이게 내 서재요」라고 번듯하게 내보일 만한 공간은 없다는 것이다. 그런 의미에서 서재 없는 백면서생의 슬픔은 자탄할 만하다. 대체, 명색이 글쓰기를 전업으로 하는 대학선생이 서재 하나 변변히 없다니! 풍족지 못한 가세를 말하기에 앞서 나 자신의 칠칠치 못한 학문적 요량을 탓하는 것이 아마 이 경우의 순서가 아닐까 싶다.

나는 대부분의 시간을 학교에서 보낸다. 강의시간은 물론이지만, 강의가 없을 때 글쓰기와 글읽기도 학교에서 한다. 장막에 서재를 갖고 있지 못한 자의 당연한 선택인데, 청파언덕 한구석 으슥한 곳에 자리한 나의 방은 그런 의미에서 내 서재 대행노릇을 톡톡히 하고 있는 셈이다. 10여 년 간 북향 방을 연구실로 써왔는데 한두 달 전 남향으로 옮겼다. 햇빛이 양명한 남향이 좋다고 모두들 이야기하지만, 글읽기와 글쓰기에는 차라리 어두운 북쪽이 낫다는 생각을 나는 지금도 갖고 있다. 결국 내 서재는 내 연구실일 수밖에 없겠으며, 서재 이야기를 하라면 연구실 이야기를 할 수밖에 없다. 그러나 이렇다 할 선현묵객의 족자 한편 없는 이 방을 대체 어찌 자랑할 것인가.

방 이야기를 하자면, 방의 벽에 걸려 있는 몇 가지 물건들에 관해서 먼저 말해야 할 것 같다. 내 연구실 벽에는 네 개의 액자가 걸려 있다. 이것들은 모두 방주인의 취미나 평소 희망을 나타내는 것인데, 하나하나 소개해 보면 첫째, 독일 지도다. 한국 사람이 왜 한국 지도가 아닌 독일 지도를 걸어놓고 있느냐고 누가 묻는다면 별달리 할말은 없다. 그러나 서재가 글읽기와 글쓰기의 공간이라면, 독일 지도는 내 독서를 도와주는 귀중한 안내자라는 대답을 안할 수 없다.

상상력이 그리 탁월하다고 할 수 없는 나는 독일 책들을 읽으면서 그 많은 인물과 지명을 내 머릿속만으로는 충분히 살려낼 수 없다. 독일문학을 전공하는 나는 매일매일 그 먼 독일로의 여행을 떠나야 되는데, 지도 한장 없이 허구한 날 그곳으로 날아가야 된다는 것은 매우 혼란스럽고 피곤한 일이 아닐 수 없다. 외국문학, 특히 서양문학을 공부하는 사람들에게 있어서 가장 곤혹스러운 문제는 바로 글읽는 자신이 그곳의 현장감을 느낄 수 없다는 점인데, 게다가 독서를 통해 만나게 되는 작가나 시대 또한 현재 아닌 옛날이라면 그 곤혹감은 배가된다. 예컨대 괴테를 만날 때, 그가 태어난 프랑크푸르트, 그가 첫사랑의 애를 태운 제젠하임, 그의 문학을 성숙시킨 봐이마르가 어디 붙어 있는 땅인지를 모른다면 이 얼마나 답답한 일이겠는가. 비록 시간을 거꾸로 올라가는 역사기행은 할 수 없다 하더라도, 지도 속의 지리기행이라도 함께하지 못할 경우 우리의 외국문학 공부는 구름잡는 허허로운 이야기가 되어, 허세에 가득 찬 추상관념만을 고취시킬 위험이 없지 않다. 지도는 여기서 얼마나 친절한 벗이 되며, 돌지 않는 상상력에 기름을 닦아주는 구실을 하는지!

둘째로 소개하고자 하는 것은 괴테의 자화상 그림이다. 청년시절의 그 자신이 그린 이 초상화는, 말하자면 독일문학도로서의 내가 괴테에 대해 애정을 갖고 있음을 고백하는 한 표현도구이다. 프랑크푸르트 그의 생가에서 구입한 것인데, 이 그림을 보면서 수시로 나는 괴테, 혹은 독일정신을 생각하게 된다.

괴테, 그는 누구인가. 독일문학도들 사이에 꽤 알려진 사실이지만, 괴테는 독일정신의 산 표본이다. 1749년 그가 태어났을 때의 독일은, 바야흐로 독일 것을 찾자는 주체적 문화운동 내지 민족문화운동이 전개되고 있을 즈음이었다. 외국문화, 특히 프랑스문화의 압도적인 영향 아래 있었던 독일은 당시 정치적으로도 사분오열 상태였으며, 경제적으로도 유럽 여러 나라들에 비해 매우 낙후되어 있었다. 독일인들의 민족적 자긍심은 심히 찢기워져 있었으나, 어떻게 일어서볼 방도가 모색되지 않는 상황이었다. 그러나 젊은 괴테는 이 같은 민족현실, 나라의 처지를 아는지 모르는지 〈젊은 베르테르의 슬픔〉과 같은 연애소설이나 쓰고, 또 실제로 숱한 여인들과 사랑을 나누는 일에 매달리는 느낌을 주는 작가였다. 젊은 괴테에 대한 사회적 시선은 그 때문에 별것이 아니거나 부정적인 것이었다. 그러나 괴테는 이 모든 과정을 하나하나 거치면서 〈파우스트〉라는 대작을 완성하였다. 독일인들이 오늘의 그 땅에 정착하면서부터 전래되어 온 전통적인 고유의 신비주의와 로마를 통해서 흘러들어온 희랍의 신화주의, 그리고 기독교문화 등 세 가지의 커다란 문화적 맥을 종합한 〈파우스트〉는, 인간은 끊임없이 거듭난다는 유명한 명제를 수립하면서 독일인들에게 꿈을 심어주었다.

인간은 끊임없이 거듭난다는 괴테적 명제는, 한 개인의 차원에서 민족 전체의 차원으로 확산되면서 유럽의 후발국 독일도 거듭날 수 있다는 자신감을 독일인에게 불어넣어준 것이다. 괴테와 〈파우스트〉는, 그의 생전에는 오늘과 같이 높은 평가를 받지는 못했다. 오히려 괴테의 귀족주의적 풍모는 줄기차게 시비의 대상이 되곤 했다. 그러나 괴테를 비판적으로 보고자 했던 20세기의 작가 토마스 만이 마침내 그에게 굴복하고 「괴테야말로 가장 독일적인 인간상」이라고 고백을 한 이후 18세기의 독일사는 그 내용의 중심부에 괴테를 올려놓게 된다. 영국이 산업혁명을, 프랑스가 1789년의 시민혁명을 역사 앞에 내세운다면, 독일은 괴테를 내세울 수 있다는 것이다. 괴테의 존재는 그리하여 단순한 문학의 범주에서뿐 아니라, 역사적 사건으로 그 의미가 넓혀졌으며 독일을 근대화의 길로 이끈 위대한 매개체로 평가되었다.

벽에 걸린 세 번째 액자는 베를린을 동서로 갈랐던 브란덴부르크 문의 사진이다. 동·서독 분단의 상징이었고, 이제는 독일통일의 상징이 된 이 문은 독일의 과거와 현재, 그리고 그들이 어떻게 과거를 극복하고 오늘에 이를 수 있었느냐는 문제들을 함축하고 있다. 독일민족은 원래 그 의식에 있어서 양극성(兩極性)이 강한 민족이다. 흔히 흑백논리라고 일컬어지는 양극성은, 예컨대 개인과 전체, 꿈과 현실, 예술성과 시민성의 대립 같은 것들인데 독일인들은 자신의 내부에 온존하고 있는 이러한 문제에 매우 고심하여 왔다. 19세기 중반에 나타난 헤겔의 삼각형, 즉 변증법은 이러한 독일인들의 오래된 고통을 여실히 반영한다고 할 수 있다. 정반합(正反合)으로 나타나는 삼각형 구도는 더이상 정/반의 대립에 머물지 말고 이를 지양하자는 종합논리인데, 그것은 역설적으로 그들의 의식습관이 정/반의 대립구조 속에 전통적으로 함몰되어 있음을 뜻한다. 그들은 그들의 분단도 그런 각도에서 사상적으로 깊이 있게 분석하고 있다. 그러나 동시에 주목되어야 할 것은, 헤겔에게서 보여지듯 독일인들의 끊임없는 통합의지와 그 노력이다. 말하자면 그들의 의식이 둘로 분열되어 있는 것도 사실이지만, 또 그것을 통일시키려고 무진장 애쓰는 것도 사실이다. 그 결과 그들은 오늘에 와서 독일을 다시 통일시켰다.

이 엄청난 역사의 현장을 지켜보면서 독일문학도로서의 나는 이를 단순히 남의 나라 일로만 바라볼 수 없다. 남북 분단이 엄연한 우리 현실이라면, 분단 극복의 노력도 사상적인 면에서 보다 깊이 있게 탐구되어야 하지 않을까. 브란덴부르크 문은 나에게 그 압력을 줄기차게 행사하고 있다. 이 문제로부터 자유스러울 수 없다고 생각하는 한, 이 사진은 아마도 떼어내지 못할 것이다.

끝으로 소개해야 할 것은, 15세기 말로부터 16세기 초에 걸쳐 활동했던 독일화가 알브레히트 뒤러의 그림 「기도하는 두 손」이다. 물론 복사본인데, 이 그림을 보면서 나는 이따금 겸손에 대해서 생각한다. 학문을, 그것도 문학이라는 학문을 하는 사람들은 자칫 교만해지기 쉽다. 진리 탐구가 목적이기 때문에 학자들은 자주 자기가 알게 된 것의 정당성을 주장하는 나머지, 다른 견해들을 배척하고 자신의 것을 배타적으로 진리라고 역설한다. 물론 이러한 자세가 결여되어 있을 때 학문은 발전하지 못할지도 모른다. 그런 의미에서 학자들 사이의 선의의 경쟁은 필요한 것이며, 격려되어야 할 성질의 것이다. 그러나 실제로 그 진리성을 믿는 태도의 완강함이 어떤 초월적 존재마저 무시하고 그 위에 군림하고자 할 때에는 지적 교만으로 떨어질 우려가 있다. 그것은 피조물인 인간으로서 주제넘은 일이며, 그렇게 될 때 「학문은 대체 왜 하는가?」 하는 본질적인 문제와 만나지 않을 수 없다. 나 역시 과거에는 이 같은 지적 교만을 즐겨왔으나, 그 같은 태도가 오히려 학문적 깊이를 더하는 길을 막는다는 사실을 깨달은 이후,

가능하면 기도하는 자세로 겸손해지고자 노력하고 있다. 뒤러의 「기도하는 두 손」은 이를테면 나의 이 같은 소망이 담긴 작은 거울이라고나 할까.

네 개의 벽 장식물을 제외하면, 내 연구실은 내가 매일 먹고 사는 밥처럼 책들을 갖고 있다. 한 사람의 독문학도이지만, 문학평론가로서의 직업이 어쩔 수 없어 많은 한국문학 관계 서적이 더불어 쌓여 있다. 그중에서도 소설책, 시집, 평론집 등 이른바 문학현장의 산물이 가장 많은데, 미안하게도 이들 중 많은 부분은 저자로부터 직접 받은 것들이다. 말하자면 내가 직접 구입한 것은 그리 많지 않다. 그러나 기증된 책들은 나를 간단없이 괴롭힌다. 사들인 책과 달라서, 이들 책들은 나에게 곧장 읽기를 강요한다. 보내준 작가를 언제 어디에서 만날지 모르니까 이런 책들일수록 빨리 읽어야 한다. 그러나 무엇보다도 먼저 이들 책이 읽히는 이유는 항상 새롭게 작품을 쓰는 작가들을 빨리 만나고 싶다는 나의 욕망 때문이다.

이들 책들을 제외하면, 독일어로 된 독일문학 책들은 뜻밖에도 현대의 것이 아닌 18세기 쪽의 것들이 많다. 나의 관심은 독일문학 중에서도 낭만주의에 가 있기 때문이다. 시와 이론 일반에 관한 관심도 지울 수 없지만, 근본적으로 독일 낭만주의가 나의 학문적 호기심을 움직이고 있다. 독일문학의 본질은 아무래도 낭만주의에 있으며 이에 대한 올바른 이해 없이는 독일문학의 중심에 도달할 수 없다는 생각 때문이다.

옛날에 대한 독일 책과 현재에 대한 한국 책의 무질서한 공존의 한복판에서 오늘도 나는 두서없는 글읽기와 글쓰기를 하고 있다. 아, 언제 평화로운 질서의 순간이 찾아올 것인지!   (1989년)

시와 국어교육

 인간에게 있어서 가장 중요한 것은 언어, 즉 말이다. 이 평범한 진리를 알고 있는 사람이면 인간다운 인간이라고 할 수 있으며, 이 평범한 진리를 잘 알고 있는 사회라면 문화적 사회라고 할 수 있다. 그렇다면 우리들은 어떠한가. 섭섭하게도 그렇지 못하다는 것이 이 문제의 주변을 오랫동안 기웃거려온 나의 판단이다.

 입만 열면 문화인과 문화민족임을 자처해 온 우리들이지만, 한국인들은 말의 중요성을 그리 잘 인식하지 못하고 있는 듯하다. 가장 비근한 예로 「말만 잘하면 무엇하느냐」라든가, 「말만 많다」는 이야기가 있다. 언어에 대한 부정적·폭력적 사고를 대변하는 말이다. 정치하는 사람들, 사업하는 사람들, 그 밖에 거의 모든 사람들로부터 말은 이렇듯 핍박당하고 있다.

 심지어 말을 먹고 사는, 말과 가장 관계가 깊다고 할 문학인·지식인들 사이에서도 말은 종종 천시당하고 있다. 말에 비해 행동, 혹은 실천이 우월시되는 세태는 비록 그것이 올바른 지향성을 갖고 있다고 하더라도, 역시 언어에 대한 뿌리깊은 폄하의식을 반영하고 있다고 할 수 있다. 그리하여 자라나는 젊은 세대들마저 말을 아끼고 그 중요성에 관심을 갖기보다는 한낱 기능적인 전달수단으로서만 말을 막 부리고 있는 느낌이다. 텔리비전에서의 모습은 우리 사회가 얼마나 말을 우습게 여기고 있는지 그 단면을 부끄럽게 노출시키고 있다.

한글날이 있다. 그러나 기념행사 이상의, 사회적 인식으로서 우리 말과 글에 대한 깊이 있는 환기를 불러일으키지 못하고 있다. 그 환기의 올바른 현장은 말의 중요성에 대한 올바른 교육이어야 하고, 이 교육은 사회 전반을 대상으로 한 사회교육과 더불어 학교에서 국어교육의 전면 재검토로 이어져야 한다.

이 기회에 다음 몇 가지를 문제로 제기하고 싶다. 첫째, 말의 중요성과 관련해 우리는 '인간=언어'라는 인식을 훈련해야 할 것이며, 그 훈련은 사회 모든 영역에서 끊임없이 행해져야 할 것이다. 인간을 다른 생명체와 구별짓는 최종의 조건은 결국 언어이며, 인간의 사상이나 이성도 언어와 더불어 형성되는 것이다. 단순한 표현도구로 생각한다면 그것은 큰 오류다.

둘째, 이 같은 인식 아래서 우리말과 글, 즉 국어교육이 새로이 이루어져야 할 것이다. 지금의 국어교육은 국민학교에서부터 대학에 이르기까지 많은 문제점을 안고 있다. '언어=사고'라는 인식이 백안시되는 상황에서 초등 국어교육부터 문자언어와 음성언어 연습으로 시종하고 있을 뿐, 의미언어로서의 기능에 대한 교육은 주목되지 않고 있는 것이 현실이다. 뿐더러 문법교육도 제대로 이루어지지 않음으로써 올바른 글에 대한 판단을 유도해 내지 못하는 국어교육이 되고 있다.

유럽의 많은 나라들이 국어교육 과정에서 강조하고 있는 것이 시 읽기와 시 암송이다. 그것은 모국어의 음성학적 아름다움에 대한 훈련과 더불어 의미론적 훈련을 동시에 가능하게 한다.

국어를 잘한다는 것은 그러므로 단순히 글을 잘 읽고 쓴다는 차원을 넘어 깊고 조직적인 사고를 하는 능력을 갖는다는 것을 뜻하며, 나아가서 언어와 인간에 대한 사랑을 소유하게 된다는 것까지 뜻한다. 비록 지식인 계층이 아니라 하더라도 시를 줄줄 외는 사람들이 적지 않은 것을 이들 나라에서 어렵잖게 볼 수 있다. 그가 청소원이든, 경찰관이든 시를 외는 사람에게서는 폭력이나 반인간적 행동을 좀처럼 상상하기 힘들 것이다. 이처럼 언어를 하나의 유기적인 생명체로서 전면적으로 수용할 때, 그 언어는 살아 숨쉬며 인간의 삶을 성장시키고 사회를 건강하게 한다.

셋째, 올바른 국어교육뿐만 아니라 우리 사회 전체를 위해서도 이제 제대로 된 국어사전이 나와야 될 것이다. 벌써 오래 전부터 그 시급성이 강조되어 온 이 문제는, 그러나 여전히 그 해결의 가능성이 엿보이지 않아 답답하기 이를 데 없다. 제 나라가 새롭게 세워진 지 반세기가 되었건만 올바른 제 나라말 사전 하나 없다니 이것이 대체 무슨 꼴인가.

올림픽을 치르고, 선진국 문턱에 이르렀다고 수선을 떨지만 이런 의미에서 우리는 아직 건국도상에 있다고 할 수밖에 없다. 사전이 없다는 것은 말의 기준이 없다는 것이며 그것은 결국 한국인 모두 정신 없이 살고 있다는 이야기가 된다. 정치적 혼란을 포함한 모든 혼란의 한 원인은 여기에 있다는 것이 나의 생각이다.

말을 제대로 하고 쓸 줄 모르는 민족이 정치고 뭐고 제대로 하겠는가. 문법사전이 없으니 문법이고 뭐고 쓰는 사람마다 제 마음대로고 발음사전이 없으니 소리나는대로 제각각이다. 단어나 문장 그 어느것에도 정해진 운율이 없으니 시인이 자기 시를 낭송하더라도 읽을 때마다 다른 모습으로 울릴 수밖에 없다.

이 모든 결핍과 혼란에 대해 그 해결의 길을 생각해 보자. 국어사전은 매해 반복되는 국책사업으로 시급히 착수될 것, 그리고 현행 국어교육은 초 · 중등 교과서부터 전면 개편되어야 할 것이다. 올바른 국어교육을 받은 학생이라면 누구나 대학입시에서 좋은 성적을 받을 수 있도록 국어교육은 시민 교양교육으로 질적 전환이 이루어져야 한다. 영어나 수학처럼 국어도 과외공부가 필요하다면 그것은 이미 국어교육이 아니다.

상세하고 심도 있는 사전이 해마다 간행되면서, 이에 근거한 풍부한 예문으로 된 국어교과서가 있다면 학생을 포함한 우리 모두가 그것을 읽는 것만으로도 풍족한 국어공부를 할 수 있을 것이다. 그 국어 속에 우리의 역사가 숨쉬고, 그 속에 오늘의 현실이 총체적으로 반영된다. 말하자면 우리의 정직한 얼굴을 찾을 수 있다. 한 사회에 대한 구조적 비판이 그 사회의 구조 발견으로부터 가능하다면, 올바른 국어교육은 말의 깊은 뜻에서 올바른 정치교육이라고 할 수 있다. 아름다운 말 없이 아름다운 사회는 있을 수 없다. (1992년)

책은 써야 맛인가 읽어야 맛이지

　책이 쏟아져 나오고 있다. 이따금 서점에 가보면 책 찾기가 힘들 정
도다. 직업이 문학을 비평하는 자리에 있는 탓인지 내게 전달되는 이
른바 기증본도 적지 않다. 어떤 책들은 그 내용이 너무 부실해 종이가
아깝다는 생각이 들 때도 있다. 특히 요즈음에 와서 성행하고 있는 사
보인지 사외보인지 하는 얄팍한 책들(그중에는 아주 호화본도 있다!)
과 무슨 기관이나 단체에서 나오는 홍보서적들을 뜯어볼 때, 그런 느
낌은 더욱 강해진다. 대단히 미안한 말씀이지만, 그리하여 적잖은 책
들이 별다른 검토도 거치지 않은 채 쓰레기통으로 직행하기 일쑤다.
얼마 전 어떤 출판사 사장을 만났더니 나의 이 고약한 습관을 꿰뚫어
보고 있다는 듯, 「나는 이즈음 책을 안 냅니다, 그게 책을 사랑하는 일
같아서……. 책 내면 뭐합니까, 쓰레기통으로 들어갈텐데……. 책을
내는 일에 보람을 느끼는 게 아니라 뭐랄까, 공해를 배가시키는 일 같
아서……」라고 내뱉는 모습을 보았다.
　책 광고 또한 요란하다. 그 비싼 일간지 광고란에 전단, 혹은 전면

으로 도배질하는 나라가 우리말고 또 어디 있을까. 출판사나 저자들의 이야기로는 그렇게 해야 책이 팔린다는 것이다. 참 묘한 독서시장 행태다. 사람들의 소위 구매습관이 그렇기 때문에 서점에서도 큰 광고를 내는 책을 우대해 준다는 것이다. 혹시 다른 상품은 모르겠으나 광고를 보고 책을 산다? 어쩐지 미덥지 못하다. 그렇든 어떻든, 책 광고가 신문지상에 판을 치니 꽤 좋은 책들이 많이 나오는 나라 같지만, 사실 요란한 광고에 실린 책일수록 양서는 드물다는 사실을 주의깊게 새겨두어야 할 것이다.

자, 이렇듯 많은 책을 내놓고 또 광고하는 사회, 마땅히 경하해야 할 이 현실에 짚고 넘어갈 부분은 없는가. 나는 문득 엄청나게 생산되어 나오는 시집들을 읽다 보면, 「아, 사람들은 읽기보다 스스로 쓰기를 좋아하는구나.」 하는 묘한 감회에 젖게 된다.

글을 쓴다는 것 자체는 매우 좋은 일일 뿐더러, 엄청난 축복이다. 기록정신의 함양이라든지 문장훈련이라든지 하는 효과도 물론 함께 기대할 수 있다. 그러나 글쓰기란 글읽기와 더불어 이루어질 때 올바른 것이 되지 않을까. 그 이유는 간단하다. 먹는 것이 있어야 힘이 생기는 것 아닌가. 수입이 있어야 지출을 할 수 있는 논리와 같다. 읽는 것이 빈약한 상황에서 쓰여지는 글이란 그러므로 일종의 출초(出超) 현상이다. 이런 식으로 쓰여진 글을 읽다 보면 안쓰러울 때가 너무 많다. 마치 빈혈인 사람이 무리한 운동을 하는 모습이어서, 때론 말리고 싶은 충동까지 유발한다. 글의 내용은 자연히 빈약할 수밖에 없고, 경우에 따라서는 많은 오류를 포함하고 있기 일쑤다.

남의 시를 읽지 않는 시인, 남의 논문을 읽지 않는 학자……. 이런 사람들은 언제나 자기 자신이 모든 발견의 출발점이 된다. 지금까지 이미 이루어진 것, 발견된 것은 무시되고 항상 자기 자신이 '최초'의 인물로 나선다. 읽는 이로서는 이보다 더 우스꽝스러운 일이 없다. 뿐

더러 그의 글은 이미 앞선 사람들이 모두 했던 말의 단순반복이 되어 결과적으로 쓰나마나한 꼴이 되지 않겠는가.

글을 쓴다는 일의 진지함, 거의 엄숙함이라고까지 할 수 있는 마음가짐은 이래저래 어려운 것이다. 많은 다른 사람들의 글을 읽고, 거기에 자기 자신을 조금 보탠다는 겸손한 마음으로 글을 쓰고 책을 낼 때, 그것이 비로소 의미 있는 감동이 될 수 있지 않을까 생각해 본다. 책을 읽고 책을 쓰는 일이 직업이 된 나는, 날이 갈수록 이 일에 대한 두려움을 갖게 된다. 그래서인가, 예전엔 많은 저서를 갖고 있는 사람들이 부럽더니 요즈음엔 차라리 연민의 정마저 느낄 때가 있다.「뭘 저렇게 많을 글을 썼을까, 정말로 체계를 갖춘 글은 그 가운데 얼마나 될까?」하는 의구심이 솟는 것이다.

많은 말을 하는 입보다, 많은 말을 듣는 귀를 갖고 싶다. 그리고 내 가까운 사람들에게 같은 말을 권고해 주고 싶다. 책의 발행부수는 꽤 되는데도 불구하고 여전히 책을 읽는 사람은 많지 않은 이 현실은 바뀌어져야 할 것이다. 책은 책을 위하여 존재하지 않는다. 책도 필경은 사람을 위해 있는 것, 사람의 정신적 영양을 풍부하게 해주는 일이 그 목적이라면, 우리는 편식하지 않고 탐욕스럽게 먹어야 한다. 음식에 있어서 요리도 중요하지만, 대체 무엇 때문에 요리를 하는가? 사람들은 모름지기 맛있게 먹어야 한다. (1992년)

작가의 집

프랑크푸르트에 들어선 여행객의 발걸음이 처음 머물게 되는 곳은 괴테의 생가이다. 비록 문학에 관심이 없는 사람이라고 하더라도 그렇다. 여행사나 안내인은 자연히 그곳으로 나그네를 인도한다.

유명한 봐이마르라는, 작은 시골마을을 찾아가 보아도 마찬가지다. 문호 괴테가 그의 청년시절을 이곳에서 보내고, 이른바 독일 고전주의 시대를 성숙시킨 이 마음에서 가볼 데라고는 도대체 괴테가 살던 집, 그리고 그와 붙어 있는 괴테박물관뿐이다. 이 작은 고장에 최근 힐튼호텔이 들어섰다. 무엇을 보러 관광객들이 밀려들기에 이처럼 큰 호텔이 세워졌는가? 그 사정은 너무도 뻔하다.

프라하에 가보라. 온통 작가 프란츠 카프카 천지다. 광장 옆에 있는 생가며 박물관, 성 아래 골목에 있는 누이의 집……. 그 모든 곳이 관광지며 그것들을 빼놓고서는 제대로 보여줄 것이 그리 많지 않다. 파리의 발자크 집, 모스크바의 톨스토이 집, 청두(成都)의 두보 초당(杜甫草堂), 본의 베토벤 집, 적어도 문화국가라고 불리는 나라치고 이 점에서 예외는 없다. 그곳엘 가보면 그의 어린 시절 모습, 그의 친필 유고는 물론 사귀던 친구와 애인들, 그에 관한 수많은 일화와 단상들, 장난감과 같은 시시콜콜한 자료들도 모두 모아져 있다. 대체 한 작가의 이런 잡동사니가 뭐 그리 대단한 것일까? 이렇게 생각하는 사람들에게 그런 것들은 아닌게아니라 별스러울 것이 없다. 그런데 불행하게도 우리 한국인들 가운데에는 그런 생각을 가진 사람들이 적지 않은 것 같다. 우리에겐 그러한 '작가의 집'이 도대체 없기 때문이다.

우리에게도 작가들은 있다. 그러나 작가의 집은 없다. 아니 작가의 집이 없을 리가 없다. 그러나 보존된 '작가의 집'은 없다. 올해로 탄생 1백 주년을 맞는 춘원 이광수의 집이 어디에 있는가? 그걸 아는 사람도 없고, 몰라도 부끄러울 것이 없다. 현대 작가에 대해서는 그 평가가 진행중인 까닭이라고 치자. 그러나 박지원의 생가나 김만중의 생가, 김시습의 생가는 보존되어 있는가? 작가의 집을 소중히 여기고 보존하는 일은 그 사회가 인간을 아끼고 정신을 귀히 여긴다는 사실을 안팎에 알리는 일과 통한다. 그것이 문화다. 그러나 한국인들은 입만 열면 문화인을 자처하고 문화민족임을 내세우면서 그것을 증거할 내용은 거의 아무것도 갖고 있지 못하다.

외국인들이 오면 함께 동행할 만한 곳이 마땅치 않은 것이 지금 우리의 현실이다. 외국인들에게 보여주자는 알량한 선전심리가 아니라 우리의 문화적 내용이 객관적 평가와 너무 멀리 떨어져 있다는 것이다. 「한국에 작가가 있습니까?」「아, 그럼요.」「작가의 생가를 좀 볼까요.」「…….」그러고도 우리 정부에 문화부라는 독립관청이 있다고 자랑해야 한단 말인가. 대체 거기서 무엇을 하느냐고 묻는다면 무어라고 답할 것인가. 최근에 이 문제에 대한 관심과 반성이 조금씩 생기고 있다니 다행이다.

이 문제는 비단 관련 정부기관만의 문제는 아니다. 작가들 스스로,

이른바 모든 문화인들의 의식을 밑바닥에서부터 뒤집어볼 만한 문제다. 예컨대 한 작가가 작고했다고 하자. 그러면 유족이나 제자들은 기다렸다는 듯이 달려들어 이른바 추모사업을 벌이는데, 한결같이 그 내용은 고인 이름이 들어간 문학상을 제정하고 추모비를 세우는 일이다. 요컨대 당장 그 사람의 이름을 빛내는 일에 몰두한다. 본인이나 주변인사나 모두 그것을 즐기는 것이다. 철저한 현세주의 의식이라고 할 수밖에 없다.

이러한 의식 속에는 작가가 어디서 나서 어떤 성장과정을 거쳐왔는지, 그리고 어떤 인간관계를 갖고 왔으며 인간적으로 어떤 약점과 강점을 지녔는지 그 실상을 드러내는 것을 꺼리는 마음이 숨어 있다. 그리하여 그저 무조건 작가 아무개로서의 결과만을 내세우고 찬양되기를 바라는 것이다. 이런 의식이 바꾸어지지 않는 한 아무개 상과 아무개 기념비는 있어도 그 삶의 전부를 알 수 있는 '아무개 집'은 보존되기 힘들다. 이것은 우리 문화의 불행이며 한계다. 그것은 문화 콤플렉스이지 문화 자체는 아니다.   (1994년)

섬세한 낭비

낭비치고 섬세한 낭비처럼 재미난 일은 없다. 요것도 사서 치장을 해놓고, 조것도 사서 입어보고, 또 그 사이사이의 알록달록한 것들도 일단 사들여놓고 보면 그 나름대로 맛이 있다. 여기에 재미를 붙이면 시간 가는 줄도 모르고, 물론 돈 나가는 줄도 모르게 된다. 시간과 돈이 있는 사람이면 말하리라. 인생이란 그렇게 즐기며 사는 것 아니겠는가 하고.

최근 우리의 문화라는 것이 그런 꼴을 하고 있다. 무슨 일본작가의 작품을 흉내낸 듯한 소설들이 판을 치면서 달착지근한 냄새를 풍기고 있는가 하면, 그 맞은편에서는 우리네 사상의 전통을 이루고 있는 선현들, 혹은 그들의 작품을 패러디화한 소설들을 마구 찍어내서 팔고 있다. 이런 작품들일수록 선전은 요란하다. 별 내용 없는 화장품 광고가 그저 눈요기감에 지나지 않는 것과 같다.

사랑과 성과 우수, 그 바탕을 끌고 가는 소위 예민한 감수성을 판매하고 있는 작가들은 대체로 신인급의 젊은이들이다. 그러나 많은 랩

뮤직 가수나 개그맨들이 그렇듯이 이들의 상혼과 몰염치만은 대가급이다. 선현들의 생애를 작품화하거나 그들의 작품을 같은 이름으로 불량재생시키고 있는 그룹들도 대체로 낯선 이름들을 작가로 갖고 있다. 이들이 이처럼 신인급 내지 낯선 작가라는 사실은, 이들이 제작해내는 상품의 신용도를 의심케 하는 한 요인이 되기도 한다. 전통 없는 메이커들에 의해서는 아주 드물게 좋은 물건이 나올 뿐이기 때문이다.

문학에 한해서 말한다면(하기야 모든 좋은 예술은 마찬가지다!) 독자로 하여금 자신의 삶을 뒤돌아보고 반성케 하는 일이 그 기능이며 존재가치이다. 그러므로 좋은 문학은 이 세계의 모든 기성의 질서·가치·제도·개념을 비판하며 끊임없이 새롭게 한다. 성스럽다고까지 할 수 있는 이 사회의 축복이다. 오늘 이 세상이 왜 이렇게 혼미스러우며 타락해 버렸으며, 오직 관능과 소비만을 지향하는가 하는 문제를 밝히고 비판하는 일도 문학의 몫이다. 그런데 그 몫이 지금 상실되고 있다. 아니, 문학 스스로 그것을 버리고 있다. 비판이다, 소명이다, 반성이다, 축복이다 하는 것들을 짐스러워할 뿐더러 심지어는 비웃고 있다. 인간의 정신을 한번도 긴장시키지 못하는 오직 팔리기만을 소원하는 빗나간 작가들이여! 그대들, 작가로 나서기를 원한다면, 죽음과도 같이 고통스러운 올훼의 계곡을 지나가보라!

문학만이 아니다. 가장 높은 곳에 있어야 할 문학이 시장바닥을 헤매고 있는 상황에서 그 밖의 문화양태들은 아예 죽어가고 있는 느낌을 준다. 대표적인 것이 TV다. 날이 갈수록 늘어가는 프로는 드라마, 쇼, 개그맨들의 웃기기 등등인데, 그런 것들을 오락프로라고 보고 앉아 있는 우리들 모습이 한없이 우스꽝스러워지는 것이다. TV 드라마라고 해서 꼭 교육적·교훈적·생산적인 내용을 다루라는 것은 아니다. 그러나 이즈음 일부 프로는 거의 범죄성을 띤 내용을 거침없이 내

보내고 있을 뿐 아니라, 그 어휘와 논리에 있어서도 오류로 일관된 것을 그대로 방영하고 있다. 원작자가 작가인 경우, 그 대부분이 삼류작가인 것도 특징이라면 특징이다. 쇼에 나오는 가수들을 보라. 검은 안경에 가죽바지, 이상한 모자에 머리를 묘하게 볶고……. 아닌게아니라 마약이라도 먹은 듯 광란해댄다. 그 복장 자체가 일본식인지 어디식인지 모를 이것이 소위 청소년 프로라는 것이다.

더욱 해괴한 일은, 같은 방송에서 시간대를 달리해서 그 같은 청소년들의 광란의 행태를 개탄하고 있다는 사실이다. 한 입으로 두 말을 하는 셈인데, 어처구니없게도 이렇듯 빗나간 청소년들을 달래는 데 있어서 부모들이 책임감을 갖고 앞장서달라는 부탁까지 한다. 부모들이? 부모들이 어떻게 하는가? 저희들 TV에서 매번 그 교육을 뒤집어놓지 않는가.

우리 문화는 요컨대 바야흐로 타락 · 저질 · 모방 · 수치 · 혼미의 중병을 앓고 있다. 이러한 증세를 치유하는 데 힘을 기울여야 할 문화가 제 스스로 죽어가고 있다.   (1994년)

전통은 앞을 향해야

최근에 나는 중견 작가 한승원의 중편 연작인 「불배」「불곰」「불의 딸」「불의 아들」「불의 문」 등을 읽을 기회가 있었다. 이 소설은 전직 신문기자가 자기의 부모를 찾기 위해 고향의 옛터를 뒤지다가, 자신이 무당의 아들이라는 것을 알고 샤머니즘의 새로운 발견을 통해 한국인의 전통 정서를 확인하게 된다는 내용인데, 샤머니즘을 한국문화의 본령으로 인식하고 이것을 긍정적으로 평가하려고 했다는 점에서 많은 것을 생각케 한다. 사실, 샤머니즘은 한국인의 전통적 사고의 밑바닥으로 여겨져 왔으나 그것을 긍정적인 눈으로 바라보려는 움직임은 별로 없었다.

사물마다 제나름의 신을 갖고 있다는, 이른바 다신주의는 잡신사상으로 배척되었고 무속제의는 신앙 아닌 미신으로 비판되었다. 그러던 것이 최근 학계 일각에서 이에 대한 학문적 연구가 행해지면서부터 무속제의를 한갓 미신으로만 보려는 태도에 반성이 일어났고, 무교를 종교적 수준에서 관찰하려는 경향도 생겼다. 그러나 이것이 문학작품

속에서 한국문화의 본질로 이해되고 있는 경우는 한승원이 처음이 아닐까 생각된다. 그는 이 작품의 주인공을 통해 이렇게 말하고 있다.

> 학자와 무당들을 만나 이런저런 이야기들을 나누곤 하다가 나는 몇 번이든지 혀를 깨물었다. 우리 선조들이 받들던 신들이야말로 가장 인간적이고 나와 피가 통하는 신이라는 걸 알았다. 그 신 믿는 일을 미신이라 하고 남의 신 받드는 행위만을 참하게 합리화하는 우리야 말로 죽도록 남의 다리만 긁고 있는 사람들이라는 생각이 가슴 한복 판을 침질하곤 하였다.

샤머니즘을 과연 가장 인간적인 종교이며, 가장 바람직한 정신으로 볼 수 있는지에 대해서는 이론의 여지가 많다. 그러나 그것이 우리의 것이라는 점만은 부인할 수 없을 것이다. 여기서 나는 한승원의 「불」연작소설이 훌륭한 걸작이라는 것을 말하고 있는 것은 아니다. 또 샤머니즘이 가장 좋은 종교이며 정신이라는 말을 하고 있지도 않다. 중요한 것은 이제 샤머니즘이라는 어쩔 수 없는 우리의 옷에 대해서도 그에 걸맞는 응분의 관심과 배려를 표시할 때가 되었다는 사실이다.

민족문화에 대해서 논할 때 우리는 두 가지 전제를 배제해서는 안된다. 첫째는 민족문화가 문화의 가장 높은 가치는 아니라는 전제이다. 문화는, 그것이 어느 민족에 의해 창출된 것이든지 간에 인간적인 위대성을 갖고 있는 한 인류 공동의 보편성을 지니고 있다. 이 같은 범주에서 문화의 가치를 말한다면 아마 인류문화라는 개념이 가장 높은 가치일 수 있을 것이다. 따라서 우리는 우리의 전통적인 민족문화도 궁극적으로는 인류문화의 공통된 재산으로 편입되는 것임을 잊어서는 안된다. 민족문화를 강조하는 것은 오히려 인류의 공동 재산에 우리도 기여하기 위한 것이다. 인류의 보편적 문화와 민족문화는 그러므로 결코 대립적으로 받아들여져서는 안된다.

둘째로는, 그럼에도 불구하고 민족문화는 우리가 생각할 수 있는 살아 있는 문화의 현장이라는 사실에 대한 인식이다. 인류문화의 보편성이 거대한 추상개념이라면 민족문화는 그 길 위의 구체적인 실천 개념이다. 따라서 민족문화에 대한 정직하고도 겸허한 접근이 없다면, 인류문화의 보편성은 자칫 허상이 되기 쉽다. 이 두 전제를 제대로 받아들일 때 민족문화에 대한 건강한 인식이 이루어질 수 있으리라는 것이 나의 생각이다.

그렇다면 우리의 전통문화·민족문화에 대한 인식은 어느 수준에 도달해 있는가. 나로서는 다음과 같은 몇 가지 상황에 의해 그 인식은 별로 건강하지 못한 현실 위에 놓여 있지 않나 생각한다.

첫째, 앞서 말한 두 전제가 제대로 받아들여지지 않고 있다는 점이다. 민족문화는 우리 고유의 것, 우리 고유의 것은 무조건 좋은 것이라는 국수주의적 문화의식은 그 밖의 일체의 것을 배격하고 스스로 문을 걸어 잠금으로써, 민족문화의 인류문화로의 편입과 발전을 저해해 왔다. 구체적인 실례를 거론하는 것을 보류한다고 하더라도, 우리 주변에는 아직도 이 같은 생각을 갖고 있는 사람들이나 집단이 적지 않다. 반대로, 민족문화는 보잘것없고 외래문화, 특히 서구문화만이 바람직스럽기 때문에 이를 적극적으로 수용하는 것이 참된 민족문화를 위해 소망스럽다는 생각을 갖는 이들도 있다. 그 폐해와 잘못은 방향만 다를 뿐 역시 국수주의자들의 그것과 마찬가지의 오류를 안고 있다.

둘째, 민족문화와 전통문화를 거론만 할 뿐 실제로 이를 정리하고 지켜가는 작업과 인식이 미미하다는 사실이다. 1970년대에 들어서 이에 대한 각성이 일어나고, 정부가 앞장서서 이 같은 조건과 환경의 개선에 힘을 기울였으나, 관료적인 문화적 안목 때문에 소기의 성과를 충분히 거두고 있다고는 할 수 없다. 사찰을 보수하고 조상들의 묘역을 단장하는 일 등은 모두 전통문화를 가꾸는 일에 속하기는 하지만, 이 같은 문화재 단장주의는 이 시대를 살아가는 사람들에게 민족문화의 귀중함을 일깨워주는 살아 있는 힘으로서 불충분하다. 문제는 이 시대를 살아가는 동시대인인 우리 모두가 민족문화를 구현하고 전개시켜 나가는 한 사람의 창조적인 구성원이라는 사실을 터득하고 이에 자부심을 갖게 하는 일이다.

여러 번 기회 있을 때마다 강조해 온 이야기지만, 우리말 한글사전이 아직도 만들어지지 않고 있다는 것은 동시대인들에게 이 같은 자부심을 상실케 하는 가장 대표적이고 심각한 예라고 할 수 있다. 생각해 보라. 광복 50년이 되도록 제 나라 국어사전 하나 없다니! 현재 시중에 있는 사전들은 엄밀히 말해 사전의 체모를 갖고 있지 못하다. 사전이라고 하면 의미를 비롯해서 발음·어원·외래어·문법·동의어·방언·용례 등등을 방대하게 수록하는 대규모의 전집 형태를 의미하는 것으로, 웬만한 나라들은 이 정도의 사전을 모두 갖고 있다. 국어사전이 없는 나라라고 하면 말은 있되 글은 없는 나라라고 할 수 있다. 글의 바탕이 없는 마당에 민족문화를 논한다는 것은 아무래도 우스꽝스럽다.

문화란 결국 언어의 모임이다. 우리가 갖고 있는 지식이나 학문·예술은 이 세계에 대한 인간의 해석이며, 그 해석은 언어의 형태로 존재하고 있기 때문이다. 또한 국어사전은 끊임없이 편찬되는 것이기 때문에 그 자체가 하나의 거대한 사회적 반성행위이다. 지금 우리는 무심코 말들을 아무렇게나 쓰고 있으나, 그것이 사전을 통해 일일이 기록되고 반성되지 않기 때문에 언어와 현실 사이에는 엄청난 괴리가 나타나고 있으며, 이것이 중대한 사회혼란의 한 요소가 되고 있다. 국어사전의 대편찬은 그 자체가 현재진행형으로 된 민족문화의 전개 사업이라는 점을 관계당국과 학계는 재인식할 필요가 있다.

셋째, 민족문화에 앞서 문화의식 자체가 일반 국민대중에 널리 스며들지 못하고 있다는 점이다. 문화의식이란 무엇인가. 그것은 문화를 존중하는 의식이다. 그렇다면 문화란 무엇인가. 나는 문화를 짧게 요약해서 「인간을 인간답게 하려고 하는 정신적인 노력이나 힘」이라고 말하고 싶다. 우리에겐 바로 이 의식 자체가 부족하다. 인간을 인간답게 해주는 요소가 어떤 정신적인 힘에 있다고 믿는 사람들이 그리 많지 않다. 그 대신 돈이나 권력에 있다고 생각하는 사람들이 꽤 많다. 돈에 대한 경사는 6·25의 가난과 산업사회의 기형적 발전이 가져다준 병폐이며, 권력에 대한 집착과 선호는 식민지적 잔재와 소위 권력계층의 발호 때문이다.

앞서 말한 대로 국어대사전을 만들고 말의 아름다움과 힘을 깨닫고 인간을 오직 인간적인 조건으로만 바라보는 마음씨를 길러갈 때, 사회는 저절로(그러나 세상에 공짜가 어디 있으랴!) 나타날 것이다.

민족문화와 전통문화에 대한 우리의 인식이 별로 건강하지 못함을 나는 몇 가지 상황에 대한 비판으로 지적해 보았다. 그러나 무엇보다 중요한 것은 한승원의 「불」 연작에서 보여준 것과 같은 사랑을 점차 우리들이 회복해 가고 있다는 점이다. 중요한 것은 지금 우리가 여기 이렇게 살고 있다는 사실이며, 삶 이상의 어떤 엄숙한 가치도 존재하지 않는다는 점이다. 삶은 사랑하고 사랑받지 않으면 의미가 없다. 비판 역시 보다 크고 깊은 사랑을 위한 것이다.

사랑이 제거된 비판은 쓰디쓴 냉소주의와 자기 비하로 떨어지기 쉽다. 실제로 우리는 우리의 문화를 바라볼 때, 이 같은 자세에 빠진 나머지 바라보는 관찰자의 자기 동일성마저 갖추지 못한 경우가 없지 않았다. 그러나 이제 사랑을 통한 자기 동일성이 회복되어 가고 있다. 진부한 표현에 따르면, 참된 주체성의 탄생이라고 불러도 좋을 것이다.

성숙한 문화의식이란, 밖의 대상이 어떤 것인지에 좌우되지 않는다. 밖의 것이 초라하든 화려하든 그것을 자신의 삶에 의미 있는 것으로 삼으려고 하는 관찰자의 주체의식에 의해 문화는 현실을 뛰어넘는 정신의 장을 창조한다. 문화가 결국 인간의 가슴과 머리에서 솟아나는 그 어떤 것이라면, 민족문화는 민족의 두뇌를 통한 끝없는 노력의 행진이다. 민족문화와 전통문화를 과거적 안목에서 단절하고 거기에 쉽게 이름을 붙이려고 하는 것은 옳지 않다. 미래 지향적인 수평에서 부단히 자신을 혁신하는 민족적 자존심을 지켜가는 일이 소중하다.

(1995년)

왜 외래문화를

　대학에서 외국문학을 강의하면서 한국문학에 대한 글, 그것도 전문적인 평론을 쓰고 있는 나로서는 '외래문화의 올바른 수용'이라는 이야기가 나올 때마다 공연히 송구스러워진다. 뭔가 잘못되어 있다면, 그중에 나 자신도 작은 허물이나마 덧붙이고 있는 것이 사실일 것이므로 이 같은 명제는 언제나 나를 당황케 한다.

　몇 해 전 대학에서 국문학을 강의하면서 역시 문학평론을 하는 분이 무분별한 외래문학 사조의 도입을 개탄하면서 한국적인 방법론의 수립을 역설한 일이 있었다. 그때 나는 그분의 논지에 전폭적인 찬동을 보내면서도 외래문학 사조의 도입은 많아서 나쁠 것이 없다는 내 의견을 첨가한 일이 있었다.

　비록 그것이 우리와 직접 관계가 없는 사람들의 것이라 하더라도 인간의 지혜는 어느 곳에서 누구에 의해 추구되든, 그것을 소화할 수 있는 능력이 길러져야 좋은 '제것'이 생겨날 수 있다. 그러나 유감스럽게도 우리 생각은 문제를 지나치게 도식화해서, 조금만 달라도 이를 대립적으로 인식하는 경향이 있는 것 같다. 예컨대 우리것은 무조건 좋은 것이고 외래적인 것은 나쁜 것이라든지, 또는 그 반대의 생각이다. 이런 도식이 얼마나 헛된 것이며, 그 폐해가 얼마나 가공스러운 것인지에 대해서는 한말의 이른바 개화파와 수구파의 대립과 갈등이 잘 말해주고 있지 않은가. 그 결과가 망국에까지 이르렀음을 우리는 잘 알고 있다.

외래문화의 올바른 수용이라는 문제를 제대로 다루기 위해서는 무엇보다 논리를 흐트러뜨리지 않는 자세가 중요하다. 우리에게는 논리적이라는 말이 '따진다'는 말로 이해되고, 따지는 것은 인간적이지 못한 것으로 치부되는 경향이 없지 않은데, 이런 자세로는 문제의 본질을 파악하기 힘들다. 그렇다면 외래문화 수용의 논리는 무엇인가. 여기서 나는 고유문화 혹은 자생문화와 외래문화가 대립개념이 아니라는 점을 먼저 분명히 인식해야 한다고 생각한다. 가령 우리는 민족문화는 고유문화라고 생각하고 있는데 이 경우, 고유문화라는 것이 과연 무엇이냐는 점을 한번 되새겨볼 필요가 있다. 고유문화란 원래 있었던 문화라는 개념일 터인데 그것을 추적해 가려낸다는 것은 거의 불가능해 보인다.

가령 우리의 고유문화는 어떤 것인가. 유교문화인가, 불교문화인가 아니면 샤머니즘인가. 관찰·분석하는 논자에 따라 여기에는 여러 가지 입장이 엇갈리고 있다. 궁극적인 결론은 문화인류학적인 접근을 통해서 어느 정도 가능하겠지만, 한 집단의 생명이라는 것이 한시도 쉬지 않고 변하는 유기체적 존재라는 것을 상기할 때 그러한 접근 역시 어떤 한계를 갖는다. 이런 논리는 한 사람의 인간에게도 마찬가지로 적용될 수 있다. 가령 한 개인의 독자적인 개성이라는 것도 결국은 많은 사람들과의 부단한 접촉을 통해서 형성되어지는 것이지 태어날 때의 상황 그대로 응고, 경직된 상태에서 불변하는 것은 아니기 때문이다.

샤머니즘이나 불교문화, 유교문화도 잘 살펴보면 우리의 자생적인 요소와 외래적인 요소가 병존하고 있음을 알 수 있다. 불교문화만 하더라도 불교 자체의 특성 이외에 인도의 불교문화, 중국의 불교문화, 일본의 불교문화와 우리의 그것은 상당한 공통성의 기반 위에서 또 서로 다른 상이성을 갖고 있는 것이다. 이 두 요소가 합쳐서 하나의 문화 정체를, 즉 한몸을 이루고 있다. 따라서 이 두 가지를 잘라내어 서로 대립적인 것으로 본다는 것은 논리 구성에서부터 심한 모순을 안고 있는 일이다. 결국 자생적인 고유성을 한 나라의 문화에서 찾는 것은 어떤 물질을 발견해 내려는 일처럼 물상적·박물학적인 접근으로 이루어지지는 않는다.

그렇다면 고유성이란 하나의 빛깔 좋은 허상인가. 나로서는 고유성이란 수많은 외래적 요소를 받아들여 자기의 것으로 만드는 왕성한 소화력 자체, 그 힘에 주어지는 이름이라고 본다. 소화를 제대로 하면 어떤 외래적인 요소도 제것처럼 보이지만, 그 소화가 잘 이루어지지 않을 때 그것들은 낯설게 겉돌면서 항상 '외래적'으로 보이게 마련이다.

이렇게 볼 때 외래문화 수용의 자세는 외래문화 자체에 문제가 있는 것이 아니라 그것을 받아들이는 우리 자신의 마음가짐과 몸가짐에 있다는 것이 분명해진다. 말을 바꾸면 외래문화 그 자체는 나쁜 것이 아니라는 것이다. 그것들은 오히려 우리의 건강을 위해 대기하고 있는 다양한 영양식들과도 비교될 수 있을지 모른다. 문제는 왕성해야 할 식욕과 소화력에 있는 것이다.

소화력이란 결국 주체성이라는 말로 바꿔질 수 있다. 주체성이란 말도 여러 가지로 이야기될 수 있겠지만, 그것은 결국 자기 아닌 남에 대한 쓸데없는 심리적 열등감 또는 우월감을 갖지 않은 상태에서 모든 일을 결정하는 힘이 아닐까. 누가 어떻게 하기 때문에 덩달아 나도 그렇게 한다든지, 누가 했기 때문에 나는 하지 않겠다는 생각은 모두 결정의 기준이 자기 밖에 있기 때문에 주체성을 잃은 판단이 되기 쉽다. 이런 몰주체적 행위는 그 일이 행해진 뒤에도 책임을 동반하지 않게 되고, 필경은 그 일의 주체 자체가 없어지는 황폐한 사태가 생겨난다. 우리의 경우 문제가 되는 것은 바로 이 같은 주체성이다. 자신이 소화할 힘과 자세를 갖추지 못한 처지에 외래문화를 남의 것이라는 이유로 배척만 하고 앉아 있다면 그 집단, 그 문화는 필경 고사를 면치 못할 것이다. 대체 무얼 먹고 살 것인가.

우리에게는 외래문화라고 하면 대체로 서양문화만을 연상하는 습관이 있다. 오랫동안 우리 문화 형성에 작용해 온 중국문화의 영향은 오히려 자기 문화로 생각하고 서양문화만을 못마땅하게 여기는 것이다. 이 역시 논리에 안 맞는 생각이다. 그러나 여기에는 간과될 수 없는 중요한 다른 요소가 있다. 다 같은 외래문화이지만 중국문화와 서양문화는 우리에게 있어서 그 의미 표상이 약간은 다를 수밖에 없는 요인이 있다. 중국문화는 전통적으로 우리와 가장 가까운 위치에서 유사성을 지녀왔으나 오늘의 서양문화와는 그런 관계가 없다.

가장 강한 영향력을 발휘하고 있는 것처럼 보이는 미국문화를 보더라도 우리 문화와는 판이한 성격과 구조를 갖고 있다. 대륙의 끝에서 가부장 중심적이며 관념론적인 문화를 가진 우리는, 개인주의적이며 경험론적인 해양문화를 가진 미국과는 어쩌면 이 세계에서 가장 먼 거리에 있다고 할 수 있을 것이다. 그 미국과 지금 우리가 가장 가깝게 지내고 있다. 배웠다는 많은 지식인들은 언필칭 「미국에서는, 미국에서는……」을 되뇌고, 별의별 명칭으로 미국을 다녀오는 사람의 숫자가 날로 늘어가고 있다. 미국으로의 이민 숫자도 건국 후 다른 어떤 나라로의 이민보다 압도적이어서 로스앤젤레스에는 '코리아타운' 까지 있을 정도가 되었다. 많은 사람들이 미국과 우리나라는 가장 가까운 사이라는 것을 의심치 않고 있는 것 같다. 그러나 과연 미국과 우리나라는 가장 가까운 나라인가.

정치적인 차원에서 볼 때 그것은 아마 사실에 가까울 것이다. 그러나 정치적인 유대가 문화적인 동질성 내지 유사성을 동시에 함축하는 것은 아니다. 문화적인 차원에서 볼 때 가장 먼 미국문화와 정치적인 차원에서 가깝게 느껴지는 미국은 우리에게 두 개의 얼굴로 투영된다. 그러나 이 두 모습을 동시에 바라보지 못하는 곳에서 혼란과 갈등이 일어난다. 「미국에서는 이렇게 하는데……」라는 말은, 그리하여 자연스럽게 가치판단의 기준처럼 통용된다. 역사적·구조적인 유사성이 고려되지 않은 다른 나라의 문화 유형은 직접적인 모방의 대상이 될 수 없다. 이를 고려할 경우, 구조적 비판이 반드시 동반돼야 할 것이다. 서양문화에 대한 우리의 혼란된 의식은 미국 및 미국문화가 우리에게 주는 관계의 이중 구조를 똑바로 인식하지 못하는 데서 기인한다고 할 수 있다.

하나의 역사적 예를 든다면 18세기 초 프랑스문화의 영향으로부터 벗어나고자 애썼던 독일문화를 생각해 볼 수 있다. 문화 후진의 멍에를 벗어나고자 발버둥치던 독일 사람들은 당시 영국의 셰익스피어 문학 수용을 통해 이른바 질풍노도운동의 불을 댕겼다. 얼핏 보면 프랑스문화 대신 영국문화를 모방한 것에 불과해 보이지만, 독일인들이 받아들인 것은 화려한 로코코 대신 우울한 햄릿의 얼굴이었다. 그들은 프랑스문화가 르네상스의 전통을 순조롭게 이어받아서 계몽주의의 여러 성과가 나타나는 것이라고 보고, 이를 흉내내는 것은 독일로서 어울리지 않는다고 보았다. 그 대신 셰익스피어에서 배울 것은, 덴마크와 같은 문화 후진의 땅에서 불모의 소재를 받아들여 이를 형성화해 내는 자세와 능력이었다. 거기서 독일은 자신의 땅에 알맞는 문화를 배양하는 방법을 알게 되었던 것이다.

다른 한편, 우리는 외래문화의 내용이 더욱 다양할 필요가 있다는 것을 알아야 할 것이다. 마치 편식이 몸에 해롭듯이 중국문화나 미국문화, 또는 일본문화 일변도의 외길 문화는 문화편식증을 가져와 참된 외래문화를 받아들이는 주체적 능력을 마비시킬 위험이 있다. 그런 의미에서 최근 제기되고 있는 제3세계에 대한 관심은 바람직스럽다고 할 수 있을 것이다. 물론 여기에도 제3세계의 문화만이 좋은 것이라는 배타적·독선적인 가치 지향이 있어서는 안될 것이다. 다양성이란 서로 다른 여러 가지 요소들 사이의 평화적 공존을 의미한다. 이제까지는 중국문화가 제일인 줄 알았는데 알고 보니 미국문화가 최고더라는 사고 방식은 바로 이 다양성을 저해하고 편식문화의 끝없는 악순환만을 되풀이시킨다.

지나간 우리 역사를 보면 그 비극적인 파행성이 한눈에 명료하게 드러난다. 불교문화에 대항해서 주자학문화가 대두될 때의 갈등, 이어서 이 주자학문화와 서양문화가 부딪치면서 일으키고 있는 갈등은 어느 한쪽에 대한 심리적 경사가 다른 한쪽을 배척하고 있기 때문에 생겨나는 위기이다. 여기에는 문화를 순전한 문화적 차원에서 바라보지 않고 정치적 행동강령의 차원에서 이해하려고 한 비문화적 발상의 탓도 있다. 예컨대 주자학문화와 봉건적 이데올로기는 한몸의 등과 배와 같은 관계라고 할 수 있을 것이다. 따라서 정치적 투쟁은 문화적 혼란과 곧바로 결부되면서 다양한 문화들의 평화스러운 조화를 깨뜨려왔고, 문화의 주체적 성장을 지체시켜 왔음을 부인할 수 없다.

우리는 어차피 외래문화와 더불어 살 수밖에 없다. 그 관계는 사람이 어차피 남과 더불어 살 수밖에 없고, 외국과 더불어 국제사회의 일원으로 살아나갈 수밖에 없는 것과 마찬가지의 논리다. 참다운 자기문화는 이때 그것들을 외면하고 배척함으로써 수립되는 것이 아니라,

왕성하게 받아들임으로써 자신의 모습이 더욱 풍부해지면서 자연히 성숙된다.

그러나 국제 무역에서 완제품을 무조건 수입해 오는 것이 바람직스럽지 못하듯이, 외래문화의 수용은 그 구조에 대한 깊은 통찰을 언제나 동반해야 한다. 아울러 어느 하나의 문화를 감정적으로 배척하거나, 반대로 이에 일방적으로 기우는 것은 온당치 못하다. 말하자면 외래문화의 수용은 주체적이어야 하되 다양하게 받아들이는 한편 서로 상극하는 두 가지 태도를 함께 지니고 이를 통일시키도록 노력해야 한다.

정치 · 사회 · 경제의 여러 현상이 잎이요 꽃이라면, 문화는 그 줄기이며 뿌리이다. 일시적 표면적인 현상의 유동성에 따라 부유하는 기생 문화적 체질을 버리고 뿌리를 바로 보는 자세만 키운다면, 어떤 외래문화도 반가운 손님이 될 것이다.   (1989년)

나와 우리가 함께

'민족의식'이란 말은 그렇게 쉽게 파악되는 것이 아니다. 가령 한국 문화에서 우리의 민족의식이 얼마나, 그리고 어떻게 반영되고 있느냐 하는 문제는, 한국문화가 당연히 한국 민족에 의해 생산되고 창조되는 한, 새삼스러운 문제가 아니기 때문이다. 말하자면 한국문화는 싫든 좋든 우리 민족의식의 소산이라는 지극히 당연하고 자연스러운 사실을 아무도 외면할 수 없는 것이다.

그러나 민족의식은 우리에게 있어서 이 같은 평범한 인식을 허락하고 있지 않다. 더구나 민족주의라는 문제로 확대될 때 그것은 가치개념을 훨씬 넘어 하나의 이데올로기로 평가되며, 매우 조심스러운 분석을 요구한다. 민족주의란 좁은 의미에서 정치적 개념이다. 그러나 이 개념에 대한 정의는 그다지 명백해 보이지 않는다. 정치학자 이극찬에 의하면, 그것은 「스스로를 민족이라고 자각하는 사람들이 자기 민족의 통일·독립·자유·발전을 지향, 추진하려는 이데올로기 및 운동」인데, 나로서는 어떤 특정한 개념 정의에 따르는 것 대신 문학을 중심으로 한 한국문화에서 이와 비슷한 것으로 보이는 양상의 전개에 관심을 가지면서 그에 대한 내 소견을 밝힐 수 있을 정도이다.

민족주의라는 말을 문화적 측면에서 굳이 사용한다면, 그것은 민족으로서의 자각, 즉 한 민족으로서의 자의식이라고 할 수 있을 것이다. 그렇다면 한국문화는 민족으로서의 자의식을 가지고 있는지, 과연 어떤 형태로 그것이 존재하는지가 문제된다.

우리 민족이 역사적으로 문화적 측면에서 민족의식을 굳건히 지켜왔다는 사례를 우리는 쉽게 찾아낼 수 있다. 그러나 다른 한편으로 과연 자의식이 만족할 만큼 충분했는가 하는 문제는 새삼 생각해 보지 않을 수 없다. 중국 문화권 내에 오랫동안 살아오면서 전통적인 대(對) 중국관계를 가리켜 한국역사가 자주성을 잃었다거나 사대주의에 흘렀다는 견해가 있을 수 있다. 문제는 조선 후기의 모화사상(慕華思想) 풍조와 같이 의도적으로 그것이 강조되거나 자의식을 해치는 위장된 자발성으로서 대외 추종적인 자세를 취하는 것이다. 같은 민족으로서의 자각 다음에, 민족의식의 고양을 위해 불가결한 의식이 있다면 모든 민족 구성원들이 서로 결속되어 있는 공동체의식의 발현이다. 이런 의미에서 볼 때 이 같은 의식이 과연 우리에게 있느냐 없느냐, 혹은 있다면 언제부터 어느 수준으로 그것이 계속되고 있는가 하는 것이 검토되어야 할 것이다. 이 점에 있어 대부분의 견해는 영·정조 시대를 전후한 조선 후기 실학파 때부터 이 같은 의식이 대두되었다는 것이다. 예컨대 홍대용, 정약용 등을 거쳐 구한말의 위정척사(衛正斥邪)계의 활동이라든가, 가까이는 3·1운동에서 찾아볼 수 있는 민족저항운동 같은 것이 민족으로서의 자의식과 공동체의식의 발양에 크게 기여하였던 것이다.

18세기 평민문학의 경우 근대적 민족정신이 싹터, 민족으로서의 자각과 공동체의식이 높아졌다는 지금까지의 많은 주장은 그 나름대로의 설득력과 타당성을 지니고 있다. 민요와 판소리, 가면극, 신소설 등 과거에 소홀하게 취급되어 온 우리 문학의 성과와 업적이 밝혀지면서, 한국인이 중국 등 외부문화에 맹종하지 않고 주체적인 문화 전승의 끈질긴 저력을 가진 민족임이 여러 각도에서 이미 증명되어 왔다. 학계의 이 같은 노력은 분명히 괄목할 만한 것으로, 재래의 연구가 지나치게 귀족문화 중심이었음을 반성케 함과 아울러 귀족문화 중심의 연구로서 참된 민족문화의 본질을 알아내는 데는 일정한 한계가 있음을 보여주었다.

그러나 가령 문학에 있어서 근대적인 의미의 민족주의 내지 민족의식이 개념화되기 시작한 것은 20세기 이후의 이른바 신문학(新文學)부터라고 해야 할 것이다. 그것은 문학의 기능에 대한 반성, 즉 비판적 기능에 대한 인식이 생기기 시작한 이후부터이며, 1920년대를 전후한 시기가 이에 해당된다. 이즈음 한국문학은 프로문학론, 농민문학론 등의 논쟁을 통해 문학의 비평성을 발견했고 그 과정에서 이른바 민족주의 문학론을 만나게 되었다. 이광수, 염상섭, 양주동, 김동인 등이 주동이 되었던 민족주의 문학론은 처음 계급주의를 내세우는 프로문학에 대항하는 자세를 취했다. 그러나 사실상 프로문학과 민족주의 문학은 일제하의 식민지 땅에서 국권을 되찾겠다는 의식면에서는 애당초 비슷한 투쟁의 성격을 띠기도 했다. 한용운은 이 두 가지 문학의식 혹은 운동이 서로 부합하는 것으로 보았다. 요컨대 프로문학에 반대하는 입장을 취하기는 했으나, 민족주의 문학은 민족의 독립이라는 절박한 과제 앞에서는 공동의 전선 같은 의미를 버릴 수 없었던 것이다.

사실상 단일 민족으로 구성된 국가나 사회에서 민족의식이 강력하게 주창되는 데에는 그럴 만한 이유, 특히 역사적인 이유가 있게 마련이다. 그것은 그 민족 공동체가 어떤 원인에 의해서든 공동체로서의 결속된 삶이 저해됨으로써 생겨난다. 우리가 한 핏줄임에도 불구하고 민족의식의 고양을 내세우고 민족주의가 하나의 바람직한 가치로서 추구되는 까닭은, '저해된 삶'이라는 역사의 아픈 상처를 안고 있기 때문이다. 일제에 의한 식민통치의 부끄럽고 수모스러운 경험은 가장 대표적인 상처이다. 오랫동안 태동되어 온 민족의식이 이 시기에 와서 민족주의 문학, 민족문학론의 양태로 나타나게 되었다는 것은, 그러므로 지극히 자연스럽고 당연한 일이다.

그러나 민족주의 문학, 혹은 민족문학론은 일제로부터의 해방이 이루어진 1945년 이후에도, 그리고 오늘에 와서도 여전히 그 열기를 잃지 않고 역설된다. 여기서 우리는 민족문학론의 한 변모를 만나게 된다. 그것은 민족이 일제하에서 해방되었지만 다시 남북으로 갈려 공동체로서의 단일성, 통일성을 상실한 데에서 오는 민족 공동체의식의 소산으로서, 이른바 분단 시대의 논리와 연결된다. 식민지 상황 대신 분단 상황이 전개된 것이다. 식민지 시대의 삶이 민족의 자의식을 크게 침해하는 고통의 삶인 것과 마찬가지로, 분단 시대의 삶은 민족의 공동체의식을 파괴함으로써 우리의 삶을 불구의 것으로 만든다. 여기서 민족문학론을 문학의 가장 높은 가치로 생각하는 이들은 19세기 후반의 농민전쟁에서 우리 민족의 힘이 보다 성숙했다면, 봉건세력과 외세를 다 같이 물리치고 보다 주체적 · 자주적인 삶을 확보했을 것이라고 주장한다. 따라서 주권상실이며 국토분단이라는 처절하고 처량한 체험을 하지 않았을 것이라는 아쉬움을 토로한다. 역사에 가정법은 없는 것이지만, 이 아쉬움은 지금이라도 민중의 힘이 집결되고 그들의 문화적 역량이 배양되어야 한다는 논리로 이어진다. 오늘의 민족문학론이 민중문학론과 거의 비슷한 음조로 울리는 까닭이 여기에 있는 것이다.

그러나 나로서는 오늘의 시점에서 문화의 민족주의, 혹은 민족문화를 거론함에 있어서, 이와는 다른 매우 중요한 요소가 있다고 생각한다. 그것은 우리가 민족상실, 민족분단이라는, 말하자면 민족의 동일성을 제대로 확보조차 해보지 못했던 긴박한 상황 때문이겠지만, 문화로서의 민족의식이란 과연 어떻게 추구되고 다져지는가 하는 문제에 있어서 우리 모두 너무 소홀하다는 점이다. 대체 굳건한 민족의식이란 어떻게 이룩될 수 있을 것인가? 우리는 놀랍게도 이런 문제에 대해서 진지하게, 그리고 심각하게 생각해 본 일이 드물다. 민족의식이란 일종의 집단의식이며 전체의식이다. 민족이란 '우리 모두'라는 구체적 공동체로 구성되지만, 그 구체적 공동체의 구체적 구성원들을 떠난 추상관념이어서는 안된다. 만일 그것이 추상관념으로 떨어진다면 그것은 이데올로기화할 위험에 직면한다. 그렇게 되면 그것은 정치의 말놀이가 되거나, 적어도 정치적 말놀이가 된다.

'민족' '민족의식' '민족주의'가 그 같은 추상관념으로 떨어지지 않기 위해서는 '민족'은 항상 그 구성원으로서의 '개인'을 확인하고 고려해야 한다. 왜냐하면 구성원인 개인 없이 민족은 존재할 수 없기 때문이다. 다시 말해서 민족의식에서 강조되는 '우리' 의식은 언제나 '나'의 의식이 선행되어야 한다. '나'가 없는 '우리'는 자칫 허상이 되어 추상관념화한다. '나'의 의식이 철두철미한 상태에서 그 반성과 확대의 논리로 얻어진 '우리'만이 튼튼한 '우리'가 될 수 있다. 19세기부터 팽배한 우리의 민족의식이 아직도 민족주의를 소리 높여 외쳐야 할 단계에 머무르고 있다면 그것은 분명히 '나'의 의식이 결여됨으로써 야기된 불행한 현상이다. 우리는 '나'의 발견을 통해 '우리'를 찾아야 한다.

이상하게도 한국문화에서 '나'의 의식과 '우리'의 의식은 마치 서로 대립되는 것처럼 여겨지고 있다. 개인과 전체라는 카테고리에서 볼 때 그 같은 도식이 성립되지 않는 것은 아니나, 그것이 '나'와 '우리'라는 주체적 지평을 묶음표 속에 넣을 때, 이에 대한 인식은 달라져야 한다. '나'와 '우리'는 근본적으로 같은 차원에 속하는 것이다. 나가 없는 우리, 우리가 없는 나는 서로 상정되지 않는다. 그렇다면 우리에게 있어서 과연 '나'의 의식, 즉 개인의식은 얼마나 튼튼하게 다져져 왔는가? 이 질문에 대한 답변은 여전히 회의적이다. 서구에서 말하는 소위 계몽주의적 덕목에서 크게 벗어난 일이 없이 살아온 '우리'라는 것이 아마 정직한 대답이 될 것이다. '나'가 '나'로서 변변히 행세하지 못한 터에 '우리'가 '우리'의 참된 의식을 가지기 힘들 것은 당연하다.

독일의 경우, 개인의식과 민족의식은 18세기 말에서 19세기 초에 걸친 낭만주의 운동을 통해서 위대하게 획득되었다. 초기 낭만파들은 재래의 계몽적 합리성이 여전히 인간을 억압하고 있음에 반발하고 인간의 개성화를 주창하고 나섰다. 그들은 인간에게 환상과 같은 비밀한 성역이 있음을 보여줌으로써 개성적 존재로서의 '나'를 과시하기 위해 극단적인 논리마저 추구했다. 독일의 낭만주의 문화인들의 이러한 논리는 내면적이니 병적이니 하는 비난을 넘어서 그것을 통해 독일 민족의 참된 개성, 즉 독일 민족성과 민족의식의 발견을 위한 '우리' 의식으로 확대되었다. 후기 낭만파들의 노력은 바로 여기에 값하는 것이었다. 오늘날 독일인들이 한 사람 한 사람으로서도 비교적 강한 개성을 보여주면서 동시에 튼튼한 민족의 결속감을 보여주고 있다면, 이 같은 전통을 통해 이룩된 면이 많을 것이다. 우리에게도 '나'와 '우리'를 동시에 찾아 자랑할 수 있는 낭만의 문화가 오기를 기대한다.

(1989년)

자주문화 반세기

19세기 말부터 일기 시작한 외래 문물의 급속한 침투와 이것을 주
체적으로 수용하지 못함으로 인해서 야기된 사회적·정치적 동요는
급기야 일본에게 나라를 빼앗기는 망국의 상황으로까지 갔다. 이로
말미암아 한국의 20세기는 미증유의 비극 속으로 빠져들게 되었던 것
이다. 20세기의 세계사도 물론 순탄한 것은 아니었다. 두 차례에 걸친
세계대전에서 나타난 이른바 열국의 각축은 세계를 제국주의와 식민
지로 분열시키면서 인간성의 마멸이라는 파국적 징후를 드러내었다.
이 때문에 무수한 생명이 파멸되었고, 인류는 여러 가지 측면에서 생
존 자체의 위기에 처하게 되었다.

그러나 20세기를 반드시 부정적으로만 볼 수도 없다. 무엇보다 각
성된 시민의식이 세계 도처에서 그 정당성을 주장하거나 혹은 인정되
었고, 과학기술의 발전은 괄목할 만한 생활환경의 개선을 가져다주었
다. 그러나 가장 중요한 것은 정치적 주권의 확보와 이를 뒷받침하는
견고한 근대 시민의식의 형성일 것이다. 이런 점에서 볼 때 20세기의
가장 귀중한 시기가 식민통치에 의해 유린당한 우리의 역사는 새삼

통분을 금할 수 없는 비극이라고 할 수밖에 없다. 따라서 1945년의 해방은 이 같은 근대 시민의식의 형성 혹은 복원을 의미하는 데에서 그 참된 의의가 발견되어야 할 것이다. 이제 해방의 감격이 스쳐지나간 지 반세기, 그 동안 이 같은 근대 시민의식은 어떻게 형성되었으며 어떻게 복원되었는가. 문화적인 측면에서 이 같은 문제가 당연히 '자주문화 반세기'의 과제로 제기되어야 할 것이다.

1945년 이후의 한국 현실은 남북분단에 의해 해방의 감격이 곧 퇴색하는 상황으로 접어들었다. 그것은 단순한 '퇴색' 이상의, 말하자면 비극적인 상황의 연장이라고 할 수 있다. 이민족에 의한 식민통치 대신 대체된 남북분단의 상황은, 같은 민족의 대립이라는 점에서 그 비극성이 오히려 심화된 것이었고, 보다 근본적인 시각에서 볼 때 식민체제의 지속이라는 면에서 관찰될 수도 있다. 동·서 양진영이 결국 함께 가담한 6·25 전쟁은 한반도를 전장으로 한 것이었지만 구조적으로는 양진영의 대결이었고, 이것은 남북분단의 체제가 식민체제를 완전히 불식한 것이 아니었음을 여지없이 보여주었다.

이러한 비극의 연속을 우리는 다만 정치현실 내지 정치문화의 특징으로만 가볍게 간과해 버릴 수 없다. 비록 그것을 정치문화의 구조적 특성으로 이해할 경우에 있어서도, 1950년대 이후 한국문화 전반에 걸쳐 행사된 압도적 영향력을 상기할 때, 그로부터 우리 현대문화의 왜곡된 모습이 배태되었다고 보지 않을 수 없다. 실제로 1950년대의 문화적 상황은 '정치문화'에 강력하게 예속된 것이었다. 물론 오랜 기간에 걸친 식민체제에도 불구하고, 우리 문화는 나름대로의 끈질긴 정신을 잃지 않고 문학·예술의 많은 분야에서 놀라운 성과를 거두어 왔다. 그렇지만 그것은 1950년대의 폭력적인 정치현실 앞에서 끊임없는 도전을 받아 시련을 겪어야 했다.

1950년대 말 자유당 정권이 장기집권을 위한 온갖 부정과 폭력을 사용할 즈음 나타난 소위 문화인 등록사건과 같은 것이 그 대표적 유형이라고 할 수 있을 것이다. 정치 브로커들이 문화인을 자처하고 문화기구를 조작, 독점함으로써 한국문화는 현실 비판의식의 고양과 건전한 시민의식의 함양 대신, 정치적 장신구 노릇을 하는 것처럼 보였다. '문화단체총연합회'라는 것이 관 주도 아래 생겨서 문학·미술·음악 등등의 순수예술과 연예 등 대중예술을 모두 한자리에 모아 문학·예술인 들을 조직적으로 동원하려고 했다는 사실은 이를 입증한다. 또한 이때 많은 수의 문화·예술인 들이 이러한 조직에 적극적으로 가담했거나, 적어도 묵시적으로 동조했었다는 사실도 주목될 만하다. 결국 해방 이후 자주민족의 주권이 정치적으로는 보장된 듯했으나 그 현실적 실체와 힘, 그리고 제도는 모두 식민체제의 유물인 관료주의에 의해 그대로 유지됨으로써 문화 역시 그 속에 매몰된 형편이었다. 이 같은 문화 양상의 성격을 다음 세 가지로 살펴볼 수 있다.

첫째, 1945년~1950년의 격동기를 거치면서 태동된 한국의 현대문화는 불행하게도 관급적(官給的)인 성격을 지니게 되었다. 문화가 삶을 반성하는 행위라면, 그것은 필연적으로 현실 비판적인 특성을 갖게 마련이다. 물론 한국문화는 조선시대의 사대부사상에서 나타나는 것처럼, 현실정치에의 기능적 참여를 오히려 그 본령처럼 인식해 온 전통을 갖고 있으나, 문화의 본질에 대한 새로운 이해가 높아졌음에도 불구하고 근본적으로는 문화 기능주의에서 벗어나지 못했다.

한국문화에서의 관급주의적 성격이 가장 잘 나타나는 예를 아마 우리는 이른바 국전(國展, 지금은 이름이 달라졌다)에서 살펴볼 수 있을 것이다. 일제가 식민지 경영을 위한 문화적 포석으로 설치한 소위 선전(鮮展)을 거의 무비판적으로 답습한 국전은, 여기에 입선하는 것이 곧 화단 출세의 지름길로 여겨지게 됨으로써 관료예술주의를 여지없이 보여주었다. 국전의 실시 방법을 둘러싼 끊임없는 잡음은 이 같은 관료예술주의에 대한 비판으로 나타난 것이 아니라 그로부터 얼마나 더 시혜를 받을 수 있느냐 하는, 말하자면 관료예술주의를 더욱 강화시키는 것이어서 우리를 우울하게 했다. 그 뒤로 국전은 상당한 개선을 이룩했다고 하지만, 문화·예술의 권위가 관에 의해 주어진다는 사고를 심어주었다는 점에서 역사적인 비판을 면치 못할 것이다.

관료예술주의 혹은 예술관료주의는 반드시 관에 의해서 직접적으로 행해진 것만은 아니다. 가령 문학 분야의 경우, 문인협회 등 문학 단체와 이에 의해 조종되는 기관지가 일종의 외곽 단체적 체제를 구축하고 예술관료주의를 간접적으로 수행해 왔다고 볼 수 있다. 물론 문학 창작은 지면을 통해 발표되는 것이고, 그 지면은 나름대로 어떤 성격을 갖게 마련이다. 문제는 그 성격인데, 우리 문학지의 경우 일반적으로 비문화적인 경향이 강했다는 인상을 지우기 힘들다. 말을 바꾸면 어떤 주체적인 문화개념의 실천 아닌, 발표 자체가 그저 문화적 권위로 굳어가는 일종의 권위주의적 성향을 내보였다는 사실이다.

가령 1950년대에 창간되어 지금까지 간행되는 어떤 문학지의 경우, 구체적으로 무엇을 어떻게 함으로써 한국문화에 이바지하겠다는 실천적 이념 없이 오직 '발표를 위한' 발표에 시종하고 있지 않느냐는 비판을 받는데, 그런 경향을 인정할 때 우리는 비문화적 권위주의를 보게 된다(물론 하나의 문학지가 오랫동안 지속되어 왔다는 양적인 사실만으로도 그 잡지는 소홀히 평가될 수 없을 것이다). 요컨대 이런 종류의 문학지를 창간하고 이끌어 온 인사, 혹은 그와 대립해 온 인사들이 이른바 문단을 주도해 왔다면, 그들은 문학 창작의 질적 높이와 상관없는 '문화관료주의'의 추종자들이었던 것이다. 그림을 잘 그리는 화가, 글 잘 쓰는 소설가 대신 관청 주변을 자주 넘나드는 인사들이 유명한 문화인·예술인이 될 수 있었다는 것이 1945년, 1950년의 비극적 현실을 극복하지 못한 우리 문화·예술계의 비극이다.

둘째, 해방 이후 한국문화의 특징은 걷잡기 힘들 정도로 밀어닥친 외래 문물과의 충돌을 통해 부각된다. 1945년의 해방 자체가 미국을 비롯한 연합군의 승리에 의해 주어진 것이고, 1950년대의 전쟁이 수많은 나라들의 참전에 의해 수행됨으로써 한반도는 세계의 여러 나라들에게 '쉽게 열려진 곳'으로 받아들여지게 되었다. 혹은 병사들에 의해 혹은 복구지원대에 의해 외래 문물이 사실상 무방비 상태로 유입되었다. 40년 가까운 식민지배를 당하는 동안 굳어져 온 패배의식과 동족상잔을 통해 심화된 절망감, 자기 혐오감은 우리들로 하여금 자신이 살고 있는 땅에 대한 자기 비하를 불가피하게 초래했으며, 실제로 우리의 실존을 지탱해 줄 어떤 사상적 전통도 단절된 형편이었다.

이런 상황 아래에서 영어와 불어로 씌어진 외래 사상은 그것들이 승전국의 언어라는 보이지 않는 힘을 등에 업고 '대체로 좋은 것'으로 받아들여지게 되었다. 하나의 단어를 둘러싸고 벌어졌던 중진 소설가와 젊은 평론가의 1950년대 실존주의 논쟁은 비록 허상을 붙잡은 그림자 싸움이었을망정, 외래 사상이 몰고 온 열기가 얼마나 대단했던가 하는 점을 말해준다. 이 논쟁과 상관없이 프랑스 실존주의는 1950년대 후반 이후 우리 문화계를 풍미하다시피했으며, 연이어서 각양의 문화사조가 나타났다 사라졌다 하였다. 흥미로운 것은 그 대부분의 출처가 프랑스였다(비록 진원지가 그곳이 아닌 경우에 있어서도 프랑스는 소문의 집산지였다)는 사실이다.

서구 문물의 도래는 주로 서구를 대상으로 한 많은 외국 유학생을 배출했고, 서구문화를 전공한 전문가들에 의한 한국문화 분석의 한 유형을 낳다시피했다(나 역시 그 끄트머리에 앉아 있지 않은가!). 서구 문물의 유입은 1960년대에 유행했던 세미나나 잡지의 사랑받는 특집 제목이 '서구 문물의 올바른 수용 자세'였다는 점에서 잘 나타나듯이 긍정적인 측면과 부정적인 측면을 아울러 노출시켰다. 긍정적인 측면이라면 앞서 말한바 사상적 전통의 단절에서 야기된 사고의 공백을 메워주면서, 동양 일변도의 사고 유형에 보다 넓은 시야를 열어주었다는 점일 것이다. 그러나 부정적인 기능도 만만찮았다. 무엇보다 재래의 것은 거의 무조건 바람직스럽지 못한 것으로 생각하는 경향을 만연시켜 자기 비하와 자조의식을 조장했다. 결과적으로 그것은 '식민문화 현상'을 일으키면서 일제 식민치하에 있었던 좌절감과 소외감을 연장시킨 감이 있다. 또 외래, 특히 서구의 것을 지나치게 높이 평가하는 경향도 나타나 자주민의 정당한 문화의식 형성이 지체된 느낌도 부인될 수 없을 것이다.

셋째, 서구 문물의 풍미라는 문화현상에 대한 반작용으로 나타난 '민족문화 수립'에의 열망을 마지막 단계의 특징으로 지적할 수 있다. 1960년대 후반부터 일기 시작한 이 열풍은, 어떻게 보면 한국문화의 '질풍노도기'를 이룰 수 있는 귀중한 힘으로 기대되었다. 그러나 소기의 성과 대신 몇 가지의 역기능을 보다 많이 드러냈다는 점에서 매우 아쉽게 느껴진다. 민족문화의 수립은 1950년대의 혼란기가 차츰 정리되면서부터, 무엇보다도 4·19에 의한 근대 시민의식이 최초로 실천적으로 확인되면서부터 당연히 추구되어야 할 명제였다.

그러나 민족문화론은 두 가지 측면에서 문제점을 안고 있었다. 그 하나는 많은 민족문화론 가운데 가장 진지하고 깊이 있는 '민족문학론'의 경우에서 전형적으로 나타났듯이, 민족문화론이 발상부터 다소 배타적·선택적이었다는 점이다. 민족문화를 추구하는 이론의 당위성은 40년에 가까운 일제 식민통치론을 일거에 불식하고 자주민의 문화의식을 형성해 나가자는 데에 있다. 따라서 그것은 우리의 주체성을 드높이는 것이라야 한다. 이때 주체성이란 무엇인가. 말할 나위 없이 그것은 시간과 공간을 초월하여 모든 문화적 현상을 탐욕스럽게 우리의 것으로 소화해 내는, 열려 있는 힘이어야 한다. 그럼에도 불구하고 기왕의 민족문화론은 우리 앞에 밀려들어오고 있는 현재의 여러 문화적 상황을 기피하고 과거의 것 가운데, 그것도 극히 일부의 것을 선택적으로 수용·강조함으로써 폭 넓은 자주의식으로서의 바탕 아닌 '특정한 이념'으로서의 위험을 노정시켰다.

다른 하나의 위험은 민족문화론이 관급문화와 결탁을 노리는 시선으로부터 왔다는 혐의다. 1960년대 이후 정부는 각종 문화재를 단장·보수하고 선현들의 묘역을 성역화함으로써 민족문화의 창달을 꾀하는 것으로 과시하였고, 많은 국민들에게 그것은 그럴싸하게 받아들여졌다. 그러나 참다운 민족문화가 과거의 미화로만 이루어질 수 있는 것인가. 심한 경우 그것은 오히려 활발하고 창조적인 민족문화의 형성과 진행을 저해할 수도 있다. 이렇듯 민족문화는 특정한 목적을 위해 이용될 수 있는 위험을, 마치 재 가는데 불씨 가듯 안고 있다.

1945년 이후 반세기 가까운 시간 동안 전개된 우리 문화의 특징을 다소 거칠게 살펴보았다. 여기서 나타난 특징은 우리 문화가 근본적으로 '비문화적'이라는 사실이다. 왜 사는가, 어떻게 사는 것이 참다운 인간적인 삶인가, 어떤 사회가 문화적인 사회인가에 대한 끊임없는 물음을 가진 사회가 문화적인 사회이다. 그러나 우리는 불행하게도 그 물음에 대해 생각하지 않았고, 생각한다 하더라도 발언할 수 있는 발언의 체계를 갖지 못했다. 중요하지 않은 많은 일상적 이유를 중요하다고 내세우면서.

관을 비롯한 외부뿐 아니라 자신의 일상성이 가하는 억압으로부터 자신을 회복하려는 고통스러운 노력이 이루어질 때, 서로 갈등을 일으키고 있는 대립의 요소들——서구 문물과 민족문화, 문화적 귀족주의와 세속주의 등등——이 극복되고 통일된 인간성이 발견될 것이다. 한 시대의 문화는 그 시대의 가치 감각이며, 그것은 통일된 인간상 속에서 구체적으로 구현된다. (1988년)

검은 우유와 출세 거부

 창 밖으로 내다보이는 도시의 하늘은 이미 하늘이 아니다. 안개도
아니고 연기도 아닌, 이 희끄무레하고 누런 공기는 대체 어디서 오는
것일까. 적어도 하늘에서 오는 것 같지는 않다. 그렇다면 누가 푸른
하늘을 죽였는가 묻지 않을 수 없다. 저 죽은 하늘 아래에서 히히거리
며 오늘도 분주하게 오고가는 인간들, 그 인간들이 바로 하늘을 죽이
고 있는 것이다. 죽은 하늘이 인간들을 다시 죽이고 있는 것을 그들은
과연 아는지 모르는지.

 인간들이 죽이고 있는 것은 푸른 하늘만이 아니다. 푸른 강도 죽이
고, 푸른 땅도 죽이고 있다. 그리하여 마침내 인간들마저 죽어가고 있
다. 종종 우리는, 우리가 자연의 일부라는 사실을 잊어버리고 살고 있
는 듯하다. 물론 인간은 자연의 일부이면서, 그 자연을 관리하는 자연
이상의 어떤 존재이다. 확실한 것은 그 이중적 운명이다. 운명인 한,
우리는 그 짐을 짊어져야 할 것인데, 마치 자연과는 무관한 존재인 양
오만해지는 데에 이 시대의 비극이 있다. 환경의 파괴와 끝없는 개발

지상주의는 각종 문명의 지표를 올려줄지는 모르지만, 그 지표상승과 반비례하여 삶의 참다운 행복을 파국으로 몰아간다.

　독일 시인 파울 첼란은 검은 우유를 마시는 현대인의 모습을 통렬하게 야유한 바 있으며, 소설가 하인리히 빌은 산업사회에서 오직 출세만이 삶의 목표가 되어버린 인간형을 정면으로 뒤바꾸어, 이른바 출세 거부 내지 성취 거부의 인간형을 모색한 일이 있다. 그 모두 산업사회가 지향하는 문명이라는 우상에 대한 정면도전이었다. 문학 속에서의 이 명제는 1970년대 이후 서구문학의 중요한 테마였는데, 더이상 그것은 문학 속의 자리에만 남아 있을 수 없는 현실로 나타난 것이다. 이 우상은 더이상 현대적인 것, 서양적인 것으로 우리를 매혹시킬 수 없다. 왜냐하면 그것은 눈에 보이는 많은 문명적 혜택에도 불구하고 그 뒤에 감춘 무서운 파괴력으로 많은 생명을 죽여가고 있기 때문이다. 필요한 것은 그 실상을 올바로 파악하는 일일 것이다.

　문명 제일주의의 우상은 우리 사회에 있어서 이른바 개발독재의 신화를 낳았고, 그것은 다시 경제만능주의와 정치적 불의를 정당화시켰다. 뿐만 아니라 점수 위주의 진학 제일주의 교육을 가져왔으며, 그 결과 온 사회는 빨리 달리기에서 이긴 자들의 교만과 패배한 자들의 좌절에 의해 날카롭게 양분되었고, 적대감과 증오에 가득 찬 나머지 싸움·질시·폭력의 범죄현장으로 떨어져버렸다. 범죄와의 전쟁을 선포한 뒤로 전국이 떠들썩하지만 잡는 자와 잡히는 자 사이의 싸우는 소리만이 요란할 뿐, 그것이 근본적으로 해결될 수 없는 성질의 것임은 분명하다. 따지고 보면 모든 것이 문명에 대한 맹신 탓이다. 생산성·능률 위주의 사회적 집단무의식은 그저 높이 올라간 빌딩, 비싼 자동차, 돈 많은 사람들만이 최고 가치의 상징처럼 행세하는 현실을 만들어놓고 말았다. 가깝게는 정치권력의 불의, 그 행사의 능력면에서 원인을 찾을 수 있지만, 보다 근본적으로는 문명이라는 우상에 대한 맹신에 우리 모두 깊이 빠져 있기 때문이다.

　우상은 논리를 거부한다는 점에서 미신적 사고를 키워간다. 문명이라는 우상은, 문명이 왜 필요한 것이며, 왜 좋은 것인가를 생각지 못하게 하기 때문에 우리들의 사고를 비논리적으로 만들고 사회 전체를 미신화시킨다. 그리하여 문명은 무조건 좋은 것이 되고, 빠르고 크고 많은 것은 무조건 좋은 것이 된다. 이 무조건적 문명병이 치유되지 않는 한 파렴치한 사회 분위기는 결코 정화될 수 없으며, 탐욕적인 범죄 분위기 역시 쉽게 가셔지지 않을 것이다. 범죄와 전쟁을 하려면, 범행을 저지른 범인 한 사람 한 사람과 싸움을 벌일 것이 아니라 바로 이 문명이라는 우상과 싸움을 벌여야 한다. 이 우상을 파괴하고 사회구성원 모두에게 참다운 삶을 위한 논리적 사고를 훈련시켜야 하는 것이다. 정치가 해야 할 일은 이러한 훈련을 위한 제도의 확립이다. 자라나는 세대들을 위해서는 유아시절부터 학교교육을 통해 이 일을 훈련시켜야 하며, 기성세대를 위해서는 사회재교육은 물론 각종 행정체계와 행정시책을 통해 정부의 실천을 보여줌으로써 우리 사회의 지향성을 분명히 해야 할 것이다.

　문명이 전면적으로 거부된 현실 속에서 인간은 물론 살아갈 수 없다. 또 인간은 자연을 관리하고 극복해 가면서 새로운 인공적 성과를 덧붙인다. 이른바 문명적 성취를 이룸으로써 성취감을 가져왔다. 인간의 이러한 노력이 세계와 역사의 발전을 가져온 것은 틀림없다. 그러나 이제는 그 발전의 허구성이 드러나고 있으며, 그것은 우리에게 매우 세심한 논리적 분석을 요구한다. 이러한 발전이 과연 참다운 발전인가 하는 것을. 요컨대 문명은 항상 하나의 가설로써 우리 삶의 질을 높여주어야 하는 것이지, 결코 우상으로 군림하여 우리 삶의 내용을 억압하거나 황폐하게 만들어서는 안된다. 지금은 문명의 헛된 미로에서 탈출해야 할 때다.　　　　　　　　　　　　　(1989년)

벌판에 서 있는 대학

대학의 모습이 흡사 복마전의 그것과 같아보인다. 대학에 관계된 소식이 온통 비보투성이다. 연구에 큰 개가를 올렸다든지 우수한 인재들로 밤에도 불이 꺼질 줄 모른다든지 하는 즐거운 낭보가 끊긴 지 이미 오래된 듯하다. 아니, 언제 그런 일이 있었던가? 마치 범죄의 한 소굴처럼 부정과 부패, 처벌과 구속의 어두운 소식만이 그곳으로부터 끊임없이 흘러나오고 있다.

아, 낭보는커녕 우리에게 과연 대학이란 존재하는지 자탄의 한숨과 더불어 주저앉고 싶은 마음뿐이다. 나 자신 대학인의 한 사람으로서 부끄럽기 짝이 없지만, 그 낭패한 마음은 아마도 우리 국민 모두의 것일 것이다. 그러나 그 모습은 대학만이 혼자 저지른 죄악이라기보다 우리 국민 모두가 대학 하나 제대로 키우고 가꿀 줄 모르는 어리석음의 결과이기에 대학은 찬바람과 찬비 맞으며 벌판에 홀로 내팽개쳐진 형세로 내게 비쳐진다.

오늘의 우리 대학이 어쩌다가 이 꼴이 되었을까. 교수와 학생과 학부모가 모두 쇠고랑을 차고 캠퍼스 아닌 찬 감방으로 옮겨앉은 현실에서 도대체 가해자는 누구이고 피해자는 누구일까. 나로서는 그들에게 가혹한 돌팔매질을 하기보다는 차라리 그들 모두가 우리 전체의 어리석음이 낳은 피해자라는 생각에서 자유로울 수가 없다. 그 어리석음이란 대학이 무엇인지, 대학을 가꾸고 지키려면 어떻게 해야 하는지를 올바로 알지 못하는 어리석음이다.

어리석음은 국가정책에서 그대로 나타난다. 1948년 정부수립 이후 반세기 동안 우리는 교육을 국가경영이라는 측면에서 상대적으로 낮은 위치에 두어왔다. 가령 국방문제라든지 경제발전이라든지 하는 부문에 비해 국가적 관심이 낮았던 것이다. 그리하여 이런 부문들보다 국가예산의 우선순위에서 항상 뒤졌으며, 따라서 수혈이 필요함에도 불구하고 피가 부족한 빈혈증 환자의 상황에서 만성적인 고통을 겪어온 것이 교육이었다.

전통적으로 높은 교육열을 지닌 나라인데도, 정부 차원의 투자가 항상 미약한 나머지 교육내용은 지극히 부실할 수밖에 없었고, 그 부족한 부분은 기형적인 형태의 엄청난 사교육비를 조장하였다. 특히 대학교육을 향한 국가 예산구조의 왜곡상은 더욱 심해서 재정면에 관한 한 기의 무정부상태라고 해도 지나친 말이 아닐 것이다. 전체 예산 가운데 교육예산이 차지하는 비중, 그중에서도 대학 부분이 차지하는 비율은 우리와 비슷한 국력의 다른 나라에 비해 초라하기 짝이 없는 현실이다.

한마디로 말해서 국가가 대학 재정에 관한 한, 손을 놓고 있는 것이다. 대학을 향하여, 수익자 부담원칙에 의해 학생들로부터 필요한 경비를 조달하라는 것이다. 그러면서도 기부금은 안된다, 등록금도 마음대로 받아서는 안된다고 규제하는 일이 대학행정의 핵심이다. 대학의 대부분을 민간에 맡겨놓고, 경영의 요체가 되는 재정문제를 방치한 채, 의무만 강제하는 대학행정 아래에서 대학이 탈선하는 것은 어떤 의미에서 예측된 일이었다.

국가가 재정을 감당하든지, 아니면 대학에 모든 것을 맡기든지 둘 중 하나를 택하지 않을 수 없는 국면에 서 있는 것이다. 기부금은 국민 위화감을 유발하므로 곤란하다는 투의 비판은 하나의 도덕적 당위론이기는 하지만 그 이상의 대답으로서는 무책임하다. 그러면 어떻게 할 것이냐는 문제에 대한 답변으로까지 이어져야 하기 때문이다.

문제는 대학의 본질에 대한 이해, 즉 대학의 이념에도 있다. 대학이 무엇하는 곳인가 하는 지극히 당연한 상식에 대해서도 뜻밖에 많은 오해가 퍼져 있다. 재정을 수익자 부담원칙에 의해 학생들로부터 조달하라는 정부의 방침에 숨어 있는 국가의 대학관도, 그 큰 오해의 한 덩어리다. 대체 대학교육의 수혜자가 어떻게 학생 개인뿐인가. 대학은 최고의 교육기관으로서, 사회 각 분야의 지도자와 전문가를 양성하고 그 지도자와 전문가는 국가발전에 기여한다. 말하자면 대학교육의 수혜자는 국가이기도 하다. 그런데도 국가가 수익자를 대학생 본인으로 한정해서 바라본다면, 그것은 대학 자체를 몰가치적인 기능집단의 수준으로 인식하고 있다는 이야기가 된다. 엄청난 오해다. 실제로 국가에 의한 대학경시 풍조는 교육당국이 학사행정에 관여하는 풍토를 보아도 쉽게 알 수 있다.

그러나 다른 한편, 대학은 여전히 상아탑으로서의 명목상 권위를 발휘함으로써 사회 저변의 지적 허영심을 조장하고 그것을 통해 기업적 영토 확장을 행하는 괴물로서 군림한다. 그리하여 학문을 위해 대학문을 두드리는 것이 아니라, 오직 대학 졸업장을 위해 머리띠를 두르고 덤벼든다. 인문교육이 아닌 분야, 예컨대 체육·무용·음악·미술 부문에서도 그들 나름대로의 전문학교 대신 꼭 종합대학의 울타리 속에 편입되기를 갈망하는 현실은 무엇을 말함인가.

226

대학당국으로서는 마치 재벌의 문어발식 경영처럼 학문성의 관련을 고려하지 않은 채 무슨 학과든지 개설하기를 좋아한다. 그렇게 외면적인 팽창을 하는 것을 발전이라고 부르면서, 경영자·교수·학생·동문이 다 함께 좋아한다. 발전? 발전은커녕 그러한 백화점식 대형화 속에서 대학의 이념은 실종된다. 이념이 실종된 대학은 그저 청년집단을 수용하고 있는 건물일 뿐, 국가와 민족을 이끌어갈 힘과 지혜의 산실이 되지 못한다. 이념 없는 대학이 대학을 공동화(空洞化)하고 있으며, 공동화된 대학이 대학의 이념을 세우지 못하는 악순환을 거듭하고 있는 것이다.

돈 없고 이념 없는 대학, 내가 보기에 이것이 오늘의 대학의 벌거벗은 모습이다. 벌판에 황량하게 내버려진 것이다. 국가도 사회도 올바른 이해와 애정을 보이지 않는다. 대학은 이윽고 스스로의 몸부림으로 요동치는데, 그 모습으로 요동쳐본들 무엇을 어떻게 하겠는가. 갖가지 비리와 부정은 그 몸부림의 산물이다. 이때 국가는 국가공무원을 통해 그 비리와 부정을 오히려 교사해 왔으며, 사회는 그 많은 구성원들이 자신들의 지적 허영심을 위해 그 비리와 부정에 편승하여 왔다. 악어와 악어새의 동서(同棲)생활은 음험하게, 음습하게, 질기게 이루어져 온 것이다. 그들은 벌판에 버려진 대학의 손을 잡아 이끌기보다, 필요한 명목만을 떼어감으로써 대학이 그 자리에서 그대로 주저앉아버리도록 방조한 것이다.

대학은 다시 설 수 있을까? 다시 설 뿐 아니라, 그가 선 황폐한 땅을 푸른 초원으로 바꾸어놓을 수 있을까?「황무지가 장미꽃같이 되는 것을 볼 때」라는 찬송가 가사처럼 장미꽃이 대학에서 피는 것을 볼 수 있을까? 그것이 가능하기 위해서는 범상한 인간적 각성 이상의 힘이 주어져야 하리라. 여기서 나는 교회를 세워나가는 하나님의 섭리와 그 방법을 음미해 보고 싶다.

창세기에서 하나님에 의해 이스라엘이라는 이름으로 불리워진 야곱은 그의 자식들과 더불어 교회를 만들어가도록 부름받고 축복받는다. 그러나 그와 그의 자식들은 많은 실수를 하는데 그때마다 하나님의 역사와 간섭이 행해지는 것이다. 디나 능욕사건도 그중 하나다. 야곱이 밧단 아람에서 가나안 땅 세겜 성에 이르러 성 앞에 장막을 치고 단을 쌓는다. 그리고 그때 한 말이 「엘엘로헤 이스라엘」이다. 이곳이 좋다는 만족의 고백이었다. 그때 레아와의 사이에서 낳은 딸 디나가 세겜 땅 여자들을 보러 나갔다가 세겜에 의해 능욕당하는 것이다.

이 사건은 일반적으로 두 가지 측면에서 교회를 세워나가는 하나님의 뜻과 방법을 보여주는 것으로 풀이된다. 그 한 가지는, 야곱의 외딸 디나가 한눈을 파는 경솔한 행동을 하는 데 대한 견책이다. 야곱 일가는 세겜 땅에 이르자 그곳의 세속적인 풍물에 금방 마음이 이끌려 정신을 놓는다. 하나님은 바로 그 점을 경계하고, 아직 온전한 교회가 이루어지지 않았음을 보여준 것이다. 다른 한 가지는 선택된 백성의 순결을 보호하기 위해 강간과 같은 불순한 고통을 허락지 않는다는 것인데, 이것은 교회다운 교회, 즉 세상적인 풍속과 교회 질서와의 구별을 강조한 것으로 해석된다.

이러한 성경적 지식이, 그렇다면 오늘의 우리 대학을 위해 어떤 의미를 가질 수 있을까? 나로서는 대학이 대학다워야 한다는 순수의 당위성, 그것을 위해서는 현실과의 타협을 절제해야 한다는 방법론을 살아 있는 교훈으로 받아들일 수 있다고 생각한다. 이 세상을 넘어서는 초월적인 세계를 통괄하는 지도력을 발휘하는 기능을 교회가 갖고 있다면, 대학은 적어도 이 세상, 즉 세속적 현실 안에서는 그 구조가 비슷한 지도력을 가져야 한다. 이 지도력을 누가 주겠는가? 아무도 줄 사람이 없다. 지금까지의 경험으로는, 정부는 오히려 대학을 타락시킨 존재다. 공무원들은 끊임없이 대학을 부패시켜 왔으며, 그 썩은 자리에 자신을 숨기고 서식해 왔다. 그러나 기대할 곳이 없는 순간에 기도가 일어난다. 그렇다, 기도하는 심정으로 대학을 살리는 수밖에 없다.

기도의 전제는 참회와 속죄다. 돈 없고 이념 없는 대학이 다시 살아나기 위해서는 대학과 사회가 이 사실을 우선 겸허하게 받아들여야 한다. 이런 바탕 위에서 대학을 바라볼 때, 대학을 올바로 세울 수 있는 길이 열릴 것이다. 실종된 이념을 찾아야 할 것이고, 임기응변적 조달로 살아가는 재정의 해결책을 모색해야 할 것이다.

돈 문제는? 길은 국가예산과 사회기부금뿐이다. 만약 이 길이 여의치 않다면 돈없이 설 수 있는 방안을 강구해야 할 것이다. 외형적 팽창 위주와 발전주의를 지양하고, 소수 정예식의 운영도 이 경우 감수할 수밖에 없다. 대학이 작고 큰 것은 문제가 아니다. 벌판에 버려진 대학은 크면 클수록 오히려 보기 흉할 따름이다.　　　　　(1989년)

쓸모없는 공간의 쓸모

'문화'를 좋아하는 한국인들이지만, 문화의식이 희박한 국민들이 많다는 비관론에 나는 곧잘 사로잡히곤 한다. 문화란 일상생활 속에서 우러나온 것이어야 하며, 일상생활을 위해 보람 있게 쓰여져야 한다. 실제의 현실과 동떨어진 박제된 관념은, 그것만으로도 독자적인 가치를 갖는 경우가 없는 것은 아니지만, 역시 비현실적인 허세이기 쉽다. 그렇다면, 오늘 우리 현실에서 긴요하게 요구되는 문화적 작업은 무엇인가? 많은 것들이 있겠지만, 비문화적인 현실 전체를 문화화하는 일이라고 나는 생각한다.

현실을 문화화한다는 말은, 사람들을 문화적으로 만들어간다는 뜻이다. 문화의식을 함양시킨다고 표현해도 좋고, 문화교육을 시킨다고 말해도 좋다. 이를 위해서는 현실환경을 문화적으로 만들어야 할 것이다. 좋은 학교, 좋은 교사가 확보되어야 할 것이며, 곳곳에 문화시설, 예컨대 도서관, 공회당, 극장, 박물관, 체육관 등이 있어야 할 것이다. 내가 살고 있는 동네에는 체육관을 제외하고 이러한 시설들이 전혀 없다. 이 동네에서 올림픽을 한 덕분에 체육관과 공원은 있으나 그 밖의 시설은 눈을 씻고 찾아볼래야 찾을 길이 없다. 책 한권을 가까운 곳에서 읽고 싶어도 그럴 장소가 없는 것이다. 학생들이나 청소년들의 사정은 더욱 딱하다. 도대체 갈 곳이 없다. 전자오락실과 만화가게, 그리고 카페라는 이름의 수상한 술집을 제외하고서는.

사람의 몸은 밥을 먹어야 활동을 할 수 있게 되어 있다. 제아무리 힘이 센 장사라도 밥을 먹지 못하면 아무 일도 할 수 없다. 마찬가지로 사람의 정신은 정신적 양식을 섭취해야 두뇌가 움직이고 창의성을 발휘할 수 있다. 정신작용이 정지된 사람은 육체만 남은 꼴이어서 남의 노예로 살기 쉽다. 그 정신작업을 할 공간이 없는 것이다.

물론 지금도 있기는 하다. 광화문 한복판의 세종문화회관, 남부순환로의 예술의 전당, 장충단의 국립극장, 그리고 올림픽경기장. 이런 시설들이 문화적이 아닌 것은 아니며, 또 실제로 감사할 만한 공간인 것은 분명하다. 그러나 이들 시설과 1천만 서울 시민의 일상생활과는 너무 동떨어져 있다. 과연 몇이나 되는 시민들이 '일상적'으로 이들 시설들을 이용하고 있는지 생각해 보면 알 일이다. 이 시설들은 어떤 의미에서 문화적이라기보다는 문화허세적인 기능, 문화소비적인 측면이 더욱 강하다. 문화란 넓은 의미에서 자기 반성 행위이지, 자기 과시 행위가 아니기 때문이다. 이 시설들에서 열리는 이른바 문화행사의 성격들이 무엇보다 그것을 입증해 준다. 도서관, 공회당, 극장, 박물관 등이 적어도 지역단위, 예컨대 성북구, 마포구, 송파구 등등으로 세워져 있어야 능동적인 시민 참여가 가능하다.

시민들의 문화의식은 대규모 시설을 관람, 구경함으로써 배양되는 것이 아니다. 이 시설들을 스스로 적극적으로 이용함으로써, 즉 자신이 문화행위의 주체가 됨으로써 성장하는 것이다. 도서관에 들어가 책을 읽고 글을 쓰며, 공회당에서 스스로 연사나 연기자가 되어보기도 하며, 음악회의 출연자로 참가하기도 해야 한다. 또 구경하는 스포츠가 아니라, 자신이 직접 뛰어들어 해보는 체육활동을 통해 단순히 몸의 건강이나 운동력뿐 아니라 공동체 생활의 여러 가지 덕목이 습득된다. 이러한 시설들이 손 닿는 곳에 열려 있을 때, 건강하고 능력 있는 개인, 건강하고 실력 있는 사회의 성숙이 보장된다. 이는 밥을 착실히 먹는 신체와 같다.

그러나 그 반대의 경우를 생각해 보자. 우리 사회의 경우, 신체의 밥을 위해 존재하는 직장과 그 배설을 위해 존재하는 시설들 이외에 무엇이 있는가. 이런 사회 어느 구석에서 문화가 자라날 수 있으며, 정신이 숨쉴 수 있겠는가. 그 결과 우리 사회는 지금 정신없는 사회로서의 참담한 모습을 그대로 노출하고 있다. 정신이 제대로 된 문화인을 길러내지 못하는 학교는 제쳐놓더라도, 소비적인 향락업소말고는 갈 데 없는 젊은이들의 비행과 범죄로 사회는 온통 썩어가고 있다. 어찌 젊은이들뿐인가. 노인들도 그렇고 주부들도 마찬가지며, 올바른 직장을 가진 것처럼 보이는 성인남성들도 갈 만한 문화공간을 갖고 있지 못한 사정은 비슷하다.

그 대신 사찰과 교회가 많다. 이들은 아무리 많아도 나쁠 것이 없다. 이 같은 인간과 사회를 구원하여 그나마 이 사회를 유지하고 있는 힘이 어쩌면 이들로부터 나오는지도 모른다. 그러나 종교가 정말로 그 힘을 발휘하기 위해서는, 보다 문화적인 기능을 갖는 종교로 달라져야 한다. 그가 어떤 자이든 믿음을 통해 구원받는 것은 사실이지만, 자신의 구원 이외에 그가 속한 사회의 문화 발전을 위해 유익한 구실을 하지 못한다면, 이기주의로서는 가장 엄청난 이기주의가 될 것이다. 사찰과 교회를 포함하여 우리 모두 보다 현실적인 지혜를 발휘하여 지금 당장 우리 주변의 공간을 문화화하는 데 힘을 기울여야 할 것이다. 이 황량한 도시에 정신적 생명을 불어넣어야 한다.　　(1992년)

생활문화의 고품격화

'문화'라는 말처럼 둥글둥글하게 두루두루 쓰여지는 경우도 많지 않을 것 같다. 건축문화나 법률문화라는 말은 문화의 본뜻에 가까운 경우지만 성문화, 교통문화를 거쳐 이즈음은 아예 훨씬 구체적으로 키스문화, 주차문화라는 말까지 쓰여지고 있는 것을 보게 된다. 그러나 다른 한편에서는 여전히 문화라는 말의 사용이 엄격하게 절제되고 있는 것을 볼 수 있는데, 예컨대 우리 사회의 반문화성이 역설된 경우가 대표적인 보기라고 할 수 있다.

이렇듯 문화라는 용어의 포괄적 사용과 제한적 사용은 우리 사회에서 대체로 혼용되고 있는데, 그것은 그 나름대로 그럴 만한 배경을 갖는다. 문화 개념의 포괄적 사용은 일반적으로 미국 등 해양국가, 정신사적으로는 경험론의 전통을 가진 나라들이 보여주는 경향이다. 그러나 독일과 같은 관념론 성향의 대륙계통 사회에서는 그 사용이 자못 엄격하다. 말하자면 문화와 문명을 철저하게 구분하는데, 헤겔 이후 신칸트학파를 거쳐 이른바 초기 프랑크푸르트학파에 이르는 동안 일관되게 지켜지는 전통이다. 가령 H.마르쿠제의 도식에 따르면 그 차이는 다음과 같다.

문 명	문 화
물질적 노동	정신적 노동
근무일	휴일
노동	휴식
필요의 세계	자유의 세계
자연	정신
작업적 사고	비작업적 사고

　요컨대 문명은 물질적 생활을 중심으로 한 형태이며, 문화는 정신적 가치를 중심으로 한 의식 내지 그 특유의 양식으로 구별된다. 이 구분은 사뭇 본격적인 속성과 전통을 갖는다. 마르쿠제의 설명에 의하면, 문명이란 인간이 물질적·육체적 조건을 충족시키지 않을 수 없는 필요의 세계 속에서 이루어온 축적이며 성과이지만, 문화는 이와 달리 그러한 세계의 법칙에 의해 지배되지 않으려고 노력해 온 일련의 정신적 자세의 지속적 견지이다. 따라서 문명에는 보다 나은, 보다 편하다는 의미에서의 진보가 있을 수 있었지만, 문화의 영역에서는 오직 견지만이 있을 수 있었을 뿐이다.
　그러나 그 어떤 진보도 지금까지 문화와 문명 사이의 긴장을 해소시키지는 못했다. 오히려 어떤 의미에서 기술의 발달에 따라 이 긴장은 더욱 예리해진 면이 있다. 그러나 이 긴장은 매일 매일의 일상생활과 노동에서 문화 또한 체계화·조직화의 경향을 띠게 된다는 것이다. 말하자면 문학이나 미술, 음악 등은 역사적 자리와 무관한 자리에서 자율적인 통시적 공간을 가져왔다. 그럼으로써 문명 쪽과 갖게 된 긴장을 그 나름대로 즐겨온 면이 있는데, 이제 그것이 상당한 압박감을 느끼게 되었다는 것이다. 수단과 목적, 문화적 가치와 사회적 사실 사이의 긴장이 수단을 통한 목적의 흡수라는 차원에서 풀어지고 있는 것은 아닌지 그는 진지하게 질문한다. 마침내 마르쿠제는 문화와 문명을 같은 자격으로 마주보게 한 것은 때이른 폭력적 조치가 아니었을까 하는 반성까지 한다. 문화가 문명을 통합하는 힘에 의해 사회는 민주적 형식과 제도를 보존하는 총체적 사회를 지향한다는 것이다. 그리하여 사회 변화, 즉 산업사회의 발달에 따라서 문화와 문명의 구분은 점차 무의미해지기 시작한다.

　마르쿠제는 먼저 인문과학, 사회과학, 자연과학 사이의 날카로운 구분이 무디어져 간다고 본다. 실증주의적 경험론, '형이상학'이라고 불리는 모든 것에 대한 도전, 민족적·협동적 관심으로 조직화되는 학설과 훈련 방법의 보급은 그 방법론과 개념에 있어서 학문들 사이의 엄격한 변별성을 희석시킨다는 주장이다. 기술 문명은 문화의 초월성을 약화시키는 사회를 지향한다. 메타언어라는 독자적 장을 지녔던 문학·미술·음악·철학 등은 이제 초인간적·초자연적 번역과정뿐 아니라 인간적·자연적 문화내용으로 된 과정을 통해서도 그 매개 방법이 개방되었다. 사랑과 증오, 희망과 불안, 필요와 자유 사이의 불가피한 갈등도 이제는 조작가능하게 되었다는 것이 그의 견해다. 그리하여 신들, 영웅들, 왕과 기사들은 사라졌고, 따라서 비극과 축세의 세계도 사라졌으며, 수많은 수수께끼와 전쟁의 세계도 더이상 문학예술 작품이 즐기는 내용이 될 수 없게 되었다. 약탈과 불안이 없는 평화의 세계를 창조할 수 있는 기술 수준의 단계에 인간이 마침내 도달했다는 것이다.

　이러한 그의 설명은 그 타당성은 논외로 하더라도 독일식의 전통적 개념이 점차 미국화한 느낌을 주기도 하는데, 독일 프랑크푸르트학파의 일원이었던 그가 미국에 자리잡고부터 변화하고 있는 듯한 느낌과 맞물려 기묘한 감을 자아낸다.

　어쨌든 문화와 문명은, 이제 더이상 무관한 듯한 자세로 서로 마주보고 있을 수만은 없는 현실이 되었다. 무엇보다 문화의 목적 자체가 문명의 질적 변화를 지향한다는 점이 부인될 수 없기 때문이다. 오늘 우리가 내건 표제어 '생활문화'라는 말 자체가 바로 그 관계의 새로운 정립의지로부터 유래한 것이 아닐까. 전통적 의미에서 문화란 '생활의 잉여'(작가 최인훈의 말)였기에 '생활문화'라는 자연스러운 표현은, 사실상 매우 부자연스러워 보여야 당연했을 현상이다. 그럼에도 불구하고 '생활문화'라는 표현을 부자연스럽게 느끼는 사람은 오늘날 거의 찾아볼 수 없다. 그렇다면 우리의 의식 속에서 문명과 문화는 부지불식간에 만나고 있다는 가설이 받아들여진다.

　'생활문화의 고품격화'라는 명제는 따라서 '문명의 문화화'라는 말로 바뀌어져도 무방하리라. 문명은 놀라운 속도로 발달을 거듭해 컴퓨터에 의해 세계가 지배되는 이른바 컴퓨토피아의 출현을 눈앞에 두고 있는데, 그것이 과연 인류의 삶에 어떤 행복을 보장해 줄 수 있는가 하는 문제는 여전히 미지수로 남아 있다. 오히려 지나친 기계주의로의 진입은 아도르노의 말대로 '기계라는 천사'를 찬양하는 인간들을 양산해 냄으로써, 기독교의 종말론에 한껏 설득력을 강화시켜 주고 있는 상황도 제기되고 있다. 문명의 자동발전이 가져다줄 결과에 대한 예측은 낙관적인 전망 못지않게 비관적인 방향으로 달려가고 있는 것도 사실이다. 문명의 문화화는 문명의 가속화에 따른 필연적인 추세이며 인류 파멸을 방지하는 절대명제라고 할 수 있다. 생활문화의 고품격화는 기본적으로 이러한 인식 아래에서 행해져야 한다.

　우리에게 있어서 이 명제는, 그러나 몇 가지 또다른 기본 인식과 더불어 검토되어야 한다. 가장 긴요한 것은 이 명제 자체에 대한 사회적 합의의 문제다. 과연 우리의 생활문화가 고품격화를 논의할 시점과

필연성에 이르렀느냐는 판단의 문제다. 이에 대해서는 중요한 기준이
될 수 있는 사건이 최근 발생하였다. 즉, 우리나라가 선진 경제클럽이
라고 할 수 있는 OECD에 가입한 것이다. 형식적인 면에서 선진국의
모습을 갖춘 것이다. 이 가입이 과연 명실상부한 선진국으로서의 기
호를 획득한 것이냐 하는 문제에 대해서는 많은 논의가 있을 수 있겠
으나, 외형상 구색을 갖추었다면 이제는 책임 있는 자세의 문제만 남
았다고 할 수 있다. 그것을 오늘 우리의 논의와 연관시킨다면 바로 생
활문화의 고품격화로 요약될 수도 있겠다. 생활문화는 외형상 OECD
의 수준에 이르렀는데, 실제 그 내용이 저질스럽고 빈약하다면 그것
은 표리부동, 또하나의 거대한 허위에 지나지 않을 것이다. 그렇다면
생활문화의 고품격화라는 명제는 매우 시의적절한, 사회적 합의라는
측면에서도 정당성을 갖게 된다.

　우리의 생활문화가 고품격화되어야겠다는 명제 뒤에는 우리의 생
활문화가 별로 고급스럽지 못한 것이 아니냐 하는 자기 반성이 들어
있다. 이러한 자기 반성은 상당한 타당성을 갖는 것으로 생각된다. 그
러나 이 반성은 올바른 현실 분석과 올바른 대책의 강구로 나아갈 때
그 반성의 값을 얻을 수 있다. 이런 의미에서 그 고급스럽지 못한 현
실에 대한 성찰과, 그렇다면 어떤 방식으로 고품격화의 길로 나아갈
수 있을지 순서대로 살펴보는 것이 좋을 것이다.

　오늘 우리에게 생활문화라는 것이 있다면, 의식주를 제외한 여가활
동이라는 측면에서 그 내용을 살펴보는 일과, 의식주를 포함한 삶 전
반에 걸쳐 그 '사회문화적 삶의 양식(Soziokulturelle Lebensform)'
(J.하버마스)을 뒤돌아보는 일로 나누어볼 수 있을 것이다. 의식주를
제외한 여가활동으로 오늘의 우리 국민들에게 광범위하게 보급되어
있는 것은 아무래도 스포츠라고 할 수 있다. 그러나 학생들의 학교 스
포츠와 전문적 체육인을 제외하고서는 모든 스포츠가 일반 국민 모두

에게 그 기회와 시설을 열어주고 있지는 않다. 그중 가장 만만한 것이 있다면 등산이다. 그 밖의 것으로는 골프와 테니스가 인구를 늘려가고 있는데, 아무리 많은 인구가 최근 이 방면에 몰린다고 하더라도 역시 전체적인 규모는 아직도 제한된 범위의 것으로 여겨진다. 그 밖에는 스포츠 센터가 곳곳에 설립되어 대부분 회원제로 이용되고 있는데 이 역시 아직은 고가의 멤버십 때문에 대중성을 확보했다고는 보기 힘들다. 결국 일반 국민의 관점에서 볼 때에는 테니스나 배드민턴 같은 것이 일부에, 그리고 등산이 보다 광범위하게 레저생활의 내용을 구성하고 있다고 할 수 있다.

스포츠 분야를 제외하고 보면 여가활동의 내용은 한결 빈약해진다. 독서와 영화·연극·음악 감상, 박물관이나 미술관 관람 같은 것이 당연히 그 목록에 오를 수 있겠는데, 여기에 포섭될 수 있는 성인 인구가 얼마나 될지, 그 통계는 없다 하더라도 지극히 미미한 수효일 것은 분명하다. 언제부터인가 이러한 활동은 20대 대학생 이하를 그 독자나 관중·청중으로 삼아오고 있는 것이 현실이다. 훨씬 많은, 대다수의 성인들이 여가활동으로 보내고 있는 품목이 있다면, 그것은 아직 공식 문화양식으로서 승인되지 않았거나 그 역사가 짧은 것들인 경우가 대부분이다. 예컨대 노래방이나 비디오방, 그리고 고스톱과 같은 화투놀이의 만연을 들 수 있다. 많은 성인 인구가 이것으로 대부분의 여가 시간을 보내고 있는 셈인데, 이런 활동은 이를테면 양적인 의미에서의 생활문화라고 할 수 있을 것이다.

다른 한편, '사회문화적 삶의 양식'의 성찰이라는 것은 질적인 의미에서의 생활문화라고 할 수 있겠는데, 질적인 모든 문제가 그렇듯이 이 문제를 살펴보는 일은 다소 추상적이고, 그런만큼 약간의 사변적인 논의에 머무를 우려가 있다. 이 부분은 의식주를 포함한 모든 삶의 양식에 대한 성찰을 가져오는데, 가령 옷은 옷대로, 집은 집대로 그 나름의 양식적 성찰이 가능하다. 집의 경우 난방과 통풍이 잘되는 등 열효율이 높고, 방수·방음이 잘되며, 공간의 수용 능률이 잘되어 있는가 따위의 기능면에만 집중되는 집이 있을 수 있을 것이며, 외관의 아름다움과 인테리어면에도 배려가 잘되어 있는 집이 있을 수 있다. 그러면서도 그 집은 낭비와 허영·과시의 길로 나가는 경우가 있고 검소·질박·내실의 경우로 나가기도 한다. 옷이나 음식도 마찬가지다. 외화(外華)와 기능 중심주의에만 치중하지 않고, 내실을 기하면서도 인간성을 존중하고 그 가치가 드러나도록 모든 삶의 양식을 꾸려가는 일이 여기에 해당된다. 요컨대 실제 생활의 모든 면면이 얼마나 문화적이냐 하는 것이다. 가령 문학교육을 예로 든다면, 그 목적이 얼마나 말과 글을 올바로 이해하도록 하는 것이며, 이를 통해서 언어와 인간과의 관계를 본질적으로 터득케 하여 언어가 곧 질서와 논리임을 깨우쳐주는 일에 기여하고 있느냐 하는 문제가 관심의 핵심이 되어야 할 것이다.

이런 점에서 볼 때 우리나라의 문학교육은 전면적으로 실패하고 있다는 것이 나의 생각이다. 각급 학교에서의 문학교육은 문학의 본질을 외면한 채 이미 형식화되어 있는 장르 중심으로 선험적인 수용만을 거의 도식적으로 행할 뿐이다. 그 결과 문학은 그것을 공부하는 자의 내발적 필연성이나 자생적 이해관계의 측면이 아닌, 시인·소설가 만들기로 이어져 오늘날 수천 명의 시인·소설가는 쏟아져 나와도 막상 문학정신, 혹은 언어의 논리와 질서에 대한 이해와 존경이라는 원리는 실종된 상태가 되고 있다. 이 역시 외화와 기능 중심의 원리가 문화라는 내면적 가치를 압도하는 데에서 빚어지는 상황이다.

문화란 기본적으로 내면적 가치이기 때문에 인간의 언어와 행동 한쪽 한쪽에서 개별적으로 포착되는 것들의 어떤 추상적 총체성이다. 그것은 한 인간이나 인간집단의 발상과 사고방식의 문제이므로, 이미 주어진 외형으로 문화성 유무를 판단할 때 문화는 내발적으로 발생·형성되지 않고 연역적인 논리에 의해 외부적으로 제조된다. 가령 어느 한 작가가 혼신의 힘을 다해 자신의 정신을 육체화한 소설을 쓰고 있느냐 하는 문제와 이미 몇 가지의 조건에 의해 대중성·상업성을 얻은 소설이 비슷한 소설을 계속 제조해 내느냐 하는 문제는 그 본질이 판이하다. 결과적으로 볼 때 비슷한 표지와 제목으로 된 소설책이 똑같은 서점에 진열되어 있다고 해도 한쪽은 문화라는 이름에 걸맞는 고투의 산물임에 반해, 한쪽은 돈과 허명만을 목표로 하는 외화와 기능 위주의 반문화적 제품에 지나지 않는 것이 된다. 대중 앞에서 이 두 책은 잘 구별되지 않는다.

생활문화의 고품격화라는 우리의 명제는 이 경우 다음 두 가지 작업에 의해 그 효과를 거둘 수 있다. 첫째, 양자를 구별하는 일을 전문으로 하는 작업, 즉 문학평론에 대한 신뢰와 의뢰를 통해 그 변별의 능력을 키우는 것이다. 다른 하나는, 독자 스스로 문학평론가가 되는 것이다. 전문적인 평론가가 아니더라도 그 감상의 능력을 다각적으로 끌어올리도록 노력하는 작업이다. 여기에는 많은 독서 투자가 물론 병행되어야 한다. 이 작업이 독자 사이에서 이루어지지 않는 한, 문화와 반문화는 언제나 혼재하면서, 반문화가 항상 문화를 압도하는 상황이 지속된다. 생활문화는 그 결과 고품격화가 아닌 저품격화의 길을 내닫는다. 그렇다면 도서에서의 평론적 기능과 같은 고품격화로의 길은 결국 독자 개개인에게 맡겨질 수밖에 없는 것일까 하는 문제가 그 다음 문제로 제기된다.

여기서 우리는 생각해 보아야 할 커다란 두 가지 대책과 만난다. 그 하나는 문화교육이며 다른 하나는 문화행정이다. 인간은 분명 의식주만으로 만족하지 않는 존재이지만, 지향해야 할 신성한 가치를 한 사회가 집단적으로 공유하지 않는 한, 의식주만으로도 만족할 수 있는 존재이다. 그것도 보다 화려하고 탐욕스러운 의식주에 연연하다가 필경은 자멸해 버리고 말 존재라는 것이 내 개인적인 소견이다. 무엇보다 오늘 우리 사회가 그 조짐을 이따금씩 보여주고 있는데, 사실 따지고 보면 꼭 오늘 우리 사회만의 모습도 아니다. 이 비극을 조금이라도 완화하기 위해서는 인간이 질서유지를 위해 지켜오고 있는 제도의 능력을 그나마 동원하는 수밖에 없다. 교육제도와 행정제도가 그것이다. 교육이 인간을 원천적으로 얼마나 개량해 줄 수 있는가 하는 문제는 접어두자. 그러나 적어도 상당수의 사람들을 상당 부분, 상당 기간 개량해 줄 수 있다면 교육을 통한 문화 능력의 배양은 가장 기초적인 작업이 될 수 있다. 이런 가설이 받아들여진다면, 사실 모든 교육기관이 문화기관이라는 가설도 동시에 받아들여질 수 있다. 학교를 통해 인간은 의식주를 위한 기본훈련과 기회를 교육받지만, 이와 더불어 인간다운 삶으로의 가치도 교육받고, 또 받아야 하기 때문이다. 이런 차원에서 볼 때, 오늘 우리의 교육기관은 문화기관으로서의 의무와 기능을 제대로 수행하지 못하고 있다. 따라서 학교의 문화기관적 기능을 복원시켜 주어야 한다. 가장 기본이 되는 문화교육, 자연교육을 인간 생활의 자연스러운 질서와 더불어 배워나가도록 해야 하며, 많은 학부모들이 관심을 갖는 성적도 이 결과와 자연스럽게 연결하도록 해야 할 것이다.

다시 문학교육의 예로 돌아가 보자. 문학교육은 국어──글읽기, 글짓기 따위를 통합해 하나로 이루어져야 하며, 모든 글은 의미 없는 글자교육, 발음교육으로 분리되어서는 안된다. 글을 읽고, 글을 쓴다는 행위가 이 세계의 의미를 터득하고 그 자신의 의미를 부여한다는 일임을 알도록 언어교육──문화교육이 하나로 이루어져야 할 것이다. 학년에 따라서 좋은 시를 외우도록 하고, 많은 독서와 글짓기가 권장되어야 한다. 독서와 글짓기는 학년의 상승에 따라 문학교실에서 자연교실, 사회교실로 확대됨으로써 글을 읽고 쓰는 일을 통해 한 사람 한 사람의 인격적 주체성이 그 독자적 개성을 획득해 나가도록 도와주어야 할 것이다. 동화의 세계를 즐기는 어린이는 그 방면으로 계속 성장할 수 있을 것이며 동물 놀이와 자동차 놀이에 빠져 있는 어린이는 그 생태의 관찰과 그 기계의 원리를 배우고 자신의 감상을 기록해 나감으로써 그 방면에서 창의력을 키워나갈 수 있을 것이다.

'사회문화적 삶의 양식' 이란 이런 어린이들의 관심을 그대로 키워 그 능력을 다양하게 펼치게 하는 사회의 문화적 내재성이다. 이런 어린이들이 곧 성인이 될 것이며, 그때 생활문화는 한결 고품격화될 것이다. 지금 우리에게는 이러한 내재성이 결핍되어 있기 때문에 생활문화의 고품격화라는 명제 역시 자칫 명제만으로 공전할 위험이 있다.

문화교육이 보다 근본적인 시각에서 장기적인 대책과 관련된다면, 문화행정은 당면한 문제를 그나마 문화적으로 처리해 주어야 할 긴요성·시급성을 지닌다. 방금 우려한 이 명제의 공전 위험을 줄여야 할 과제도 문화행정에 주어져 있다. 그런 의미에서 오늘 우리의 문화행정은 문화교육보다 훨씬 다급하고도 막중한 책임을 지니고 있다고 하겠는데, 여기서 환기되고 강조되어야 할 점은 '문화행정' 이 가져야 할 자세로서 행정성이 아닌 문화성이다. 보다 쉽게 말한다면 행정적으로는 다소 무리와 희생이 따르더라도 문화성이 있다고 판단되는 경우에는 과감한 조치를 해나가는 어떤 동기추진의 힘이 있어야 한다는 것이다. 행정은 이때 문화적 고품격을 갖지 못하고 있는, 마르쿠제의 표현에 의하면, 문화의 세련된 힘을 맛보지 못하고 문명의 세계를 흔들어대는 강한 힘으로만 존재해야 한다. 예컨대 정부조직 내에서 문화의 이 힘을 모르는 부분들을(가령 경제관료 등) 일깨워내고, 사회적으로도 이른바 경영 마인드 일변도에 의해 움직이는 기업 메커니즘을 흔들어 인간 존재의 근본 목적을 부단히 환기시켜 주는 힘을 구사해야 할 것이다.

　생활문화의 고품격화라는 주제에서 고품격화의 구체적 내용에 대한 언급이 빈약한 느낌이 없지 않다. 그러나 사실은 그렇지 않다. 노래방 대신 고전음악감상실을 개설하라고 요구할 것인가, 비디오방 대신 고급화랑의 문을 열도록 할 것인가. 그렇지 않다. 생활문화는 우리 생활의 자연스러운 모습 그대로 언제 어디서나 존재할 것이다. 희망이 있다면, 끊임없이 자기 성찰을 해나가면서 창의적인 문화활동을 하는 사람과 집단이 최소한 그 일로 인해 사회에서 부당한 이익을 받지 않도록, 사회는 적극적인 포섭의 문을 열어놓고 있으라는 것이다. 더 나아가 끊임없는 자기 성찰과 창의성, 즉 고품격화의 노력을 하는 자와 집단에게 교육적·사회적 인센티브가 주어지도록 문화행정은 날카로운 문화적 능력을 키워야 한다. 이런 의미에서 최근 정부의 문화훈장을 거부한 한 원로 소설가의 경우를 문화 행정당국은 깊이 반성해야 할 것이다. 문화행정이 문화의 고품격화를 위해 노력하는 진짜 모습을 찾아내지 못하고 비문화적 행태만을 일삼는 문화정치꾼들을 문화의 살아 있는 모습으로 잘못 받아들인다면, 앞서 지적한 우리의 저질스러운 생활문화는 고품격화로의 길은커녕, 저질문화의 순환만을 거듭할 것이다.

　이 글은 원래 이 정도에서 끝내고자 하였으나 너무 소프트웨어만 언급한 것 같아서 하드웨어 부분과의 관계에 대해서도 약간의 언급을 해두고자 한다. 왜냐하면 내실 있는 소프트웨어는 필경 올바른 하드웨어와의 관계를 요구하기 때문이다. 즉 한 사람의 훌륭한 작가와 훌륭한 독자가 배출되기 위해서는 올바른 창작환경과 독서풍토가 긴요한 것이다. 예컨대 그 사회가 작가를 존중하는 분위기와 전통을 갖고 있지 않다면, 상업성 있는 베스트 셀러 작가는 나올지언정 훌륭한 작가가 성장할 수 없는 것이다. 이를 위해서는 모든 사람이 공감할 수 있는 훌륭한 선배작가의 생가를 보존하고, 그 이름을 거리나 광장 따위에서 빌려오는 일도 생각해 볼 수 있다. 이때 가장 중요한 것은 물론 그 대상 작가의 문학적 업적이다. 거듭 강조하거니와 문화는 내면적인 가치이며, 그에 대한 엄격한 질적 판단이지 외화와 기능, 혹은 작가의 사회활동과 같은 것은 아니다. 이런 점을 기준으로 해서 문화행정은 문화 그 자체의 내면에 깊숙이 공존할 필요가 있다. 말을 바꾸면, 올바른 문화행정가는 모두 올바른 문화비평가일 수 있어야 하며, 문화적 책임감을 지녀야 한다. 이런 수준의 문화행정가를 많이 양성해야 하는 것도 당면과제이다.

문화행정가는 소프트웨어와 하드웨어를 연결해 주는 중요한 자리에 앉아 있다. 시·도마다 문예회관이 있고, 지방자치 시대를 맞이하여 앞으로 읍·면·동 단위도 문화시설이 확충될 공산이 크다. 그러나 이러한 하드웨어의 난립은 자칫 문화의 본질에 대한 진지한 성찰을 외화주의로 둔갑시켜, 문화를 위장한 반문화를 양산함으로써 오히려 생활문화를 후퇴시킬 우려가 있다. 문화의 본질은 창의성이며, 그 성과는 창작을 통해 나타나는데, 우리의 경우는 온갖 흉내와 아류가 판을 치는 가운데 문화소비만이 범람하는 경향이 있다. 이 모든 것이 반문화, 혹은 반문화인이 문화 혹은 문화인으로 행세하는 데에 원인이 있다.

문화가 고품격화를 지향하려면 그 성과물에 대한 사회적 판단이 엄격해야 하며, 그러기 위해서는 문화적 품격을 판단하는 일과 그 종사자들이 권위가 있어야 한다. 그 권위는 단체의 장이나 세속의 권세·금력 따위에 초연한, 글자 그대로 문화적 권위여야 한다. 이를 위해서는 문화행정이 비록 정부조직의 일환으로 움직인다 하더라도 그 내용에 있어서 독립적인 자율성이 확보되고 존중되어야 한다.

생각해 보자. 정부당국의 눈치나 보는 문화행정이 어떻게 창의성 있는, 질 높은 문화와 문화인을 알아보고 평가할 수 있겠는가. 창의성은 모든 기성질서와 규범에 대한 진지한 비판을 전제로 가능한 새로움의 세계이기 때문이다. 올바른 문화행정가의 양성 혹은 영입은 이런 의미에서 가장 긴요한 사업이라고 할 수 있다.　　　　(1996년)

대중문화는 가능한가

대중문화란 그것이 아무리 대중을 위하고, 대중을 대상으로 하고, 대중을 향해 있는 것이라 하더라도 대중에 의해 창작되지 않는다는 점에 이를 이해하는 문제의 어려움이 있다. 즉 아무리 대중문화라 하더라도 그 창작자는 결국 작가 개인일 수밖에 없는 것이다. 이렇게 볼 때, 대중문화는 대중의 속성인 비창조성·몰개성성·획일적 취미·획일성 등과 창작자의 세계인 창조성·개성·생산성이라는 전혀 다른 두 개의 조건을 만족시켜야 하는, 쇠사슬에 매인 라오콘의 입장이라 할 수 있다. 그 어느 한쪽, 즉 대중을 버리거나 아니면 문화를 포기해야 하는 기로를 운명적으로 껴안고 있는 것이 바로 대중문화다.

대중문화에 대한 관심의 고조는 물론 대중사회로의 변동에 따른 자연스러운 추세라고 할 수 있다. 유능한 작가들이 신문소설 등을 통해 인기가 높아지고, 그 작품은 다시 단행본이 되어 작가에게 적잖은 금전적 혜택을 주는 일이 최근 눈에 두드러지게 드러나고 있다. 그런가 하면 화랑마다 즐비하게 걸려진 그림이 곧잘 화폐가 되어 웬만큼 이름있는 화가는 이제 '가난한 환쟁이'라는 에피세트 대신 '부유한 화상'의 위치로 변모하는 양상을 보여주고 있다. 또한 으레 장사 안되는 일이라, 젊은 대학생들로부터 번번이 동정의 대상이 되었던 연극 무대 역시 터지는 관중들 때문에 즐거운 비명을 지르고 있다.

요컨대 예술이라고 하는 비상업적 순수성이 그 생명처럼 간주되어온 전통적 풍토에 커다란 변혁이 일어나고 있는데, 그 변혁이 아직은 정상적인 차원에 머물러 있다는 점에서 우리를 당황하게 만들고 있다. 과연 잘 팔리는 작품이 좋은 작품인가? 아니면 잘 팔리지 않는 작품이 좋은 작품인가? 작품은 계속 잘 팔리고 있음에도 불구하고 이같은 근본적 물음에 대한 진지한 답변이 주어지고 있지 않기 때문에 대중문화는 애매한 평가의 눈총 속에 계속 방황하고 있는 것이다.

'대중문화'라는 개념에서 '대중' 쪽에 역점을 둘 경우, 작가의 창조성은 위기에 직면하고, 필경은 작가 그 자신의 서명성(署名性)도 소멸되고 만다. 우리가 흔히 만나는 TV드라마에서 광고주와 방송국 측의 의견이 작가에게 강요된다면, 그 작가에게 있어서 창조성은 크게 감소된다. 이 현상이 극단화되면, TV드라마를 만들어내는 것은 TV를 통한 상업 메커니즘이지, 구체적인 어느 특정 작가라고 할 수 없게 된다. 그렇게 될 때, 우리는 TV드라마를 정통적인 문화의 카테고리로 허용할 수 없을 것이다.

그러나 '대중문화'에서 '문화'의 신성한 가치만을 고집하는 나머지, 어떠한 문화도 결국은 그 시대 현실을 질료로 삼는다는 다른 한쪽의 당위성마저 저버릴 수도 없는 것이다. 문화는 초시대적·초공간적 초월성을 획득함으로써 비로소 그 가치가 발생하는 것이지만, 그것은 그 특유의 방법에 의해 추구되는 목적일 뿐, 그가 대상으로 삼아야 하는 것은 언제나 그 시대의 현실이다. 이렇게 볼 때, 산업사회로 들어선 오늘의 현실에서 대중의 위치와 기능을 무시하거나 경멸하는 어떠한 문화도 완전한 의미의 제 기능을 갖는다고는 할 수 없을 것이다. 문화의 속성이 창조에 있으므로, 비창조적·소비적인 대중과는 시종 일관 무연성(無緣性)을 표방할 수 있으리라는 생각은 현실 반영으로서의 문화 기능을 망각하고 중세적 신성성에만 안주하려는 태도로 비판될 수 있다.

그렇다면 한국의 대중문화를 어떻게 보아야 할 것인가? 나로서는 이 문제 제기는 「한국에서의 문화의 대중화 현상을 어떻게 보아야 할 것인가?」하는 질문으로 바뀌어 읽혀져야 하리라고 생각한다. 왜냐하면 소설이나 그림이 잘 팔리고 있으나, 이 같은 상품화 현상이 곧 한국 사회 그 자체를 대중사회로 볼 수 있느냐 하는 판단의 근거가 되지는 않기 때문이다. 만약 한국 사회가 대중사회라는 판단이 사회적으로 가능하다면, 문화의 상품화 현상은 곧 대중화의 징조로 해석될 수 있을 것이고, 대중문화에 대한 평가 역시 훨씬 긍정적인 것이 될 수 있을 것이다. 말하자면 대중사회의 성립 여부는 대중문화 평가의 기본 전제가 되는 것이다. 이 점이 아마 한국문화에 있어서 대중문화의 성격 규명을 힘들게 하는 가장 중요한 요인일 것이다.

대중문화로서의 성립 여부 자체가 진지한 이론적 해명의 결여 때문에 지극히 유동적인 상황 아래에서 지금 한국문화는 자칫 상품적 토속성으로의 전락 위험성을 내보이는 심각한 수준에 이르렀다. 가령 미술의 경우, 어느 평론가는 다음과 같이 말하고 있다. 「그러나 대중의 호응이 높다고 해서 창작의 질이 이에 비례되고 있다고 본다면 이는 너무 안이한 판단이 아닐까. 성황을 이루고 있는 전시활동에도 불구하고…… 허전한 느낌밖에 남지 않는 것은 무엇 때문일까.」

몇십만 원, 몇백만 원씩 하는 그림이 잘 팔리고 있는데도 창조적 정신은 메마른 채 외화(外華)의 전시회 사태라는 진단이다. 이 같은 진단은 문학 분야에서도 가능하다. 젊고 유능한 작가들이 등장해서 한국문학의 새로운 지평을 연 것은 사실이지만, 그들에 대한 시장의 과도한 수요 때문인지 최근 이들의 작품은 초기의 독창적인 우수성이 많이 감소된 채, 그저 비싼 수요에만 부응하고 있는 느낌이 짙다. 물론 이러한 현실을 문학사회학적인 측면에서 볼 때, 대중화에 따른 시장 증가에 발맞출 만한 양의 작가가 배출되지 않는 데에서도 그 원인을 찾을 수 있을 것이다.

어떻든, 한국인은 오랫동안의 농촌사회적 유산의 체질 때문에 작가든 대중이든 산업화의 풍속 앞에서 이를 수용하고 극복할 만한 건강한 힘이 부족한 것 같다. 너무 오래 가난했던 탓일까. 대중문화가 건강한 중산층의 문화로 발전하기 위해서는, 상업 메커니즘에 그 제작권을 빼앗기지 않도록 상품화 일변도의 풍토를 경계해야 할 것이다.

(1983년)

독일문학의 외로움

독일은 유럽에서 외로운 나라이다. 동서 대립 자체의 와해로 사정이 조금 달라지기는 했으나 그 외로움의 역사적 형편이 크게 변화된 것은 없어보인다. 유럽을 여행하다 보면 「오스트리아만이 독일의 유일한 동생일 뿐」이라는 말을 흔히 듣게 되는데, 이 말 속에 바로 독일이 처한 외로움의 뿌리가 함축되어 있다. 물론 독일은 오늘날 경제면에서 세계 최강국일 뿐 아니라 자연과학을 비롯한 학문의 여러 분야와 예술, 정치면에 있어서까지 세계적 대국의 자리에 있는 것은 틀림없다. 그러나 정신적, 이즈음 흔한 말로 정서적인 면에서 유럽 여러 나라들과의 관계가 부드러운 것은 아니다. 말하자면 문화적 동질성이라는 측면에서 볼 때 독일은 다소간 고립되어 있는 것이다.

이러한 문화적 특수성은 독일민족이 유랑생활 끝에 정착한 게르만족이라는 점, 다른 해양국가들과 달리 절반 대륙국가라는 점, 경험론적 정신의 기반이 아닌 관념론적 전통을 바탕으로 하고 있다는 점, 무엇보다 게르만 신비주의라는 독특한 마성적 심성을 그 정신의 근원으로 삼고 있다는 점에서 발견된다. 독일은 영국·프랑스·이탈리아 등 다른 유럽 국가가 모든 면에서 번영을 구가하고 있던 18세기까지도 후진국에 머물러 있었다. 봉건군주체제에 대해 이렇다 할 비판도 조성되지 못했으며 경제적으로도 영세한 수준을 벗어나지 못했다. 문화적으로도 프랑스 등의 그것을 모방하는 데 급급한 단계였고, 종교개혁이 독일땅에서 일어났음에도 불구하고 기독교의 토착화도 유럽에서 가장 늦게 이루어진 편에 속했다. 이 모든 상황은 합리적 현실주의보다 낭만적 이상주의 지향의 민족성 때문이었다. 오늘과 같은 독일의 모습은, 그들 자신의 낭만적·관념적 성격에 대한 자각을 중심으로 독일 역사의 지체성·파행성을 극복하고자 하는 끈질긴 노력 끝에 얻어진 성과이다.

독일의 역사와 운명, 그리고 실존을 가장 정직하게 반영하는 독일문학은 이와 같은 모습을 다양한 형태로 보여준다. 저「니벨룽겐의 노래」에 나타난 비극으로부터 〈파우스트〉를 거쳐 〈데미안〉에 이르기까지, 그 속을 관류하는 공통된 흐름이 있다면 아마도 독일인 특유의 외로움과 그 극복의 문제일 것이다. 독일문학의 영원한 테마라고 할 수 있는 개체와 전체, 예술성과 시민성, 병과 건강 등 이른바 양극성의 문제는 따지고 보면 이러한 외로움과 무관하지 않다는 것이 나의 생각이다. 사물과 세계를 인식하는 주체가 양극성을 느낀다는 것은, 사신의 외로움 즉 자의식의 소산이기 때문이다.

민족문학적인 성격이 강한 독일문학이 세계문학의 반열에 올라서게 된 것은 〈파우스트〉의 작가 괴테의 절대적인 힘에 의해서라고 할 수 있다. 가장 비천하고 보잘것없는, 그렇다, 죄인이라 하더라도 끊임없는 방랑과 깨달음을 통해 상승하고 구원될 수 있다는 믿음을 그려낸 그의 문학세계는 민족성을 세계성으로, 특수성을 보편성의 차원으로 끌어올린 것으로 높이 평가된다. 외로움은 더이상 버려진 자의 슬픈 고독이 아니라 발전의 뜨거운 에네르기일 수 있다는 것을 보여준 것이다. 독일 역사가 비록 낙후와 비극의 과거를 지니고 있다 하더라도 얼마든지 새로워질 수 있다는 인식은 괴테를 포함한 문학을 통해 가능하게 되었다. 예컨대 성장소설 혹은 교양소설과 같은 독일문학의 개념이 그 좋은 보기일 수 있다.

30년 넘게 독일문학 주변을 서성거려온 나는 덩달아 외로움을 느낀다. 독일문학을 포함한 모든 외국문학도 그것들이 한국에서 한국어로 연구되고 씌어지는 한, 그것들은 한국문학의 일부일 수밖에 없다. 보다 풍성한 한국문학의 앞날에 대한 기여에 외국문학의 참된 목적과 가치가 있다면, 이제 나의 외로움은 독일문학의 역동적인 주제가 그러하듯이 보다 보편적인 활동으로 연결돼야 할 것이다. 우리의 독일문학계는 이 점에 있어서 다소 무심해 보인다. 학계의 새로운, 그리고 넓은 관심이 기대된다.   (1995년)

저항시에서 서정시로

　　한국 현대시는 1980년대에 이르러 여러 가지 면에서 급격한 변화를 체험하게 되었다. 그 가장 두드러진 특징은 엄청난 시인들의 수적인 증가이며, 따라서 시집들의 폭발적인 증가와 시 독자층의 광범위한 확대도 자연스럽게 뒤따르게 되었다.

　　서정윤의 〈홀로서기〉, 도종환의 〈접시꽃 당신〉과 같은 젊은 시인들의 시집이 수십만 부에 달하는 발행부수로 오랫동안 베스트 셀러에 올라 있었나 사실은 대표적 예가 될 것이다. 뿐만 아니라 이들과 달리 문학적 수준에 있어서도 단단한 평가를 받으면서 등장한 일련의 새로운 시인들, 가령 이성복이나 황지우, 기형도와 같은 이들의 시집도 꾸준한 반응을 얻으면서, 시집은 팔리지 않는 것이 당연하다는 굳은 고정관념을 수정해 주었다.

　　1980년대에 들어서 일어난 이러한 현상에는 이른바 기성 시인들의 활발한 활동도 포함된다. 1950년대 후반 이후 지속적인 시 작업을 벌여온 신경림, 고은, 황동규, 그리고 1960년대의 시인 정현종, 오규원

등의 시집들도 이즈음에 이르러 적지 않게 팔려나갔다.

많은 시인들과 시집들을 양산시킨 1980년대는, 그러나 우리 현대사에서 비극적인 연대였다. 1980년 광주항쟁과 그 유혈 탄압에 이은 철권정치로 이름지어질 이 연대에, 이처럼 시의 시대가 홀연히 도래한 까닭은 무엇일까.

이에 대해서는 많은 분석과 비판이 이미 나와 있다. 나로서도 한두 번 그 원인을 밝혀본 바 있는데, 요컨대 시대 착오적인 독재정권이 역설적으로 시의 시대를 가져왔다고 할 수 있다. 교육과 경제 등 비정치 분야에서의 발전과 어긋난 정치적 퇴행이 종합적인 사회발전의 파행성을 초래했던 것이다.

시민사회의 순조로운 발전은——어느 사회라고 순조로운 발전이 있겠는가. 그러나 적어도 여러 분야의 어긋난 파행성은 피해졌을 경우를 생각해 본다——일반적으로 산문정신의 발달과 연관되는 것으로 보통의 문학이론은 풀이하고 있다. 사회현상에 대응하는 문학의 질서가 그렇다는 것이다.

산문정신에 비해 시정신은 그 자체가 파행적이다. 문장이 산문적으로 진행되지 않고, 생략과 비약에 오히려 의지한다. 많은 경우 단어들의 일상적인 지시성보다 그것들이 모여서 만드는 상징적인 구조나 함축을 더욱 좋아하는 것이 시의 특징이다. 따라서 시는 시를 읽을 줄 아는 이에게 읽혀진다. 만약 시를 산문식으로만 읽어버린다면 시에 감추어진 비밀스러운 의미는 놓쳐버릴 것이다. 이러한 시의 신비를 거꾸로 말한다면, 시는 산문적인 세계의 통화(通話)와 그 방식을 건드리지 않고 이 세계를 드러내는 은밀한 수단이라고 할 수 있다. 1980년대의 강권정치 아래에서 시와 시인들이 쏟아져 나왔다는 사실은, 이런 의미에서 차라리 자연스러운 결과였다고 할 수 있다.

그러나 이러한 현실의 소산인 시가 전통적인 서정시와 사이좋은 화평 관계에 있을 수는 없었을 것이다. 나치에 의한 학살과 폭정을 경험한 독일 비평가 아도르노가 「아우슈비츠 이후에도 서정시를 쓸 수 있는가」라고 질문하며 고뇌에 찬 표정을 지었듯이, 광주항쟁이라는 참극을 겪은 땅에서 서정시를 기대한다는 것은 어울리지 않는 일이었다.

그러나 이런 상황의 조건은, 사실 1970년대 초 박정희 정권에 의해 소위 유신이 단행된 이후 벌써 조성된 일이었다. 정치적 폭력에 대한 저항과 그로부터 유발되는 좌절감, 허무감, 냉소주의는 독재정권에 대한 증오감과 맞물리면서 1970년대 문학을 한없이 상처내었다. 1970년대 후반에 등장한 시인 이성복의 울음과 또다른 시인 황지우의 냉소적인 풍자는 모두 이러한 현실의 산물이었다.

예컨대 이성복은 〈뒹구는 돌은 언제 잠깨는가〉에서 아버지를 끊임없이 부르면서 자신이 치욕을 당하고 있는 상황을 호소하고 있으며, 황지우는 〈새들도 세상을 뜨는구나〉와 같은 시집에서 정치적 폭력에 대한 통렬한 풍자와 억압받는 자의 슬픔을 그려내고 있다. 이들을 비롯한 일련의 동세대 시인들, 가령 최승자·최승호·기형도 들에게서 공통으로 발견되는 것이 있다면, 그것은 좌절과 절망의 그림자다.

이들의 언어는 찢기워져 있으며, 그 절규와 호소의 목소리는 때론 처질하기까지 하다. 질망직인 현실 앞에서 그내로 절망만 하고 있을 수는 없는 자들의 슬픈 세계의 표현이다. 완전히 절망에 이르지 않기 위해서 절망의 몸짓을 가져야 하는 인간들! 1970~1980년대 우리 시인들이 바로 그들이었다.

그 시인들이 1990년대에 들어서면서 차츰 돌아오고 있다. 좌절과 절망, 심지어는 위악적인 몸짓으로라도 그것들을 가져야 했던 분열의 모습에서 온전한 통합의 얼굴을 찾아가고 있다.

앞에 거론한 신인들보다 시간적으로는 다소 선배에 속하거나 비슷한 연배의 시인들이 최근 3~4년 사이에 홀연히 이 새로운 움직임을 이끌어나가고 있는 느낌을 주고 있다. 최동호·조정권·이성선 등과 신인 박라연의 활동은 이런 의미에서 주목된다. 여기에 이성복·최승자 등의 변모도 함께 지적될 수 있을 것이다. 이들은 절망과 거치른 몸짓, 자학적인 말투 대신 조심스럽게 희망의 세계를 두드린다. 조정권에 의하면 그것은 잃어버렸던 신성(神性)의 재발견에 의하여 가능한 것으로 이해된다. 1970~1980년대의 어두웠던 현실과 이로부터 유발되고 있는 비극적인 현실 인식은 궁극적으로 인간의 지나친 현세주의적 세계관의 결과로 파악되는 것이다.

현세주의적 세계관은 초월성이 결여됨으로써 세상과 인간을 모두 유한한 물질적 존재만으로 바라보게 된다. 그럼으로써 물질적 소유와 육체적 욕망으로만 세계를 관찰하게 되고, 따라서 자연히 이데올로기적인 사고방식에서 벗어나기 힘들게 된다. 이른바 신의 상실이 논의되기 시작한 이후의 현대문학은 넓은 의미에서 이러한 사고의 범주에 속한다. 소망과 전망은 헛된 것으로 치부된다. 사회주의 내지 사회과학적 상상력에 의존하고 있는 문학에서는 인간적 노력과 구조 개선에 의한 전망이 강조되지만, 그 한계 역시 최근 명백하게 드러나버린 바 있다.

이러한 시점에서 신성과 초월성의 강조는 매우 뜻깊은 현상이라고 할 만하다. 최동호나 이성선과 같은 경우에는 훨씬 더 넓은 의미의 정신성이 강조되는데, 이들에 의하면 자연의 건강한 생명력을 잃어버린 문명이 올바른 인간성의 바탕 위에서 힘을 갖기 위해서는 이러한 정신성이 복원되어야 한다는 것이다. 그런가 하면 사랑의 결핍에 몸을 떨면서 절망의 신음소리를 내던 이성복·최승자·황지우를 비롯한 비슷한 연배의 시인들이 서서히 오열을 멈추고 사랑의 아름다움을 노래하기 시작한다. 서정시의 새로운 움이 트기 시작하는 것일까.

이러한 변화를 단적으로 상징하고 있는 현상이 우리 시대 가장 주목받는 시인 김지하의 변모라고 나는 생각한다. 1970년대 초 장시 〈오적(五賊)〉을 발표, 문단의 비상한 주목을 받으면서 정치적 고난의 길을 걷기 시작했던 김지하. 그가 최근 보여주고 있는 새로운 세계는 바로 우리 시의 변화를 압축한다. 김지하는 격렬한 저항의 시를 지양하고 인간을 포함한 모든 자연계의 생명을 찬양하고 존중하는 시를 쓰게 된다. 올해에 결정본 전집을 내어놓은 그는 여기서 시 이외에 에세이를 통해서도 이 같은 견해를 강력히 피력하고 있는데, 이러한 주장은 1980년대 말 이래 나의 시론과도 일치하는 것이다.

인간을 사회적 존재로만 바라보는 단선적·피상적 사고에서 벗어나 우리 시도 이제 보다 깊은 정신적 전망을 얻게 된 것은 크게 경하할 일이 아닐 수 없다. 그것이 보여줄 세계는 이미 다음과 같은 작품 속에 귀중하게 잠재되어 있다.

자옥한 눈발 속 동백 가지들이
연한 핏물을 물었다.

엊저녁만 해도 몽오리 닫고
움츠리고 있었는데
눈발때려
핏물 내뱉는다.

예년 같으면
굳어가는 結節 마디에
얼음덩어리처럼 몽치고 있었는데……

내 몸의 안 구멍에도
남해 해금강 환한 빛
번쩍! 비춰.
——조정권「겨울 동백」

(1992년)

세기말 시의 표정

세기말 시의 표정은 대체로 풀어져 있다. 지난 1980년대의 뜨거웠던 시의 열풍은 차츰 식어가고, 그 자리는 산문적 풀이 언어로 대체되고 있는 감이 짙어간다. 수공업 대신 대량생산·대량소비의 산업사회로 발전해 온 현실은, 이제 전통적인 제조업 대신 정보산업이라는 알 듯 모를 듯한 산업체제로 이행해 가고 있다. 가시적·실증적·질료적 현실은 서서히 탕진되어 가면서, 가상현실이라는 컴퓨터 화면이 그 자리를 차고 앉으려 하는 모습이 보인다. 언어를 통한 작품의 창작이라는 문학의, 전가보도적(傳家寶刀的) 수단과 자존심은 전면적인 도전을 만나고 있는 듯하다. 창작이라고? 현실 아닌 언어현실의 창작이라면, 차라리 시뮬레이션이 보다 리얼하고 효과적이라는 것이 멀티미디어의 공격이기 때문이다. 그럼으로써 문학의 위엄과 방법은 동요하지 않을 수 없게 되었는데, 그중에서도 가장 오래된 양식인 시의 낯빛은 초췌해 보이기까지 하다.

1990년대에 들어서 홀연히 눈에 띄기 시작한 이러한 경향은 금년에 와서 보다 확연해지고 있다. 이른바 포스트모더니즘 소동은 마치 그 전야의 소용돌이였을까. 많은 시들은 앞다투어 산문의 길로 떠나고 있다. 이러한 경향은 오래 시를 써온 기성 시인들에게 있어서나, 새로 시를 쓰기 시작한 신인들에게 있어서나 두루두루 나타나는 현상이다.

다른 또하나의 경향도 심화되어 가고 있는데, 그것은 호색시(好色詩)라고 불러도 무방할 정도의 무분별한 섹스 묘사의 범람이다. 최영미 시집이 썩 잘 팔리고 난 다음부터, 거의 공공연하게 옷을 벗어버리고 있는 시들은 그들의 옷 벗기가 곧 시의 마지막 비의성(秘義性)마저 벗어던지고 있는 것인 줄 아는지 모르는지 모를 정도이다. 하기야 이런 현상은 시를 포함한 문학 전반에 걸쳐 있는 것으로서 단순히 상업성 문제로만 볼 수 없는 어떤 본질적인 것과 연관된다. 인간을 동물 수준으로 격하시킴으로써 정신의 물질화를 재촉한 19세기 말의 저 자연주의를 나로서는 이와 관련하여 연상하지 않을 수 없다. 건강한 에로티시즘 대신 성의 광고화, 성의 정치화, 성의 사물화와 같은 성과 관련된 갖가지 위악문화(僞惡文化)는 일종의 뉴네추럴리즘이라는 말로 규정되어 마땅할 어떤 현상으로 생각된다. 그것은 실존의 무거울 수밖에 없는 운명을 가볍게, 정말이지 너무 가볍게 벗어나려는 비문화적인 몸짓이다. 성이 이처럼 아무 매개 없이 까발려진다면, 그 사이에 끼여서 고통하고 고뇌해야 할 문화의 자리는 없다. 성과 관련된 어떤 진지한 시도, 소설도 생산될 수 없는 것이다. 거기에는 그저 성기로서의 성, 성교로서의 성이 있을 뿐이다. 그것은 성과 관련된 문화를 죽이면서 성과 관련된 위악적인 제스처만을 증가시킨다. 말하자면 새로운 형태의 성폭력이다.

이른바 중진이라고 할 시인들이——강우식 · 조태일 · 오규원 · 이동순 · 한승원——오랜만에 시집들을 내놓고 있으며, 비교적 젊은 쪽이라고 할 수 있는 시인들의 시집도 또한 풍성하다. 심호택 · 하재봉 ·

김강태 · 박태일 등은 중견에 가깝고 신인들로서는(혹은 더 젊은 시인들로서는) 강문숙 · 장석남 · 엄원태 · 이윤학 · 박청호 · 박해석의 시집들이 눈에 들어온다. 그러나 이들 중 앞서 언급한 현상들과 관련해서 주목되는 시집은 오규원의 〈길, 골목, 호텔, 그리고 강물소리〉이다. 이 시집이 주목되는 까닭은 바로 이 두 가지 현상, 즉 산문화와 뉴네추럴리즘을 이 시집이 절도 있게 지양하고 있다는 점에서 역설적으로 발견된다. 그것은 동시에 이 시인이 전개해 온 지금까지의 작업에서 표표히 떠나가고 있다는 점과도 무관하지 않다. 광고, 혹은 정보산업의 도시현장과 그것들이 가져다주는 해체적 산문성의 중심부에 놓여 있었던 시가 홀연히 달라지고 있다. 세기말 시의 한 출구로서 나는 그 풍경을 받아들이고 싶다. 탁탁 튀던 언어들, 이미지를 부수던 언어들이 파괴적 아이러니를 거두고 조용한 묘사의 공간을 만들고 있는 것이다. 그 공간은 이렇다.

> 서나무는 뜰 밖에서 가지의 끝이
> 하늘로 들렸다 자두나무는
> 뜰 구석에서 목부용은 창 앞에서
> 가지의 끝이 아카시아는
> 길가에서 삼나무는 뒤뜰에서
> 하늘로 들렸다 몸이
> 거기까지 올라가 본 잎의
> 무덤들이 들린
> 가지에 몇 개 상겨 있다
> ——「입구」

단순한 풍경묘사이다. 별다른 메시지를 전달하지 않고 있지만 이런 시에 숨어 있는 메시지는 의외로 놀랍다. 김춘수와 김종삼이 즐겨 행해온 기쁨을 연상시키는 인식의 시라고 할까. 묘사의 시인데, 오규원의 이번 시집은 그들과도 또 다르다. 〈길, 골목, 호텔, 그리고 강물소리〉는 이 시인의 지금까지의 세계, 즉 〈가끔은 주목받는 생이고 싶다〉〈사랑의 감옥〉 등을 지배하고 있는 퇴폐적 상업문화, 도시문명의 경박성 등에 대한 반어적 극복이라는 명제와의 은밀한 이별을 암시하고 있기 때문이다. 섹스, 혹은 속도라는 상징공간에서 무심코 하늘을 바라본 자의 느린 개안(開眼)과도 같은 것이 오규원의 새 묘사시가 함축하고 있는 메시지이다. 나로서는 그의 이러한 변화가 당황스럽기도 하지만 역동적인 의미에서의 초월과 닿는 것이라면 세기말 시의 개안으로서는 상쾌한 맛이 있다. 무엇보다 그것은 난폭한 섹스와, 산문타령으로 변형된 속도감의 왜곡을 청산하는 새로운 모멘트일 수 있을 것이다. 이런 각도에서 볼 때, 시의 공간으로 잘리고 찍히는 풍경들이 '하늘'을 배경, 혹은 척도로 하고 있다는 사실은 흥미롭다(이 시집에 수록된 대부분의 시에 '하늘'이 나오며, 그것은 일관된 모티브 기능을 하고 있다). 과연 오규원은 소돔 같은 도시를 껴안고 새 하늘을 향해 착실히 비상할 수 있을 것인가. 다른 많은 시집들에 대한 비평을 할애하고 쓰여진 이 글은 결국 이 질문의 제기로 끝날 수밖에 없다.

(1995년)

사 악 한

제4장 종교는 우상이 아니다

지 식 인

종교는 우상이 아니다

종교가 사회의 빛과 소금이 되지 못하고, 오히려 물의의 대상이 되는 경우가 종종 일어나고 있다. 그때마다 문제가 되는 것은, 생존한 인간이 신격화됨으로써 그를 중심으로 하여 온갖 비리가 발생하고 있다는 점이다. 많은 사람들이 시간과 정력과 재물을 갖다 바치고, 그리하여 마침내 자신도 가정도 파탄되고 급기야 사회마저 흔들어놓는다. 이와 비슷한 예들을 사실 우리는 심심찮게 보아왔으나, 여전히 비슷한 일이 반복되고 있다. 그렇다면 문제는 어느 한두 사람에게 국한된 것이라기보다, 우리 국민 전체의 종교적 심성 내지 자세에 근본적으로 허점이 있다고 하지 않을 수 없다.

모든 인간은, 그가 비록 무신론자라 하더라도 기본적으로 종교적 존재이다. 종교적 존재란 합리적·이성적 존재로서만 설명되지 않는 그 이상의 신비적 존재라는 뜻으로 우선 받아들여질 수 있는데, 그것은 인간이 바로 그 '존재'를 완벽하게 설명할 수 없다는 점에서 연유한다. 무엇보다 출생과 죽음의 신비가 그것이다. 대체 인간은 어디서

와서 어디로 가는가? 역사 이래 이 문제에 명쾌한 해답이 주어진 일은 없다. 철학과 예술, 과학이 아무리 발전해도 그 대답은 여전히 불완전하며, 심지어 신학에 의해서도 그것은 완전히 만족되지 않는다. 인간은 죽음 앞에서 꼼짝할 수 없을 뿐 아니라 자신의 마음도 자신의 몸도 자유롭게 움직이는 데 한계를 갖는다. 제 마음도 제 마음대로 못한다는 말이 있지 않은가. 여기서 인간은 초월자나 절대자에 대한 추구와 의지의 마음이 생기게 마련이다. 이런 현상이 인간의 종교성이다. 그가 무엇에 매달리는가 하는 것이 그의 종교이다. 돈에만 매달리는 자는 돈이 그의 종교이며, 권력에만 매달리는 자는 권력이 그의 종교이다. 그렇기 때문에 사람마다 종교가 다르고 민족에 따라 종교가 다르다. 따라서 모든 종교가 모두 바람직하다고는 할 수 없다. 예컨대 돈이나 권력이 종교처럼 작용할 때 그것은 일종의 우상이다. 종교들 가운데에는 비록 돈이나 권력이 아니라 하더라도 우상숭배를 그 내용으로 하는 종교들이 많은데, 특정한 생존 인물을 신성시하는 태도도 그러한 경우의 하나이다.

한국인은 특히 종교적이라는 지적이 많다. 4천만 인구 가운데 1천만 명이 개신교 신자이며, 그 절반쯤 되는 숫자가 가톨릭이라고 한다. 또 이와 비슷한 숫자가 불교신자로 되어 있다. 줄잡아 삼분의 이 이상의 국민이 특정한 종교의 신자들인 셈이다. 그러나 나의 느낌으로는 개신교인과 가톨릭교인, 심지어는 불교인과 기독교인 사이에도 그 인생관에는 큰 차이가 없어보인다. 왜 그럴까? 종교학자들에 의하면, 표면상의 특정 종교보다 한국인의 의식을 지배하고 있는 보다 큰 종교적 힘이 샤머니즘이기 때문이라는 것이다. 이러한 분석은 꽤 설득력이 있어보인다. 무엇보다 문학작품을 읽어보면 그 현상의 보편화가 곳곳에서 발견된다. 가령 김동리의 「무녀도」나 〈을화〉 같은 소설을 보면, 주인공이 자신의 질병이나 운명을 위해 여러 종교를 두루 편력하는 장면이 나온다. 실제로 우리 주변에는 그런 인물들이 꽤 많다.

　종교는 한 사회의 정신적 뿌리이다. 따라서 이제는 국민 교육적 차원에서 우리 모두가 이 문제에 대해 올바른 인식을 가질 필요가 있다. 무엇보다 종교가 우상숭배로 나아가서는 안된다. 그럴 때 그 종교는 인간을 파괴하고 사회를 파괴한다. 가장 바람직한 것은 공의(公義)를 위해서 이미 제물이 된 존재를 바라보는 일인데, 그것은 인간들로 하여금 겸손과 자기 희생, 사랑과 같은 덕목을 끊임없이 환기시켜 준다. 실존하고 있는 인간들은 그것들이 아무리 좋은 덕목들이라 하더라도, 실존의 한계 때문에 제대로 실천하기는 힘들다. 그러나 부단한 자기 변신을 꾀할 수는 있다.

　종교의 바람직한 문화성은 이렇듯 우상을 거부하고, 자기를 거듭거듭 쇄신하는 데에 있다. 저 높은 곳을 향하여 죄와 속죄의 거듭된 길을 고통스럽게 걸어나간 파우스트처럼.　　　　　　　　(1989년)

종교도 구원, 문학도 구원

대학에서 영문학을 강의하는 노교수로부터 얼마 전에 한번 만나고
싶다는 연락이 왔다. 일면식도 없는 분이었는데, 만나서 꽤 오랫동안
진지한 이야기를 나누었다. 담론의 초점은 문학과 종교와의 관계였는
데, 그는 내가 문학을 하는 사람으로서 기독교도라는 사실에 오래 전
부터 큰 관심을 가져왔다고 했다. 한국문학의 현장에 있지는 않지만
영문학자로서 그 역시 문학과 종교 사이에서 갈등을 느껴왔으며 그것
을 어떻게 조화시킬 수 있을까 하는 문제가 고민거리였다는 것이다.
그는 모태신앙이었으며 장로 직분을 갖고 있었는데 그런 배경은 오히
려 습관적인 신앙생활을 하게 할 뿐이라는 것이 그 스스로의 고백이
었다. 그런 그가 보기에 나의 경우가 아마도 매우 흥미로웠던 모양이
다.

문학과 종교, 아닌게아니라 이 문제는 내게 매우 어려운 하나의 명
제이자, 더 나아가 우리 모두의 진지한 명제로 보편화될 수 있는 과제
이기도 하다. 이 두 가지는 때로 비슷한 모습을 취하면서도, 때로 서

로 맞서는 모습을 하고 있기 때문이다. 어떤 경우 둘은 매우 행복한 화해를 하고 있는 듯하지만 그럴 때 그 힘은 오히려 미약해 보인다. 예컨대 '기독교 문학'을 공공연히 표방하고 나오는 경우인데, 이때 그것은 문학의 옷을 입고 있지만 선교의 직접성이 강하게 풍겨나오면서 문학적 설득력을 약화시킨다. 직접적인 방법의 호교문학(護敎文學)이 문학의 중심부에서 온당한 대접을 받지 못하고 문학적 감동으로 연결되지 못하는 까닭도 이 때문인데, 그것은 모든 목적문학이 지니는 한계로서 어쩔 수 없는 일이기도 하다.

그렇다면 결국 종교적 측면에서도 상당한 깊이를 지니면서 문학적인 형상화의 수준을 높게 유지하는 문학은 불가능한 것일까 하는 문제가 제기된다. 이 문제는 사실 문학 쪽에서 보면 종교와의 관계라는 측면이 아니라 하더라도 어차피 문학의 깊은 주제가 되지 않을 수 없다. 다른 한편 기독교의 입장에서 보면, 하나님이 말씀이며 성경 역시 말씀이라는 점에서 문학이라는 담화형식에 각별한 주목이 필요할 것이다. 따지고 보면 문학과 종교는 같은 근원을 가지고 있으며 인간을 감동시켜 구원으로의 길을 보여주는 초월적 작업을 한다는 점에서 ——물론 그 구조는 다르다——서로 참조되어야 할 역사를 갖고 있다. 그러나 문학과 종교의 관계가 오늘날처럼 대립적으로 비쳐지게 된 것은, 이른바 현대문학의 저 독신론적(瀆神論的) 성격 탓이라는 점을 이해하는 것이 중요하다.

현대문학은 보통 19세기 중반, 그러니까 프랑스의 시인 보들레르, 독일의 시인 니체로부터 그 성격이 급격하게 강화된 것으로 여겨진다. 보들레르는 「언어는 신이 창조하지 않고 시인이 창조한다」고 했으며 「예술은 자연을 훨씬 능가한다」고 니체는 말했다. 이 두 시인의 이러한 진술은 문학과 종교와의 관계에서, 문학의 일방적 승리를 선언하는 매우 중대한 발언이다. 언어를 신이 아닌 시인이 창조한다는 주장은 명백히 반기독교적이다. 하나님이 말씀으로 세계를 창조하셨다는 사실을 은밀히 배반하면서 마치 시인이 창조주라도 되듯 그 자리에 들어선다. 니체는 예술과 자연이라는 이분법을 통해 인간과 신의 대립구조로 파악한다. 예술은 인간이 창조하는 것이며 자연은 신이 창조한 것이라는 방식이다. 그리고 여기서 예술, 즉 인간은 자연, 즉 신보다 우위에 서는 것으로 주장된다.

요컨대 현대문학은 보들레르·니체 이후 형성되기 시작한 것으로써, 신의 자리를 인간이 찬탈한 것이 그 주요 내용이라고 할 수 있다. 그것은 르네상스와 계몽주의를 거치면서 대두되기 시작한 인간중심주의의 한 극단상황이라고 할 수 있으며, 휴머니즘의 입장에서는 큰 승리라고 할 수 있다.

신으로부터 가장 먼 거리에 선 생각을 '승리'라고 여기고 이것을 현대문학이라는 이름으로 부르게 된 데에 현대인의 아이러니컬한 비극이 있으며, 문학과 종교가 등을 돌린 채 서로 다른 구원을 바라게 된 근본적인 원인이 숨어 있다. 그것은 성경적으로 본다면 인간의 하나님에 대한 패역행위가 갈수록 심화되어 간 것이며, 문명적인 차원에서 본다면 중세 기독교의 부패와 신성 불가침의 민중억압으로부터 인간성이 회복되어 간 것이라고 할 수 있다. 이렇듯 그 이해가 상반될 수밖에 없는데 우리는 이 상반된 관계를 전체적으로 이해할 필요가 있다. 그것은 신이 이기느냐 인간이 이기느냐는 문제가 아니라, 신이 궁극적으로 인간을 사랑하기에 인간은 신을 공경해야 한다는, 말하자면 양자 화해의 관계로 이 문제가 접근되어야 하기 때문이다.

아무튼 현대문학으로 접어들면서 종교가 더이상 구원의 능력을 발휘하지 못하게 되었다고 알려지자, 종교의 자리에 문학이 들어서는 것이 상당한 정당성을 얻게 되었고, 그러한 주장은 또한 설득력을 지니면서 전파되었다. 오늘날 문학 지망생들, 또는 문학인들 사이에서

'문학은 나의 종교'이니 '나의 구원'이니 하는 이야기를 심심찮게 듣게 되는데, 이것은 모두 현대문학의 종교 대체적 기능에 그들이 알게 모르게 흡수되어 있다는 사실을 말해주는 것이다. 특히 한국문학의 경우 그 현상은 매우 심한 것으로 보인다. 그리하여 문학인에게 종교는 바로 문학 자체이지, 다른 종교를 갖는다는 것은 문학의식에 어떤 문제가 있거나, 아예 문학의식이 결핍된 것으로 치부되기 일쑤다. 그 결과 종교는 가장 친근해야 할 문학으로부터 배척되고, 문학도 종교도 정신적 영양실조 상태를 자초하고 있는 것이다.

문학이 종교의 영역에 들어서기를 고집하는 모습에서 엿볼 수 있듯이, 문학도 종교도 그 지향하는 바는 마찬가지다. 그것은 바로 인간의 구원이다. 그렇다면 그 구원 사역을 어떤 것이 올바르게 행할 것인가? 창조주인 하나님을 믿는 행위로 나타나는 종교와 피조물인 인간의 창작작업으로 나타나는 문학, 이 두 가지 중 과연 어느것이 구원 사역을 담당할 것인가?

이 질문에 대한 대답은 너무나도 자명한 것이다. 그것은 물론 종교다. 그러나 종교 쪽에서도——종교도 이 세상에서는 결국 인간적 행위의 모습을 띨 수밖에 없으므로——자신의 승리만을 기뻐하고 그 결론에 쉽게 만족해서는 곤란하다. 왜냐하면 문학이 왜 현대에 이르러 이 지경에 이르렀는지, 그 역사적 추이를 곰곰 반성해야 하기 때문이다. 그것은 많은 세속 교회와 종교인들이 종교와 신의 이름으로 숱한 억압을 행해왔기 때문에, 그로부터 반발된 인간 저항의 축적이라는 의미를 동시에 갖고 있다. 하나님을 믿으면 자유를 얻는다는 진리는 서양의 중세 기독교사에서 얼마나 역으로 작용해 왔는지, 오늘날에도 자칫 그 위험은 어떤 가능성으로 남아 있는지 항상 경계되어야 할 것이다.

문학작품은 좋은 문학작품이라야 하고 종교 역시 좋은 종교라야 한다. 그것이 인간을 감동시킬 때, 그리하여 인간을 새롭게 할 때 그 이름을 얻는다. 기독교에서 성령이 항상 그 일을 하듯, 문학에선 작가가 그 일을 한다. 그런 의미에서 작가는 성령적 역할을 한다고 할 수 있다. 그러나 작가는 인간이며, 본질적으로 피조물이다. 그렇기 때문에 작가의 창조작업은 창조된 세계에 대한 인간의 해석작업이라는 한계를 지닌다. 문학은 이 점을 기억해야 한다. 서양문학은 비록 신과의 결별을 선언한 현대문학이라고 하더라도, 생명과 역사의 바탕인 이 문제에 대해 끊임없이 되질문한다. 카프카가 그렇고 엘리어트가 그렇다. 그러나 우리 작가들은 이 문제에 아예 관심도 없고 그에 대한 지식도 없어보이는 경우가 많다. 따라서 문학은 정신과 생명의 뿌리를 만지지 못하고 겉풀포기만 건드리다가 만다. 문학과 종교는 보다 깊은 곳에서 함께 산다. 그 둘은 심각하게 교통함으로써 이 땅 위에 많은 심령들에게 보다 진리에 가까운 감동으로 살아 있어야 할 것이다.

(1989년)

종교도 문화여야

 '경건과 거룩' 즉 하나님에 대한 철저한 믿음이 보다 중요한가, '의(義)' 즉 그 뜻의 폭 넓은 행함이 중요한가 하는 문제는 아마도 기독교와 기독교인의 영원한 과제인 모양이다. 이 문제 때문에 교파가 갈려 나가기도 하고, 같은 교파 안에서도 또다른 견해가 피력되기도 한다. 심지어는 한 사람의 목회자 입에서 경우에 따라 다른 발언이 행해지는 일이 발견되기도 한다. 믿음이 약한 나 같은 사람의 경우엔 하루에도 두세 번씩 그 생각이 왔다갔다한다. 과연 어느쪽이 하나님의 참다운 뜻일까?

 어느쪽이 참다운 하나님의 뜻인지에 대해서는 그것이 단정적일수록 진실이 아니다. 우리는 대체 인간적인, 너무도 인간적인 많은 것을 하나님의 뜻이라고 주장하고 있지는 않은지, 어느 한쪽의 절대우위를 하나님의 뜻으로 주장하던 사람들을 나는 너무 자주 본다.

 특히 하나님에 대한 철저한 믿음의 강조가 자칫 그 밖의 다른 일체의 신앙적 행위, 신앙적 문화를 배격하는 모습으로 나타나는 것을 볼 때, 나는 매우 당황하지 않을 수 없다. 그것은 결국 몸은 이 땅 위에서 세속적 삶을 살아가면서 정신은 하늘나라에 있는 것 같은 이중구조의 간극만을 넓히는 결과가 되는 것이 아닐까 생각되기 때문이다.

경건과 거룩에 대한 배타적 강조는 사실 교회지상주의 · 교권지상주의로 흐르기 쉽다. 그것이 신비주의적 경향을 띨 때 이른바 사교나 이단의 위험성으로부터 자유스러울 수 없으며, 그것이 합리주의적 경향을 띨 때 독선적인 교역자주의를 맴돌기만 할 가능성은 언제든지 도사리고 있다. 두 가지 모두 성경적인 것이라고 보기 힘들다. 성경은 하나님을 섬기는 행위에 대해 경고하고 있기 때문이다. 따라서 경건과 거룩에 대한 배타적 강조는 현실 속을 살아가는 인간들의 모습을 더욱 모순되게 하기 십상이다.

이 논리가 주관화될 때, 어떤 교역자(혹은 그 누구라고 해도 마찬가지일 것이다)가 홀연히 산속으로 신도들의 무리를 끌고 들어간다고 해도, 조금도 이상하지 않을 것이다. 그렇지 않으면 이른바 하나님의 말씀만을 들으면서 헌금이나 내고 교회를 오고가는 소위 '교인(Churchman)'으로 만족하는 것이 신앙의 실체가 될 수도 있다. 이때 교인이 반드시 크리스천이냐는 문제에 대해서는 아마도 이견이 있을 것이다. 후자, 즉 교회주의에서는 신앙의 실제 내용으론 결국 헌금문제 · 직분문제 등이 주요 관심이 될 수밖에 없는데, 이 문제를 완전히 인간적인 차원에서 떼어 다룬다는 것은 거의 불가능한 일이다. 왜냐하면 이 세상에 그가 생명을 가진 채 육신의 모습으로 남아 있는 한 여전히 '인간'이기 때문이다. 흔히 목회자의 독선이 말썽이 되고 제직들 사이의 분란이 심한 현상도 본질적으로는 이와 관련된다.

따라서 거룩과 경건에 대한 훈련, 절대적인 믿음 못지않게——어느 것이 보다 우선하는가 따지기에 앞서 똑같은 비중으로——공의, 즉 행함도 중요하다고 해야 할 것이다. 이 행함은 도덕적 수양이나 실천의 의미로 물론 이해되는 것이 아닌, 사회적 봉사로서의 의미를 가리키며, 결국 넓은 의미에서 기독교 정신의 사회적 확산과 보급을 말한다. 기독교 정신에 따라서 학교를 세우거나 병원을 만드는 일, 신문과 방송, 출판사업, 그리고 YMCA사업 등과 같은 것들은 그 나름의 적지 않은 부작용이나 폐해에도 불구하고 이 '행함'의 현장적 의미를 갖기에 충분하다. 한 묶음으로 묶어 기독교 문화라고 할 수 있는 이 일들에 의해서, 사실 우리 문화는 얼마나 많은 도움을 받아왔으며 현대 한국사는 또한 얼마나 많은 숨은 기여와 만나고 있는가.

한국 사회를 오랫동안 억압하고 그 발전을 정체시켜 온 조선조의 유가(儒家) 이데올로기는 결국 기독교 정신에 의해 와해되어 왔다고 해도 과언이 아닐 것이다. 이 이데올로기가 표방해 온 수직적 인간관계와 권위주의적 질서 대신, 기독교는 수평적 인간관계와 민주주의적 질서 수립에 기여해 왔으며, 우리 사회가 지향하고 있는 평등 · 박애와 같은 정신도 실상은 기독교 정신에서 유래된다.

모든 종교가 그렇겠지만, 기독교야말로 문화적 성격이 가장 강한 종교라는 것이 나의 생각이다. 문화가 단순히 먹고 입고 자는 것만으로 만족하지 않고, 무언가 인간다운 가치를 추구하는 일체의 행위에 대한 이름이라면, 기독교는 이런 의미에서 가장 문화적이다.

기독교는 먹고 입고 지는 데에 필요한 가치와 메커니즘에 집착하는 현실에 대해 예나 이제나 싸워왔으며, 그 싸움은 천국으로 가는 싸움의 현실적 모습으로서 언제나 의의가 있다. 물론 나는 지금 기독교가 언제 어디서나 현실의 모든 문제와 맞싸워야 한다는, 이를테면 투쟁에 대해서 말하고 있는 것은 아니다. 내가 말하고 싶은 것은, 문화란 생존을 넘어선, 보다 멋있는 삶을 위한 싸움이라는 사실이며 그렇기 때문에 기독교는 문화적이라는 점이다. 문화적인 기독교가 문화로서의 위치를 포기하거나 소홀히 하는 것은, 그러므로 당연히 올바르지 않다.

　최근 나는 어느 목회자로부터 기독교가 문화, 혹은 문화사업에 치중할 경우 본래의 믿음 대신 세상적인 일에 더 몰두하므로 옳지 않다는 이야기를 들었다. 그러나 기독교인 모두 한번 생각해 볼 필요가 있다. 그것은 다름아닌, 우리가 살아 있는 한 이 땅 위에 세상적인 일 아닌 일이 있느냐는 물음이다. 따지고 보면 모두 세상적인 일이다. 현실 교회까지도.

　기독교인은 이 사실을 정직하고 겸허하게 바라보면서 이러한 인식의 기반 위에서 믿음을 세워나가야 하지 않을까? 인정할 것을 인정하는 일처럼 필요하고 강한 것은 없다. 참다운 하나님의 말씀을 알지 못하고 신앙생활을 반복하는 일보다, 그 하나님이 이 세상을 창조하시고 우리 인간들을 구원해 주신 의미를 깨닫는 일이 훨씬 중요하지 않을까 생각한다.　　　　　　　　　　　　　　　　　　(1991년)

종교교육은 빠를수록 좋다

신이여 저로 하여금 절망케 하소서
당신에게 아니라 제 자신에게 절망하게 하소서
미친 듯 모든 슬픔을 맛보게 하시고, 온갖 고뇌의 불꽃을
핥게 하소서
모든 치욕을 맛보게 하소서
제 자신을 지탱하도록 돕지 마시고 제가 뻗어나가도록 돕지 마소서

독일 작가 헤르만 헤세의 시 가운데 「기도」라는 작품이다. 비록 그
것이 문학작품이라고 하지만, 우리에게 과연 이런 기도가 가능할까
나는 문득문득 생각해 본다. 헤세의 기도와 우리의 그것은 너무도 다
르기 때문이다.
우리 모두 잘 아는 대로 우리들의 기도는 거의 한결같이 하나님 앞
에 손을 내밀고 무엇인가를 달라는 기도이다. 물론 신앙의 수준에 따
라서 이보다 훨씬 품위 있고 희생적인 기도를 하는 사람들도 없지 않

겠지만, 확실히 한국인의 기도는 기복 주문형이다. 건강을 주시기를, 자녀를 주시기를, 물질적 여유를 주시기를, 자녀에게 좋은 학교를 주시기를……. 어쩌면 그것은 한국 기독교인들만의 기도가 아닐 것이다. 불교도의 경우나, 심지어 무속신앙의 경우에는 더 심하다. 아니 무속신앙의 기도 구조가 그대로 다른 종교의 기도에 옮겨져 있으며, 마침내 기독교의 기도에도 그 구조는 자리바꿈만 하고 있다고 할 수 있다. 고난과 질병이 두렵고, 죽음이 무섭기 때문이리라.

그러나 그것이 두렵고 무서운 사람들이 어디 우리 한국인들뿐이겠는가. 이렇게 볼 때 한국인들의 불안과 공포는 한국인들이 철저히 현세적 인생관의 전통에 함몰되어 있음을 말해주는데, 흥미로운 것은 종교에 의해서도 그 인생관이 거의 변화되지 않고 있다는 사실이다. 변화는커녕 종교 자체가 한국인의 이 오래된 인생관에 의해 변색되고 있다고 하는 편이 훨씬 올바른 지적이 될 것이다.

그렇다면 종교를 통해 한국인이 추구하는 가치는 무엇인가? 여러 가지 설명이 가능하겠지만, 그것은 대체로 '부귀다남(富貴多男)'이라는 말로 요약되지 않을까 싶다. '부'는 물론 물질적 윤택이며, '귀'는 세도이며, '다남'은 그 둘을 모두 합친 어떤 힘일 것이다. 다시 말하면 금력, 권력, 거기에다가 명예까지 합한 것으로서, 요컨대 세속적으로 '좋은 것'은 모두 갖추겠다는 것이다. 좋은 것 다 갖추고 잘살고 싶은 것은 모든 인간의 욕망이겠으나 종교를 통해서 그것을 실현해 보겠다는 점에 한국인과 한국 사회의 심각성이 있다.

더욱이 이러한 세속적 가치 지향과는 정반대에 서 있는 기독교를 통해서까지 이러한 욕망의 현실화를 꿈꾸는 사람들이 적지 않은 현실은 쉽게 간과해 버릴 문제가 아니다. 한 종교문제 연구가에 의하면 오늘 우리 사회에는 약 300여 개의 사이비 종교가 있으며 그중 60여 개는 기독교계라는 것이다. 흔히 기독교단에서 이단이라 불리는 것들로서 정통 못지않게 대단한 교세를 자랑하는 것들도 있다. 이들 이단은 물론 자신을 정통으로 자처하면서 정통 쪽을 이단시하기도 한다. 이쯤되면 초신자들 입장에서는 정말이지 헷갈리게 마련이다. 어느쪽이 정통인지 구분하기 힘들게 되니 결국 말 잘하고 설득력 있는 설교사들이 있는 쪽으로 기울기 십상이다. 문제는 바로 여기에 있다. 많은 한국인들에게 이 경우 이단 여부를 판단할 분별력이 결여되어 있다는 사실이다. 그렇다면 과연 기독교에서 이단 여부의 판단은 불가능한 것인가? 나로서는 그렇다고 생각하지 않는다. 여기에는 기독교 교리 자체의 문제와 한국인의 종교교육 문제 등 두 가지 조건이 있을 수 있다.

기독교 교리면에서 볼 때 누구나 알 수 있듯이, 이단 여부에 대한 판단은 비교적 간단하다. 가장 손쉬운 판별기준은 삼위일체에 대한 믿음, 그리고 사도신경과 같은 신앙고백, 그리고 주기도문과 같은 기도의 자세이다. 다시 말하면 이러한 것들을 믿지 않는 교파는 이단이라고 보아 무방하다는 것이다. 성부 하나님의 성자 예수, 그리고 성령이 모두 일치된 한몸임을 믿을 때, 눈에 보이지 않는 하나님의 현실적인 활동이 구체적으로 인식되는 것이다. 여기서 가장 중요한 존재가 예수다. 어떤 기독교인은 하나님은 믿는다고 하면서도 예수에 대해서는 가볍게 지나가는 경우가 있는데, 이것은 위험한 사고라고 할 수 있다. 예수는 육신으로는 인간의 모습을 하고 있으나 그의 출생과 죽음, 그리고 부활이 모두 초인간적인 신성을 갖고 있다. 그는 하나님의 아들 곧 하나님이나 마찬가지다. 예수를 가리켜 하나님의 성육신이라고 하는 것은 바로 이런 까닭에서다.

물론 오늘날 예수의 모습도 구체적으로 현존하지는 않는다. 그 대신 하나님과 예수의 존재를 끊임없이 환기시키며 전달해 주는 존재가 성령이다. 성령은 실재하며 일상생활 속에서 살아 움직인다. 따라서 성삼위일체야말로 기독교의 정통성을 논리적으로 실감 있게 설명해 주는 예증이다. 특히 예수는 그가 제사장이면서 스스로 제물이 되었다는 점에서 올바른 종교의 문화적 성격을 잘 반영하고 있다.

종교에는 으레 제의(祭儀)가 따르게 마련이다. 초월자이며 절대자인 신에게 경배하고 감사하는 일이 가장 먼저 선행되어야 하기 때문이다. 그 다음에 인간은 제의를 통해 속죄함을 얻고 다시 태어나야 한다. 이 과정에 반드시 있어야 하는 것이 제물이다. 그것은 신에 대한 감사의 표시이자 속죄함을 얻기 위한 기원의 상징이다. 고대 종교나 하등 종교일수록 이때 제물로 동물을 바친다. 기독교의 경우 구약시대에는 주로 양이 바쳐져 왔으며 우리나라 샤머니즘에서는 지금껏 돼지머리가 제사상에 오른다. 과연 이런 종류의 제물로 절대자가 인간에게 긍휼과 속죄를 베풀어줄 것인지 상식적으로 생각해 보아도 납득되지 않는다.

기독교는 사뭇 다르다. 예수 자신이 스스로 제물이 되지 않았는가. 그것은 하나님이 자신의 아들을 스스로의 제물로 삼았다는 이야기가 된다. 왜? 인간이 불쌍해서 그 인간들을 속죄시키고 구원하기 위해서. 그러므로 예수의 존재가 경시되거나 생략된 기독교란 이미 기독교가 아니다. 그럼에도 불구하고 어떤 교파에서는 생존한 인물을 예수 자리에 갖다놓고 그를 제물로 하기는커녕 오히려 세속적인 권위로 우상화한다. 기독교의 교리와 얼마나 정반대에 서 있는 것인지 어린아이라도 쉽게 분별할 수 있을 것이다. 기독교는 바로 그러한 우상을 끊임없이 부수고 모든 인간을 새롭게 하고자 하는 성격을 지닌다.

그러나 보다 근본적인 문제는 기독교의 교리 자체를 이해할 수 있는 국민들의 정서적 · 지적 능력의 함양이다. 이 문제는 비단 기독교에만 국한된 것은 아니다. 역사적으로 보아도 우리는 불교든 유교든 지나치게 자의적으로 해석해서 받아들여온 경향이 많은데, 올바른 수용이라는 면에서 볼 때 타당한 자세라고 할 수 없다. 물론 주체적 수용이라고 변호될 수도 있다. 그러나 주체적 수용은 그것이 보다 높은 문화적 가치지향과 연결될 때 바람직한 것이 될 뿐, 주체적 수용을 통해 오히려 비문화, 반문화적 요소가 생겨난다면 그러한 주체적 수용은 재고되어야 할 것이다. 예컨대 샤머니즘적 수용으로 기독교를 포함한 모든 종교를 무속화한다면, 종교를 통한 인간 정신력의 제고와, 더 나아가 궁극적으로 인간의 영원한 구원이라는 문제는 기대할 수 없을 것이다. 왜냐하면 샤머니즘 문화는 근본적으로 본능적이며 원시적인 측면이 강하여 인간의 정서적·지적 능력의 배양을 저해하기 때문이다. 우리에게 보다 올바른 종교교육이 필요한 것은 이 까닭이다.

종교교육은 자칫 특정 종교에 대한 호교, 또는 비방을 유발할 수 있다는 우려 때문에 회피되기 쉽다. 그러나 그 이유가 종교교육을 방치해도 좋다는 이유로 합리화되어서는 안된다. 그것은 국민을 원시적인 문화상황에 방치하는 결과가 되기 때문이다. 국가는 종교의 자유라는 대전제의 틀 속에서 종교가 무엇이며 그것이 인간과 사회에 어떻게 영향을 미치는지 초등학교에서부터 교육시켜야 한다.

어느 종교를 선택할 것인가 하는 문제는 당연히 국민의 자유에 속한다. 그러나 종교의 역할과 기능은 한 사회의 구성원들의 지적·정서적 능력을 갖출 수 있게 해준다는 사실이 널리 인식되어야 한다. 삶과 죽음을 한 차원에서 포괄하는 담대한 기도를 할 수 있는 인간을 만들 수 있다는 사실이 인식되어야 한다. (1990년)

신앙과 도덕은 함께 가는가

최근 교계 안팎에 별로 아름다워보이지 않는 이야기들이 떠돌고 있다. 목사의 스캔들, 신학교 이사장의 비리, 선교회 지도자의 타락상 등등이 그 내용들인데, 이런 이야기들은 일반사회에서도 빈축의 대상이 될 만한 것들이다. 하물며 기독교계의 저명인사에 관한 것들이니 이와 관련된 시비들이 오죽하겠는가. 내가 아는 많은 교인들은 창피하다고 했고, 신실한 어떤 청년교인은 절망을 느낀다고 자신의 심정을 토로했다. 오늘 우리 사회의 모습을 모두 썩었다고 개탄하는 인사들이 적지 않고 보면, 교인 일반의 이러한 탄식은 이해되고도 남을 만한 일이라고 하겠다. 더구나 교회 밖의 불신자들이 「거 봐라, 예수쟁이들이 더한다니까……」라고 말할 것을 생각하면 등골이 서늘해진다.

그러나 이러한 사태와, 이런 사태에 대한 기독교인의 반응, 나아가 사회의 기독교를 보는 시선 전반에는 적잖은 문제가 깔려 있어, 이에 대한 올바른 이해가 필요하다. 그것은 궁극적으로 신앙은 무엇이며 윤리도덕이란 무엇인가 하는 매우 근본적인 문제와 연결된다. 그리고 여기서 우리는 뜻밖에도 이 두 가지 문제를 지나치게 단순도식으로 받아들여온 우리 자신의 무지를 확인하게 된다. 그렇기 때문에 우리는 곧잘 '절망하는' 것이다. 결론부터 말한다면, 기독교 안에서 절망이란 없다. 그렇다, 정말이지 절망이란 없다. 어떤 절망적인 상황이라 하더라도.

기독교 안에서 절망이란 존재하지 않는다는 사실을 놓치면, 기독교 신앙은 존재하지 않는다. 그런데도 왜 절망하는가? 기독교 신앙에 대한 이해가 올바르지 못하기 때문이다. 최근의 현실에 대해 절망감을 느낀 사람은 인간에 대한 믿음에 미련을 갖고 있는 사람이라고 할 수 있다. 인간에 대해 믿음을 갖고 있다는 사실은, 피상적으로 생각할 때, 얼핏 좋은 일처럼 생각될 수 있다. 그러나 바로 여기에 함정이 있다. 인간이 그토록 믿음의 대상이 될 수 있는 존재인가? 만약 그렇게 생각된다면, 인간은 서서히 신의 자리로 가게 되고 마침내 신의 존재에 대해 그 필요성을 느끼지 않아도 좋게 된다. 마치 인격을 도야하고 도를 닦아 부처가 되어간다는 종교와 그 구조가 다를 것이 없어지게 된다.

다시 말한다면 그리고 보다 극단적인 표현이 허락된다면, 기독교에서는 인간에 대한 믿음이란 없다. 인간은 모두 타락한 죄인이 아닌가. 죄인이라는 고백 없이 인간은 하나님을 믿을 수 없다. 인간은 최초에 하나님의 형상으로 창조되었으나——정말이지 인간은 그 인체구조로 볼 때에도 얼마나 오묘하게 우주의 구조와 질서를 반영하고 있는 것인지!——에덴 사건 이후 타락과 죄의 길을 걸어왔다. 그러나 하나님은 아브라함을 통해서 최초의 구원 사역을 행하신다. 별 볼일 없는 백세 노인에게 그리고 그가 꿈에도 그 일을 생각조차 하지 않는 상태에서 그에게 후사를 약속하시고 이를 성사시킴으로써 구원의 상징적 성취를 이루지 않는가. 이때 아브라함이 과연 구원받을 만한 무슨 조건을 갖추고 있었는가. 그에게 어떤 훌륭한 인격이 있었는가. 아브라함이란 인물은 후처를 취하고, 그 아내 사라를 누이라고 했던 자 아닌가. 요컨대 아브라함이 잘나서 하나님으로부터 구원된 것이 아니다. 아브라함 이후 인류는 훨씬 더 패역의 길을 걷게 되고, 하나님께서는 마침내 그 아들 예수까지 보내서 인간에 대한 사랑과 안타까움을 보여주신다. 그러나 인간들은 그 예수마저 십자가에 못박게 하지 않았는가. 인간의 죄성, 타락, 패역은 과연 가증스러운 경지를 넘어선다. 이것이 기독교 안에서 살펴진 인간 본질의 실상이다. 대저 인간이란 악한 존재이며 불의한 존재일 수밖에 없다.

그렇다면 구원 그 이후에는? 질문은 자연히 이렇게 이어진다. 예수 믿고 구원받았는데도 여전히 죄인이며, 여전히 패역한가? 물론 구원은 동시에 죄 사함을 의미한다. 그러나 패역한 인간성이 동시에 소멸되거나 뿌리뽑혔다고는 현실적으로 보기 힘들다. 이 부분에 대해서 우리는 매우 세심한 주의를 기울여야 한다.

우선 분명히 해두어야 할 것은 죄, 죄 하는데 이때 죄 사함을 받은 죄란 어떤 죄냐 하는 문제다. 한마디로 말해서 그 죄는 원죄이다. 원죄란 하나님을 배반한 죄, 즉 하나님을 모르는 죄, 모른다고 하는 죄이다. 하나님을 믿지 않고 그 밖의 다른 신이나 우상을 섬기는 죄이다. 그러므로 기독교 안에서 하나님을 믿는 자는 그 자체가 죄 사함을 받는 행위가 된다.

죄와 구속의 상황을 이렇게 분석해 볼 때, 구원 이후에도 여전히 남아 있는 다른 죄들을 보게 된다. 우리 인간들이 흔히 '죄'라는 이름으로 부르는 인간적인 죄, 이른바 도덕적·법률적인 죄이다. 이 죄는 하나님의 구원 사역 이후에도 크게 변화되지 않고 남아 있는 것이 현실이다. 이러한 죄 또한 궁극적으로 없어져야 하겠지만, 엄격히 말해서 그것들은 인간들끼리 '죄'라는 이름으로 규정해 놓은 것들이 그 속에 포함되어 있어 문제가 그리 간단치 않다.

인간들끼리 '죄'라고 정해놓은 그 어떤 것들은 결국 법률적·도덕적 죄다. 그리고 이때 법률과 도덕은 이데올로기, 즉 정치이념의 산물이라는 점을 주목해야 한다. 말하자면 인간들 사이에서 정해진 죄는 철저하게 인간적이며 상대적이다. 예컨대 한국인들의 의식 속에 뿌리 깊이 박혀 있는 죄의식의 바탕은 유교인데, 우리에게 있어서 유교란 대체로 조선조 이후의 주자(朱子) 이데올로기라고 할 수 있다. 가령 삼강오륜과 같은 덕목은 인륜(人倫)이라는 이름으로 절대시되고 있지만, 사실은 조선조 이태조의 정치이념이었던 주자 이데올로기가 낳은 실천지침이었던 것이다. 인간의 평등이라든가, 인간들끼리의 사랑과 같은 보다 중요한 덕목은 철저하게 배제된, 권위주의적인 도덕을 강요하였으며 수직적인 인간관계를 통해 사회를 지배하고자 하는 수단이 바로 삼강오륜이었다. 그것은 철두철미하게 강자의 논리로 일관된다. 그럼에도 불구하고, 그러니까 오늘과 같은 수평적 인간관계의 민주사회에서도 이 덕목은 은연중 지속적인 위력을 발휘하고 있다. 아랫사람에 대해 윗사람이 의리를 강조한다든가, 여성에대해 남성이 일방적인 정절을 요구하는 논리가 거기서 배태된다.

윤리와 도덕의 어원은 원래 '습관'이라는 말에서 비롯된다. 한 사회가 집단적으로 지니고 있는 습관, 그것이 도덕이며 윤리다. 비근한 보기로 스칸디나비아 각국에서의 성에 관한 범죄규정과 우리의 그것은 크게 차이가 난다. 한쪽에서는 죄인 것이 다른 한쪽에서는 죄가 아닐 수 있다. 눈 한쪽만 갖고 사는 사람들 사이에 가면 두 눈 뜨고 다니는 사람들이 불구자로 취급된다던가. 이 습관은 관습이 되고, 좀처럼 잘 변하지 않지만, 사실은 정치이념이나 체제에 의해 교묘하게 조종된다. 또 사회체제, 가령 농업사회라든가 산업사회라든가 하는 체제에 의해서도 크게 영향을 받는다. 습관처럼 무서운 것은 없어, 이에 대한 저항과 도전은 항상 동시대에서 불온시된다. 이런 의미에서 윤리·도덕에 대한 맹신은 경계되어야 하며, 이에 대한 비판 역시 신중하게 경청될 필요가 있는 것이다.

이렇게 볼 때, 기독교 신앙과 인간적 도덕은 근본적인 의미에서는 거의 무관하다고 할 수 있다. 물론 기독교에서도 신자들을 향해 권면(勸勉)하는 일종의 도덕적 당부들이 있다. 이를테면 그 가장 고전적인 형태가 율법인데, 하나님은 이 율법을 통해 오히려 인간들이 그들 스스로 하나님의 위치에 올라오려고 한다는 사실, 그리고 온전한 의미에서 율법을 통해 구원에 이를 자는 없다는 사실을 아시고 독생자 예수를 보내셨다. 결국 인간은, 인간의 모든 행위는 믿을 바 못된다는 판단 아래에서 하나님은 인간을 부르신 것이다. 따라서 인간들은 서로서로의 도덕적 결함 때문에 절망하거나 타락을 비관해서는 안될 것이다. 절망은 이미 죄와 더불어 주어져 있었다. 예수 그리스도 이후 그 절망은 소망으로 바뀌었고, 소망에 대한 하나님의 약속은 그 어떤 경우에도 취소되거나 철회되지 않는다. 예수를 믿는다는 것은 이 사실을 믿는 일일 것이다. 우리는 최근 일련의 도덕적 비리를 보면서 이러한 사실을 다시 한번 확인한다. (1991년)

불문보다 더 참다운 길

삶의 목표를 어디에 두고 살 것인가. 사람마다 그 목표는 다를 것이다. 돈을 많이 벌고자 하는 사람, 정치적으로 출세하고자 하는 사람, 예술적 재능을 마음껏 발휘해 보고 싶어하는 사람, 심지어는 별 목표 없이 가만히 집에 들어앉아 있고 싶어하는 사람도 있을 수 있다. 그러나 그 어떤 경우에도 공통된 것이 있으며, 또 있어야 한다. 그것은 삶 자체이다. 다시 말하면 살아야 한다는 당위성이다.

우리의 일상적인 모든 활동은 살기 위해서 이루어지는 것이며, 삶은 그 자체로서 영위될 만한 가치가 있는 것이다. 그렇기 때문에 인간은 그가 어디서 무엇을 하든 그 일의 궁극적인 목표는 삶다운 삶으로 가지 않을 수 없는 것이다.

언젠가 사월 초파일을 맞아 당시 종정이었던 성철 스님이 법어를 통해서 「지금이라도 불문(佛門)보다 더 참다운 삶의 길이 있다면 기꺼이 불문을 버리겠다」는 말을 한 일이 있는데, 이것은 깊이 음미할 만한 대목이 아닐 수 없다.

그의 말은 두 가지 의미를 함축하고 있다. 그 하나는 자신이 일생을 바치고 살아온 불문의 길이 최고의 선택이었으며, 따라서 후회는 없다는 것이다. 이 말 속에는 불교가 가장 좋은 것이라는 뜻이 숨어 있다. 그러나 더욱 중요한 다른 하나의 뜻을 그의 말은 내비치고 있다. 그것은 그 불교보다도 더욱 소중한 것은 삶 자체라는 인식이다.

우리는 삶을 살아가면서 이 평범한 진리를 놓치고 살아가는 경우가 많다. 사랑을 하다가 그 사랑을 위해 생명마저 버리는 경우, 돈을 좇다가 그 돈 속에 빠져 생명을 잃는 경우, 명예를 높이려다가 그 때문에 생명을 버리는 경우 등등 비슷한 유형을 어렵지 않게 발견하게 된다. 특히 모든 부분에서 유능한 사람들일수록 자신이 지닌 능력과 지위를 과신한 나머지 마치 능력 자체가 삶의 목표인 것처럼 굳게 믿다가 삶에 대한 회의로 쓸쓸한 말년을 맞는 경우도 있다.

자신이 선택한 일에 정성을 쏟아 그 방면에서 훌륭한 성공을 거두는 것은 물론 중요한 일이지만, 그 일 자체가 결국은 삶다운 삶에 기여하기 위한 것이라는 보다 높은 깨달음이 결여되었을 때 이런 슬픔이 생겨날 수 있다. 특히 권력을 추구하거나 부를 추구하는 사람들에게서 그런 경우가 종종 발견된다.

내가 아는 어떤 사람은 권력기관에서 꽤 높은 지위에 오른 사람으로서, 출세와 지위를 위해 끊임없는 노력을 해왔다. 그는 그것을 위해서 전심전력으로 온갖 난관을 넘어섰을 것이며, 때로는 반드시 옳다고 할 수 없는 방법으로 처세한 일도 없지 않았을 것이다. 그에게 있어서 중요한 것은 언제나 승진, 승진이었다. 그러나 더이상 승진할 높은 자리가 없어보이는 어떤 지점에 도달했을 때 그에게 갑자기 허탈감이 다가왔다. 건강도 좋지 않아졌고, 무엇보다 마음속 깊은 곳으로부터 일기 시작한 허무감이 느닷없이 큰 파장을 일으키며 번져갔던 것이다. 그러자 「대체 나는 무엇 때문에 사는 걸까?」 하는, 어떻게 생각하면 젊었을 적에 깊이 빠졌음 직했던 근본적인 물음으로 괴로움을 겪기 시작했다.

오늘날 우리의 삶은 일정한 목표 없이 표류하고 있는 듯한 느낌을 주거나, 혹은 너무 일정한 목표를 향해 맹진하고 있다는 느낌을 준다. 이 두 가지의 느낌은 서로 다른 것처럼 보이지만, 사실상 그 내용을 살펴보면 마찬가지인 것을 알 수 있다. 자신이 선택한 일과 직업에 충실한 것은 매우 바람직스러운 것이다. 그러나 그 자체를 삶의 목표로 생각할 때는 자칫 기능적 인간으로 스스로를 제한하고, 인생 앞에 겸허해야 할 존재를 교만으로 떨어뜨리기 쉽다. 능력이 있으면서도 겸손한 사람, 이런 사람이 있다면 얼마나 멋지겠는가! 어떤 의미에서 오늘 우리 사회에 능력 있는 사람들은 꽤 많이 있는 것 같다. 그러나 겸손한 사람은 좀처럼 찾아보기 힘들다.

불문(佛門)의 일인자가 지금이라도 다른 진리가 있다면 불문조차 버릴 수 있다는 겸손함을 보였듯이 우리에게 필요한 것은 이제 그 같은 겸손이다. 이 겸손을 통해서만 한 사람 한 사람은 그 삶의 온전한 목표를 올바로 쳐다볼 수 있을 것이며, 이 사회 전체도 올바른 사회적 지향점을 가지고 건전해질 수 있을 것이다.

그러나 지금의 현실은 그와는 너무 먼 거리에 있는 것 같다. 개발 제일주의의 신화에 매달린 채, 경제개발뿐 아니라 각 분야에 걸쳐서 그저 개발만을 외쳐 그것이 마치 삶의 목표처럼 되어 있다. 인간의 유능함은 그리하여 '개발'에 얼마나 기여하는가 하는 가능성으로 판단되고 있으며, 교육 역시 이러한 기능적 인간의 양산에만 매달릴 뿐, 무엇이 삶다운 삶인가 하는 문제를 뒤돌아보는 것은 짐짓 외면하고 있다.

그 결과 기능주의적인 교육은 받았으나 능력면에서 뒤처진 젊은이들이 곳곳에서 범죄자로 전락하고 있다. 무서운 일이다. 비단 무능한 젊은이들뿐 아니라 유능한 기능 인물로서 사회에 진출한, 이른바 엘리트 집단에서도 비슷한 행태들이 속출하고 있다. 사람을 살리기 위해 훈련된 칼쓰는 기술이, 목표를 잃어버릴 때에는 사람을 죽일 수도 있다는 것을 우리 사회는 잊어버리고 있다.

능력과 겸손은 양자택일적인 것이 아니지만, 구태여 한가지만 요구된다면 차라리 겸손 쪽이어야 할 것이다. 겸손한 자는 기능적인 일을 크게 성취하지 못할지언정, 남을 해하고 사회를 파괴하지는 않기 때문이다. 유능하기만 한 자들은 많은 업적을 통해 상당한 성취를 이룩하기도 한다. 그러나 때로 그것이 오히려 사회를 파괴하고 자기 자신을 망치기도 한다는 데에 문제가 있다. 물론 유능하지도 않고, 겸손하지도 않은 자는 오로지 사회를 파괴하기만 할 뿐이다.

제도교육과 정치는 한 사회의 인간들을 알게 모르게 어떤 방향으로 몰아가게 마련이다. 오늘 우리 사회는 잘못된 교육과 잘못된 정치 때문에 인간이 잘못 만들어지는 현실에 빠져 있다. 잘못된 인간이란 삶의 참다운 목표를 갖지 못한 인간들이다. 이때 우리는 물론 올바른 교육과 정치를 되찾기 위해 노력해야겠지만, 한 개개인으로 볼 때에는 그 같은 사회구조 전체가 개혁될 때까지 자신의 삶을 유보하거나 유예할 수도 없는 것이다. 왜냐하면 누구에게나 삶은 일회적인 것이며, 시간은 유예되지 않고 항상 흐르기 때문이다. 따라서 한 사람의 독립된 인생으로서의 각 개체는 사회구조의 개혁과 함께 자기 자신도 개혁해 나가지 않을 수 없다.

과연 나는 무엇 때문에 사는가 하는 치열한 질문은 젊은 날의 것이어야 한다. 그 이후로는 주어진 일을 통해 끊임없이 자기를 계발해 나아가야 하고, 그 속에서 즐거움과 보람을 찾아야 할 것이다. 그렇게만 된다면 훨씬 뒷날 사람들은 그 같은 자신의 삶에 감사하게 될 것이 틀림없다.

(1991년)

낙원을 만들 수 있나

지상에 낙원이라고는 없다. 아담과 하와가 한때 낙원에서 살았으나 금단의 열매를 따먹은 후 그곳에서 추방된 이래, 우리는 실락원의 세계에 살고 있다. 이곳이 실락원의 세계임은, 오늘 우리의 현실만 보아도 누구나 쉽게 수긍할 수 있을 것이다. 자신만 천년만년 살고 싶은 욕망은, 살아 있는 곰을 붙잡아놓고 쓸개를 빼어내는 상황에까지 이르지 않았는가. 인간들끼리의 모략·중상·알력 등등의 싸움질은 실락원의 역사 이후 바로 그 역사가 증명하고 있다. 구약시대를 시배하고 있는 그 처절한 죄악과 싸움을 보라. 어떻게 하면 상대방을 가장 비참하게 처치할 수 있는가 하는 무서운 욕망은, 마침내 우리를 핵전쟁의 공포 아래 놓아두는 경지에 이르게 했다.

생각해 보건대, 인간이라는 존재는 참으로 대책 없는, 구원받을 길 없는 족속인 것 같다. 최근 나는 어떤 학자로부터 엉뚱한 모략을 받은 일이 있는데, 이쯤되고 보면 도대체 학문이란 것도 배워서 무엇하겠는가 하는 허무주의에 잠기게 된다. 기술을 개발하고, 학문을 연찬하고, 예술을 창조하는, 요컨대 인간의 문화 또한 과연 참된 진리와는 요원한 거리에 있는 것이 아닌지 하는 두려움이 생긴다. 인간은 너무도 작은 꾀와 실력을 제법 상당한 지혜로 착각하고 있는 수가 많은 것이다. 더욱 우스꽝스러운 것은 그런 인간일수록 큰소리를 치고 교만한 경우를 보게 된다. 그렇기 때문에 삶을 올바로 살아보고자 하는 사람들 가운데에는, 인격을 수양하기 위해 도를 닦는 사람들도 있다. 심지어는 깊은 산속에 들어가(하기야 요즈음 어디 깊은 산속인들 있겠는가!) 세속과의 연을 끊고 극기훈련을 한다. 그러나 그런 모든 것들도 내게는 도토리 키재기 놀음 같아보인다. 어차피 피조물인 인간들이 행하는 노력에는 한계가 있을 수밖에 없지 않겠는가. 괴테는 그래서 「인간은 노력하는 한 방황한다」는 유명한 말을 〈파우스트〉를 통해서 고백하지 않았는가.

그러므로 피조물인 우리 인간들이 낙원에 조금이라도 가까이 가는 길이 있다면, 그것은 이러한 현실을 올바로 깨닫는 일일 것이다. 이것을 깨달을 때 무엇보다 우리 인간은 겸손해질 수 있을 것이다. 엄청난 우주 속에서, 대자연 속에서, 위대한 생명의 법칙 앞에서 「아! 나는 과연 작은 존재구나」 하는 겸손을 터득할 수 있다. 그것은 무력한 자기 비하와는 다르다. 밖의 질서를 제대로 알고 나 자신을 알 때, 그 관계가 참다워질 수 있고, 자기 자신과 자신이 하는 일의 의미를 정당하게 알 수 있는 것이다. 나는 그것이 겸손이라고 생각한다. 겸손은 허약이나 무력함이 아니라, 오히려 참다운 힘이다. 겸손은 자신의 실력이나 자신의 성취에 대해서까지 그러한 능력을 준 절대자나 창조주에게 감사하는 경지까지 나아간다. 얼마나 멋진 일인가! 우리 주변의 갈등을 보면 그 대부분이 모두 내가 잘났기 때문에 일어나는 것 같다. 모두들 자기가 하는 말, 자기가 하는 일은 옳다고 한다. 그러나 확실한 것은 자신이 생각할 때 자신이 옳은 것이지, 절대자로부터 어떤 모범답안이 주어진 것은 아니다. 그런 의미에서 우리는 늘 자신이 틀리고 다른 사람이 옳을지도 모른다는 생각을 해야 한다. 이것이 겸손일 것이다.

지나가고 보면, 실제로 우리는 자신이 많이 틀렸다는 것을 알게 된다. 그러나 시간과 인생은 한번뿐인 것을. 그때 보다 겸손하였더라면 하는 후회를 나는 적잖이 경험한다. 너무 겸손하면 바보 같아보일까 봐 불안한 것도 사실이다. 실제로 손해보는 일도 있을 것이다. 그러나 이 작은 손해들이 쌓여서 큰 성공을 가져올 것이라는 믿음을 가질 수 있다면 얼마나 좋을까.

겸손한 사람들이 모여 사는 사회, 아마 그곳이 지상 낙원이 아닐까 생각해 본다. 남이 다소 틀리더라도 그 오류쯤 용서해 줄 줄 알 때, 그 사회는 신나는 사회가 될 것이다. 왜냐하면 나 또한 부드럽게 용서받을 수 있을 터이니까. 이 정도의 낙원은 우리도 만들 수 있지 않을까.

(1989년)

에고 센추럴리즘

흑인폭동으로 피해를 입은 미국 LA지역에서도 벌써 한국인들끼리의 분열상이 나타나, 미정부당국에 대한 항의·호소·교섭 과정에서 서로서로 엇갈리는 혼선이 적지 않다고 한다. 미국 사회뿐 아니라, 한국인들이 이민 가 있는 곳 어디든, 사람들이 많든 적든 서로 갈등을 일으키고 분열을 일삼는 곳이 많다. 극단적인 표현으로는 두 사람만 있어도 싸운다는 말이 있다.

한국 사회가 남북으로 갈라져 있는 것 자체가 분열성을 드러내고 있는 현상일 수 있다. 물론 남북 분단은 이른바 강대국들의 약육강식 정책과 무관하지 않은 일이나, 우리로서도 반성할 점이 적지 않다. 게다가 경상도, 전라도를 따지는 소위 지역할거주의 현상마저 나타나고 있지 않은가. 그중에서도 가장 웃기는 일은, 요즈음 집권당 내부에서 벌어지고 있는 추한 싸움질이다. 대통령 후보를 자유로운 투표로 뽑는다면서 후보들간에 서로 싸우는 모습이 참 대단하다. 구체적인 광경을 이 자리에 옮길 필요는 없겠다. 하여간 같은 당 소속의 당원 같지 않은 격한 비난전으로 치닫고 있는데, 요컨대 나는 잘났고 너는 못났다는 말로 요약될 수 있다.

'나는 잘났고 너는 못났다.' 이런 자기 중심주의가 언제나 사람들 간의 분열을 재촉한다. 지난번 총선에서도 보았듯이, 모든 입후보자들이 연단에 올랐다 하면 제 자랑이며, 남 욕하기다. 물론 연단 밑에서도 있는 말 없는 말 꾸며내어 다른 사람 헐뜯느라 정신이 없다. 가만히 보면 미친 사람들 같다. 생각해 보자. 남을 욕하고 제 자랑에만 열중인 사람이 정말 괜찮은 사람이겠는가. 괜찮기는커녕 얼간이 아니겠는가. 혹은 아예 나쁜 사람이든가. 이 간단한 이치도 모르는 어리석음이라니!

이른바 르네상스 이후 서양에서 휴머니즘이 강력하게 대두되었을 때, 그것은 마침내 올 것이 오고야 말았다는 상황으로 받아들여졌다. 정치지도자와 종교지도자의 결탁에 의한 오랫동안의 억압은 더이상 민중을 장악할 수 없었던 것이다. 휴머니즘의 역사적 당위성은 여기에 있었다.

그러나 휴머니즘을 되뇌던 인간이 결국 한 일은 무엇인가? 19세기 니체에 이르면, 완벽한 인간 중심주의의 선언까지 만나게 된다. 피조물인 인간이 창조주보다도 잘났고, 모든 자연현상을 능가한다는 엄청난 자기 과시 증세에 빠지게 된 것이다. 물론 인간의 욕망이 문명의 힘이 되었으며 각 개인으로 보더라도 성취욕이 있어야 그 나름의 성공을 하게 되는 것은 사실이다. 그러나 그 믿음이 지나칠 때, 문명은 유익 아닌 죄악으로 연결되었던 역사적 경험을 인류는 갖고 있다. 개개인의 경우도 마찬가지여서, 성취제일주의로만 치달을 때, 남을 무시하고 욕하는, 그리하여 결국 자기 함정을 파는 결과를 빚기 쉽다. 끝없는 자기 중심주의에서 벗어나지 못하는 것이다.

이러한 현실은, 기독교인에게서는 보다 기묘한 방식으로 드러나는 경우가 많다. 소위 자기의를 강하게 나타내는 것이다. 나는 교회에 열심히 나간다, 봉사도 많이 한다, 헌금도 많이 낸다, 뿐더러 술도 안 마시고 담배도 안 피운다 등 자랑은 끝이 없다. 어떤 사람은 나는 자랑하지 않는다고 자랑한다. 이 모든 것은 예수도 그렇게 하지 말 것을 당부한 사항들이다. 자기의를 드러내는 일은, 그런 열심과 그런 절제를 안하는 것만도 못할 수 있다. 다른 사람들을 불편케 하고 갈등을 심화시키며, 분열을 재촉하기 때문이다.

  죄 속에 홀로 있는 의는, 죄를 불편하게 한다는 논리가 있으나(「내가 세상에 화평을 주러 온 줄로 생각 말라. 화평이 아니오 검을 주러 왔노라」 마태복음 10장 34절) 사람마다 그것을 뽐낼 때, 그것은 의 아닌, 또다른 죄를 낳을 뿐이다. 잘났건 못났건, 겸손한 마음으로 서로서로 다른 사람을 받아들일 때, 보기 흉한 자기 중심주의는 크게 물러설 것이다.   (1992년)

현세주의와 내세주의

「자녀가 대학에 떨어졌다고 살맛이 없어졌다는 신자가 있습니다. 정말 이런 분을 신자라고 할 수 있습니까?」 어느 교회의 목사는 이렇게 말했다. 그는 설교를 통하여 계속해서 「전기에 떨어지면 후기에, 후기에 떨어지면 그 다음해에 가면 되고, 정 안되면 안 가면 그만 아닙니까? 등록금도 안 내고……」 하면서 자녀들의 진학에 지나치게 일희일비하는 신자들의 자세를 나무랐다. 영원한 나라에서 영원한 삶이 보장되어 있는 신자들이 현세적 삶에 너무 매달리고 있다는 경고성 설교였다.

그 말씀은 오늘을 사는 우리들을 부끄럽게 한다. 너나 할 것 없이, 신자든 불신자든 오늘의 현대인들은 편안한 삶을 추구하기에 눈코 뜰 새 없이 분주하다. 그 삶은 돈이 많아야 되고, 출세해야 되고, 사회적 명예가 따라야 한다. 그러기 위해서는 좋은 학교에 가야 한다. 이러한 세속적 질서는 현실인 것이 사실이다. 우리들 가운데 어느 누구도 이러한 현실로부터 자유스럽지 못하다. 물론 신자까지도. 아니 신자들은 더하다. 경제적으로 불편하지 않게 해달라고, 건강하게 해달라고, 자녀들이 잘되게 해달라고 그들은 매달리고 기도한다. 매달리고 기도하지 않는 사람들에 비해서, 어떤 의미에서 훨씬 그 욕망이 강한 것이다.

이렇게 될 때, 그가 신자든 불신자든 혼란이 일어난다. 무엇보다 먼저 일어나는 물음은, 인생이란 대체 무엇이냐는 것이다. 결국 이 땅 위에서 잘 먹고 잘 입고, 좋은 집에 살고, 일류학교에 다니고, 출세하고…… 그런 것 아닌가. 그러나 그렇게만 단정짓기에는 무언가 미흡하다. 특히 신자들은 그것만이 아니라고 주장한다. 천국에서의 영생이 있기 때문이다. 그렇다면 신자들은 이 땅에서도 잘살고, 저 세상에 가서도 잘살 것이니 욕심쟁이라는 말을 들어도 할말이 없어야겠다. 뿐더러 현세주의자 겸 내세주의자가 되는 것이다. 여기까지 가보면 어딘가 이상하다. 아무래도 그것은 아닌 것 같다.

하나님의 형상이 그럴 리 없고, 무엇보다 예수의 생애가 그렇지 않다. 앞에 인용한 목사의 설교는 그러므로 지극히 정당하다. 그러나? 경제적으로 궁핍하고, 자녀가 잘 풀리지 않고 등등의 곤경에 처하게 되면 아무리 신자라고 하더라도 힘들고 짜증이 나는 것은 사실이다. 극단적으로 말해서, 굶고 살 수야 없는 일 아닌가. 인간은 육체적 존재이기 때문이다. 육체는 물질이며, 그런 의미에서 물질의 공급 없이 인간은 육체를 지탱할 수 없고 결국 생명을 부지할 수 없다. 그럼에도 불구하고 교회에서는 '영원히 살기'가 강조된 나머지 육체적·물질적 삶의 중요성을 짐짓 간과하기 일쑤다.

이런 면에서 어려운 사정에 처한 신도들을 향해서 따뜻하게 위로하기보다는 흔히 욥의 경우를 예로 들면서 나무라는 경우가 아마 훨씬 더 많을 것이다. 이른바 보수 신앙을 가진 분들 쪽에서 훨씬 더 엄격한 듯하다. 그러나 어차피 육체적·물질적 삶을 살지 않는 사람이라고는 없으니, 곤경에 처한 사람들의 입장에서는 그러한 태도가 오히려 위선적으로 보일 수도 있다. 인간 실존의 피할 수 없는 양면성이라고 할까.

물론 인간은 동시에 정신적 존재이며, 그렇기 때문에 육체적·물질적 존재인 또다른 면을 극복하기 위해 노력한다. 그 노력의 결과, 두 가지 면이 조화를 얻을 수 있다면, 가장 아름다운 순간이 될 것이다. 그러나 이 순간은 말처럼 그렇게 쉽게 얻어지지 않는다.

문제는 바로 여기에 있다. 우리는 너무 쉽게 어느 한쪽으로 기우는 것이 아닐지. 그것이 어렵다고 해서, 결국 누구나 잘 먹고 잘사는 것을 부인할 수 없다는 식의 현세주의를 내걸거나, 오늘의 고통을 참고 오직 영원한 그날만을 기다리자는 내세주의를 표방할 때, 둘 다 설득력을 잃기 쉽고, 말하는 자를 자승자박의 논리로 몰아가게 된다. 왜냐하면 그 두 가지는 모두 상당한 허위를 내포하고 있기 때문이다.

사실 두 가지 모두 중요한 것 아닌가. 현실이 중요하되 현실에만 매달리지 않는 태도, 그리고 영원한 그날을 확신하면서도 오늘을 소홀히 하지 않는 자세. 이 두 가지는 그 어느 경우에 있어서도 동시에 강조돼야 한다. 때론 방법적으로 한쪽이 역설될 때도 있겠지만 그것도 가능한 한 피해져야 한다. 뜨겁게 어느 한쪽에 열광하는 믿음보다 두루두루 종합해 살펴보는 서늘한 믿음은 어떨까.　　　　　(1991년)

오, 끔찍한 불이여

한국인들은 뜨거운 것을 좋아하는 것 같다. 역사와 현실에 뜨겁게 참여하기를 촉구하는 젊은이들의 사자후를 들을 때마다, 그 입 속에서 터져나오는 뜨거운 열기에 숨이 막힐 정도의 정열을 느끼게 된다. 창백한 지식인은 백안시되고 뜨거운 행동인이 찬양되어 온 것은 오랫동안의 풍토이다.

최근 또 한차례의 선거가 끝났지만, 여기서 나타난 풍경들도, 한국인들이 얼마나 뜨거운 것을 좋아하는지, 그 열도를 그야말로 뜨겁게 보여준다. 상당한 거리를 두고 점잖게 자신의 할말만 하는 후보자들은 거의 찾아보기 힘들다. 후보자와 운동원들은 소위 핫 이슈를 찾아내기에 열을 올린 나머지, 상대방 후보와 결국 몸싸움에까지 이르는 뜨거운 전쟁을 연출한다. 이런 상황에서 이른바 흑색선전과 폭력이 빚어지는 것은 차라리 당연한 결과라고 할 수 있다.

문학을 하는 사람들을 보아도 그 모습이 그 모습이다. 차분히 작품을 읽고 분석하는 사람은 나약한 문학주의자로 비판되고, 사회개혁의 이데올로기를 열에 들떠 반복하는 사람의 혈기만이 뜨거운 정열로 평가된다. 지식인들 사회의 현실이 이렇고 보니, 사회 곳곳의 다른 현실을 돌아보아도 그 사정은 한결같다. 냉정하고 침착한 이성적 분위기와 분석정신은 온데간데없고 온통 혈기만이 가득한 것이다. 혈기, 그렇다. 오늘의 우리 현실을 지배하고 있는 유령이 있다면 바로 이 혈기이다.

뜨거운 것을 좋아하는 열혈한들은, 물론 이 혈기가 우리 사회를 지탱시켜 온 힘이며 에네르기라고 주장할지 모른다. 그런 면도 없지 않을 것이다. 모든 뜨거운 것의 바탕은 불이며, 불은 인류문화의 원천적인 에네르기라고 하지 않는가. 사실 불의 발견 이후 인간은 문명을 발달시켜 왔다. 음식을 구워 먹고 끓여 먹을 줄 알게 되었고, 대장간에서 쇠를 달굴 수 있게 되었다. 연금술사야말로 문명의 아버지라고 하던가. 어쨌든 불로 인해 석기시대가 철기시대로, 그리고 농업사회가 마침내 산업사회로 발달해 온 것을 부인할 사람은 없다. 프로메테우스가 제우스 몰래 불을 훔쳐온 이래 불의 발달사는 놀랍다. 부싯돌로부터 시작된 불은 나무와 석탄을 거쳐 석유에 이르더니, 급기야 핵연료라는 엄청난 불에 도달하지 않았는가. 오늘날 석유라는 기름불에 의지하지 않고 인류의 문명을 말할 수 있는가. 불이여! 오, 끔찍한 인류의 문명이여!

불의 정체를 이렇게 이해하는 한, 불을 좋아하는 민족이 우리 한국인이라고만 단정할 필요는 없을 것이다. 과연 불은 모든 인간 존재의 숨은 힘인 모양이다. 소설가 김원일의 거듭되는 지적대로 인간은 아마도 불의 자식일지 모른다. 인간이 남녀의 뜨거운 섹스 활동의 산물이라면, 불의 자식임에 틀림없을 것이다. 에로스란 바로 그 과정을 주관하는 신이 아닌가. 그렇다면 불에서 태어나 불을 사랑하는 인간들에게 무슨 허물이 있으랴. 그러나 이상도 하다. 왜 유독 우리 한국인들에 그 현상이 그토록 강할까? 말하자면 다른 나라 사람들보다 비교적 혈기가 뜨거운데, 그 이유는 어디에 있을까? 어쩌면 서양 사람들은 불의 정신과는 다른 기독교 정신의 세례를 일찍부터 받아온 탓일까?

기독교 정신이 불의 정신과 다르다는 점을 이 자리에서 딱 부러지게 밝힐 수는 없다. 그러나 한가지 확실한 것은 기독교에서는 인간을 불의 자식으로 보지 않는다는 사실이다. 기독교에서 인간은 프로메테우스의 불씨와도 무관하며, 더구나 에로스의 산물은 아니다. 기독교에서 인간은 오직 하나님의 피조물일 따름이다. 하나님은 흙으로 사람을 만들고 생기를 그 코에 불어넣음으로써 인간을 창조했다. 뿐만 아니라 불은 하나님과는 반대되는 요소로서 어디서도 배격된다. 오히려 물이 신성한 것, 신적인 것으로 대비된다.

창세기 1장에서 이미 「하나님의 신은 수면 위를 운행하시니라」고 한 다음, 물은 언제나 하나님을 상징한다. 물에 의한 세례는 그 대표적인 것이며, 노아의 홍수도 많은 것을 암시한다. 그러나 불은 어떤가. 지옥 불까지 연상할 것 없이, 성경 도처에 나오는 불의 장면은 그 대부분 신성 아닌 인간성의 상징임을 주목할 필요가 있다. 불은 인간이 무엇을 부딪치게 하거나, 무엇과 부딪치는 데서 유발된다. 이 부딪침은 공리적인 상호마찰로 이어질 때 에로스적 사랑으로 나타나지만, 결국은 충돌과 갈등, 싸움으로 연결된다. 화성론이냐, 수성론이냐 하는 갈림길에서 수성론으로 옮겨간 괴테를 통해 독일문화가 서늘한 성숙의 단계를 이룩했다는 사실은 거듭 음미해 볼 만한 일이다.

그러나 어떻게 된 일인지 우리나라에서는 기독교도들조차 뜨거운 것을 좋아하는 경향이 있다. 차지도 덥지도 않은 신앙이 문제라면서, 뜨거운 믿음을 보이려고 부흥회를 쫓아다닌다든가, 기도원에 가서 아예 살다시피하는 사람들이 얼마나 많은가. 이른바 성령운동의 이름 아래 잘못된 경우도 적지 않았었다. 니체가 좋아했던 불의 신앙, 그러나 불꽃은 반드시 활활 타올라 결국 모두 타버리는 법. 뜨거움이 미덕이 될 때 인간은 데게 되고, 그 불에 타게 된다. 그러한 인간들이 사는 사회에는 조급한 혈기와 분쟁, 눈앞만 보고 사는 어리석음만이 충만해 있을 수밖에 없다. 먼 영원을 바라다보고, 가벼운 웃음과 더불어 사는 서늘한 세상이 그립다.   (1990년)

키 작은 지식인

최근에 나는《교수신문》에서 꽤 충격적인 글을 한편 읽었다. 내용이야 교수 사회에서 이미 잘 알려진 것이지만, 그것을 교수, 그것도 교육학 교수가 스스로 문제 제기하고 있다는 점에서 확실히 용기 있는 모습으로 비추어졌다. 교육개혁과 관계된 대학의 풍경이 그 테마였다. 경북대 김민남 교수의 글인데, 그 가운데에는 이런 진술이 들어 있다.

도대체 교육개혁은 뭘하고자 하는 것인지, 권력과 관료의 손에 쥐어진 교육개혁이란 으레 그런 것이라고 뱉어버리기에는 지금이 너무 엄중하지 않습니까. ……교육개혁은 수없이 있었습니다. ……우리 교육개혁의 진행은 공식이 있는 것 같습니다. 먼저 통치자가 이래서는 안된다고 한마디 하고, 그 다음 신문이 나서서 교육계를 헤집어놓고, 교육부 관료가 개혁지침을 내려보내고, 교육학 하는 분들이 프로젝트에 가담하고, 그리고 규정이 만들어졌습니다. 탁상머리에 앉아

커피 마시며 이리저리 짜맞추는 전형적인 설계식 하향개혁은 '중앙
의'이라는 무서운 괴물을 낳았습니다.

이 글에서 내 귀를 강하게 잡아당기는 대목은 「교육학 하는 분들이
프로젝트에 가담하고」라는 부분이다. 사업이 교육개혁이니 교육학자
들이 가담하고 있겠지만, 교육학자들뿐이겠는가. 무릇 수만 명에 달
하는 학자들이 지금 이 시간에도 이런저런 프로젝트에 열심히 가담하
고 있다. 사실 프로젝트에 가담하는 일 자체가 비난거리일 수는 없다.
국가와 사회를 위한 일이라면 당연히 지식인들은 그것에 봉사해야 하
며, '프로젝트'는 바로 그 방법일 수 있다.

문제는 그 일의 성격이 그렇지 못하다는 사실에 있다. 국가와 사회
를 위하기는커녕 그 프로젝트를 통하여 국가와 사회가 오히려 손해를
보고 있다면, 거기에 참여한 지식인들의 모습은 어떻게 되는가? 프로
젝트가 올바른 것이 되기 위해서는 무엇보다 그 프로젝트가 올바른
것인가 하는 물음이 선행되어야 하며, 그 물음이 허용되는 제도가 되
어야 한다. 다시 말해, 지식인들은 문제 전체를 함께 고민해야 하며
권한도 책임도 함께 져야 한다. 그러나 대부분의 경우 현실은 그렇지
못하다.

앞의 긴 교수가 지적했듯이 지식인들은 권력(언론도 포함해서)이
마련해 놓은 밑그림에 색칠을 해넣는 수준이기 일쑤인 것이다. 결국
지식인들, 학자들은 프로젝트 자체의 의미와 목적에는 무심한 채 '동
원'되는 일이 너무 많은 것이다. 이 부근에서 특히 내가 강조하고 싶
은 말이 있는데, 그것은 그들이 이 사실을 좀처럼 시인하지 않는다는
점이다. 물론 상당수의 지식인은 때로 자조적이 되기도 하고 좌절감
에 빠지기도 한다. 그러나 훨씬 많은 수의 지식인들은 그들이 굉장한
일에 참여하고 있거나, 여전히 그럴 능력과 위치에 있다고 생각하고

있다. 과연 그럴까.

지식인들의 비극은 그들 스스로 현실적으로 힘이 있다고 생각하는데 있지 않나 하는 것이 나의 생각이다. 착각일 수도 있는 이러한 생각 때문에 웃지 못할 여러 현상이 있을 수 있겠으나, 너무 자주 많은 지식인들이 그들 스스로의 힘을 과신하고 여기저기 나서는 일을 보게된다. 그러나 상당한 경우, 그들이 요구되었던 부분은 기껏해야 기능적 · 도구적 수준인 것이 현실이다. 앞서 교육학자들의 맹성을 촉구하고 나섰던 동료 교육학자의 분노는 바로 이러한 인식에서 비롯된 안타까움이었을 것이다. 물론 일찍이 마르쿠제가 현대의 이성은 이미 '도구적 이성'이 되어버렸다고 개탄했지만, 이러한 진단이 수동적으로만 수용되어서는 안되지 않겠는가.

그러나 자존증의 또다른 모습은 기능적인 수준이 아닌, 사태의 본질에 대한 본격적인 비판의 모습을 띤 때에도 발견된다. 이른바 지식인의 이념 투쟁의 장면을 상기해 보면 좋을 것이다. 이데올로기가 싸움으로까지 이어지는 처절한 비극 속에서 지식인이 발견해 낸 자화상은 무엇일까. 청년 마르크스의 순수하고 맑은 얼굴과 그의 좌절, 파탄을 생각하면서 얻을 수 있는 교훈은 없을까. 거기에는 독일 관념론, 혹은 이상주의의 승리와 그 한계가 동시에 함축되어 있다. 그 교훈은 비단 19세기 독일인들만의 것이 아니다. 비판은 지식인의 몫이자 의무이다. 그러나 비판은 비판의 카테고리를 넘어설 때 온갖 복잡한 문제들과 만나게 된다. 비판의 대상이 된 현실에 직접 개입하게 되고, 자신이 비판하고 제시한 수준으로 현실을 개혁하고자 하는 의지 때문에 그는 곧 이상주의자가 된다. 그러나 모든 이상주의는 무릇 실현되는 법이 없다. 그것은 진리며 신의 섭리다. 지혜로운 인간은 여기서 인간의 한계를 깨닫고 겸손해진다. 그러나 많은 지식인은 이상주의라는 이 거대한 꿈과 허위를 향해 돌진하거나 주저앉거나 둘 중 어느 한쪽으로 기운다. 참으로 지식인에게서 지혜를 찾기란 숲속에서 낚시질 하는 격으로 느껴지는 장면이다.

지식인에 대한 나의 이러한 생각이 지나치게 부정적이라고 비판할 수 있으리라는 것을 나는 알고 있다. 그러나 '비판'이 생명인 지식인 이 그 스스로 비판을 싫어한다면 우스운 노릇이리라. 또 이즈음 잘 사용하는 '전략'이라는 개념을 사용한다면, '비판적 전략'이라는 것 도 흥미 있는 이해의 방법일 수 있을 것이다.

자, 그렇다면 더욱 '센 비판'을 해보자. 지식인들은 기능적 현실 참여, 이상주의적 비판, 소외와 좌절감이라는 패러다임 밖으로 나올 의사도 능력도 없는 존재며 집단인가? 아니 그 정도의 비판만으로 비난이 면제되어도 좋은가? 그런 범주에 머무르기에는 너무도 힘없 고, 그렇기 때문에 때로는 너무도 왜소하기까지 하다고 나는 감히 더 나아가고 싶다. 물론 이런 에피세트를 집단적으로 붙이고 다니기엔 적어도 우리 한국의 지식인들은 한결 씩씩한 면이 있는 것이 사실이 다. 그러나 확실히 지식인 집단에 이러한 속성, 즉 무력함과 왜소함 이라는 특징이 있다는 느낌에 나는 최근 줄곧 사로잡혀 있다. 우선 지식인의 무력함, 즉 힘없음에 관해서는 좌절감의 차원에서 이야기 할 것이 아니라, 본질적인 속성으로 이해하는 일이 필요하다. 게다가 많은 지식인들은 지적 우월주의에 사로잡혀 있으면서, 남을 비판히 는 사이사이 자신은 은연중 완벽한 듯한 얼굴을 내보이기 일쑤다. 물 론 위험하거나 불리할 경우 꼬리를 슬그머니 감추는 것도 그들의 몫 이다. 기회가 닿는다면 비단 우리 지식인들뿐 아니라, 지식인 일반에 대해서도 관심을 돌려 살펴볼 일이다.   (1997년)

죄의 아름다움

　죄가 아름답다? 죄 많은 곳에 은혜가 깊다는 성경 말씀이 있긴 하지만, 죄가 아름답다고 말한다면, 그것이 아이러니가 아닌 한 쉽게 납득될 수 없을 것이다. 그것은 기독교의 세계가 아닌, 세속 도시에서도 통용되지 않는 이야기다. 그럼에도 불구하고 지금 나는 죄의 아름다움에 대해 말하고자 한다.

　'죄'라는 낱말 한 자만 들어도 모두 피해가려고 하는 판에 대체 어떻게 그것이 아름다울 수 있다는 말인가. 무슨 일에든지 별다른 죄의식을 느끼는 일이 드문 우리 한국인들에게는 특히 낯선 느낌일 것이다. 따지고 보면 그런데, 「죄가 아름답다」는 명제 아닌 명제가 낯선 것이 아니라, 죄 자체가 낯설기 때문이다. 그만큼 죄와 무관한 것이 아니라, 죄의식을 아예 못 느끼고 있는 탓이다.

　우리 주변을 돌아보면, 죄 혹은 죄의식을 먼 남의 이야기 여기듯하는 관습이 몸에 배어 있음을 보게 된다. 「이날 이때까지 양심에 부끄러울 것 없이 살아왔다」든가 「하늘을 우러러 한점 부끄럼 없다」는 소리를 흔히 듣게 되는데, 정말이지 그토록 떳떳하게 자기를 주장할 수 있는 것인지, 알 수 없는 적막감을 경험하게 되는 일이 많다. 특히 정치인라고 하는 사람들에게서 이런 고백 아닌 자기 자랑이 많이 나오는 것을 보게 되는데, 「도둑이 제 발 저리다」는 속언은 이 경우에 해당하는 것인가. 어쨌든 많은 한국인들은 자신이 죄와 무관하다고 생각하는 것이 사실이다.

한국인의 죄 불감증은 어디서 오는 것일까. 있을 수 있는 많은 이유들 가운데 가장 본질적인 것은, 역시 원죄의식의 결여에 있을 것이다. 우리들 누구나 알고 있듯이 인간은 죄인으로 태어난다. 물론 예수를 믿고 회개한 다음 하나님 앞으로 나아가면 죄 사함을 받고 구원된다. 이것은 기독교의 교리인데, 단지 기독교 안에서만 통용되는, 기독교인들만의 어떤 암호가 아니다. 이 원리는 우리들의 삶에서 매일 확인할 수 있는 진리이다. 인간이 죄인으로 태어난다는 사실은, 가장 비근한 예로, 어린이들의 저 어쩔 수 없는 탐욕심만을 보아도 알 수 있다. 자기가 갖고자 하는 것을 때로는 울면서, 때로는 소리지르면서, 때로는 그 이상의 떼까지 써가면서 손에 넣고자 하는 어린이들을 볼 때, 나는 문득 과연 인간은 죄인으로 태어났구나 하는 실감 앞에서 전율하곤 한다. 정말이지 아무도 가르쳐주지 않아도 남을 제치고 무엇이든 소유하고자 하는 인간 욕망이나 본능이야말로 인간이 원죄적 존재임을 일깨워주는, 살아 있는 그 모습의 현장이다. 이렇듯 인간은 태어남, 즉 실존 그 자체가 죄이므로, 그의 죄된 상황은 그의 의지와 애당초 무관한 것이다. 마치 그의 출생 자체가 그의 의지와 무관하듯이.

이 엄연한 사실을 진리로 인식하는 데, 아직도 많은 한국인들은 둔감한 면이 적지 않다. 그들은 '죄'를 자신의 의사에 의해 저질러진, 말하자면 도덕적·법률적인 의미로만 해석하는 경향이 있다. 법률에 의해 위법 · 범법으로 인정된 죄라든지, 도덕적으로 지탄의 대상이 되는 죄를 짓지 않는 한, 스스로를 죄인으로 생각하는 일이란 도저히 일어날 수 없는 것이다. 특히 법으로 단죄되는 소수의 범죄인들을 제외한 대다수 사람들은 '도덕적'이라는 지극히 주관적인 판단에 의해서는 자신을 죄인이라고 추호도 생각하지 않는다. 죄인이라니? 아니 내가? 양심에 거리낄 일 한 것 없다는 교만한 자기 고백과 자랑은, 그리하여 많은 우리 한국인들의 심성 깊이 자리잡은 근원 정서라고 할 만하다.

그래서일까, 우리 한국인들은 근본적으로 교만한 민족이 아닐까 나는 이따금 생각하곤 한다. 물론 원죄의식을 갖지 못한 다른 많은 민족에게도 이 교만심은 있을 것이다. 아니, 하나님을 믿는 사람들의 모습에서도 그것을 발견할 수 있다. 그러나 우리 한국인들이 교만하고 자만심이 강하다는 인상으로부터 나 자신도 언제나 자유롭지 못하다. 원죄적 존재임에도 불구하고 항상 자신을 떳떳하게 내세우면서, 타인으로부터 그것을 인정받고 싶어하는 사람들. 그래서 한국인의 기질을 특징짓는 표현 가운데 '오기'라는 말이 언필칭 등장한다. 오기란 그에 걸맞는 실력이 뒷받침되고 있지 않음에도 불구하고 결코 물러서지 않는 심성과 자세의 표현이다. 그것은, 또다른 의미에서 지배하지 못하는 자의 지배욕이다. 자신의 주인은 자기일 뿐 아니라, 남의 주인까지 자기가 되겠다는 교만한 욕망이 숨어 있다.

우리 인간은 피조물이므로, 비록 슬프다 하더라도 자신의 주인이 자신일 수 없음을 인정해야 한다. 기독교인들은 이를 인정하는 데 인색하지 않다. 슬프지도 않다. 우리의 주인은 주님이므로, 그가 이 땅에 우리를 보내셨고, 언젠가 거두어가실 것을 믿는다. 뿐만 아니라 아예 영생까지 주신다는 것을 믿는다. 인간의 주인이 인간일 수 없다는 사실은 단순한 믿음 아닌, 매일매일 경험으로 확인되는 진리이다.

생각해 보라. 아프고 싶어서 아픈 사람이 있는가. 아니, 제 마음도 마음대로 하지 못하는 존재가 인간 아닌가. 그럼에도 불구하고 자신의 주인이 마치 자기인 듯 행세하는 경우가 얼마나 많은가. 이런 교만함에 죄의식이 있을 리 없다. 여기에는 도덕적으로 죄 짓지 않았다는 주장이 숨어 있는데, 사실 이 '도덕적'이라는 말처럼 막연한 것도 없다. 무릇 도덕이란 인간들이 만들어낸 이데올로기의 일종이기 때문에, 그 가치란 늘 상대적일 수밖에 없다. 예컨대 어느 곳에서는 일처다부제가 도덕적으로 정당한가 하면, 또다른 어느 곳에서는 일처다부제가 도적적으로 행세를 한다. 또 시기에 따라서 그 미덕과 정당성이 변화하기 일쑤다. 요컨대 도덕은 진리가 아닌 것이다. 도덕은 오히려 정치적인 지배이념의 교묘한 변형인 경우가 대부분이다. 결국 도덕적으로 죄짓지 않았다는 강변은 난센스에 지나지 않는다. 인간들끼리 만들어놓은 엉성한 그물에 누가 걸렸는지, 안 걸렸는지는 근본적인 문제가 되지 않기 때문이다.

자, 이제 우리 모두 죄인임을 정직하게 시인하기로 하자. 사실 죄 가운데 가장 큰 죄는 그 자신이 죄인임을 인정하지 않는 죄라고 할 수 있다. 계명 중 으뜸가는 것이 「주 하나님을 공경하라」는 말씀인데, 이것은 창조주와 피조물 간의 관계를 명확히 한다. 또한 에덴 동산에서의 아담과 하와의 불순종 이후 피조물인 인간은 누구나 이 불순종의 원죄를 태어날 때부터 벗어날 수 없게 되었음을 알아야 한다. 죄인임을 인정하는 행위는 인간이 인간의 조건을 올바로 인식하는 행위로써, 인간이 할 수 있는 것, 할 수 없는 것을 구별할 줄 알게 되고, 결과적으로 겸손이라는 최대의 미덕을 얻게 되는 것이다. 세상에는 이 당연한 진리를 모르기 때문에 엄청난 비극을 자초한 일이 얼마든지 있다. 인간이 죄인이기는커녕, 도덕적으로 선해질 수 있다고 철석같이 믿는 바탕 위에서 전개된 마르크시즘의 와해는 가장 대규모적인 비극의 예라고 할 수 있다. 그것뿐인가. 마치 자신이 모든 것을 할 수 있다고 밀어붙이다가 쓰러져버린 독재 정치인들의 말로는 무엇을 말해주는가. 인간의 원죄를 모르고 교만의 극치를 달리는 인간의 한심스러운 우매성 이외에 그것은 아무것도 아니다.

그러므로 자신이 죄인임을 알고, 그 사실을 고백하는 일만큼 아름다운 일은 없다. 죄가 아름답다는 나의 이야기는, 죄 자체의 아름다움이 아니라, 바로 이 죄 고백의 아름다움을 가리키기 위한 것이다. 죄인임을 자각할 때, 우리 모두는 우리들끼리 일종의 동병상련이라고 할 수 있는 유대감을 갖고 서로의 사랑을 거듭 단단하게 만들어나갈 수 있을 것이다. 어쩔 것인가. 우리 모두 유한하고, 연약한 피조물인 것을…….

그러나 죄 고백을 한 인간들, 즉 기독교인들 사이에서도 교만의 그릇된 분위기는 쉽게 없어지지 않는 것 같다. 교회 안에서도 이 문제는 끊임없이 교인들 상호간의 감정을 갉아먹는 요인이 되는 수가 많다. 가령 헌금을 많이 했다든가, 기도에 열심이라든가, 교회 봉사에 앞장선다든가 하는, 이른바 '독실한 교인'의 경우 남 보기에 교만해 보이기 쉬운 듯하다. 실제로 그것을 앞세워 자신의 신앙을 은근히 자랑하는 사람들도 물론 없지 않을 것이다. 내가 아는 목사 한 분은 이러한 신앙 행태를 염두에 둔 듯, 「그가 무엇을 하든 겸손한 것이 중요하다」는 말을 구두선처럼 뇌는 것을 듣곤 하는데, 이 말 속에는 「의롭다는 일을 하고 교만하게 뽐내는 것보다, 차라리 죄를 짓더라도 겸손한 편이 낫다」는 무서운 진리가 숨어 있다.

구약을 읽어보면, 하나님 군대가 적과 싸울 때 하나님께서 먼저 자신의 군대를 쳐서 겸손케 한 다음 나중에 승리를 가져다주는 예를 얼마든지 볼 수 있다. 그가 아무리 하나님을 믿는 자라 하더라도, 죄인의 신분을 잊고 교만해지면 하나님이 결코 용납하지 않으신다는 메시지가 함축되어 있는 듯하다. 의인을 강조하면서도, 의인은 결코 없다고 하시는 하나님의 말씀 속에는 죄인인 인간의 갈 길이 절묘하게 암시되어 있다. 하나님 앞에서 죄인이되,. 그 신분을 받아들일 때에는 삶의 의미를 총체적으로 통달하는 멋쟁이가 될 수 있다는 그 의미!

(1994년)

사악한 지식인

에덴 동산 중앙에 있는 나무의 실과는 원래 금단의 열매였다. 그것은 먹지도 말고 만지지도 말도록 명령되었던 것으로 창세기는 기록하고 있다. 말하자면 금기인데, 이 금기가 깨어질 때 인간은 필경 죽게 된다는 설명이 뒤따라나온다. 그러나 이 무시무시한 경고에도 불구하고 인간은 그 열매를 따먹는다. 그것을 먹으면 신의 눈처럼 밝아져서 선악을 구별할 줄 알게 된다는 뱀의 꼬임이 그럴싸해서 거기에 넘어갔기 때문이다. 그 열매가 먹음직도 하고 봄 직도 하고, 무엇보다 「지혜롭게 할 만큼 탐스럽기도 하다」는 이유도 덧붙여 있다.

과연 인간은 죽음을 불사하고 모든 것을 알고 싶고, 하고 싶어하는 욕망의 덩어리임이 그 태고적부터 인정된 터였던 것 같다. 그중에서도 무엇인가를 알고자 하는 이른바 지적 호기심은, 그 정도가 신의 수준을 넘볼 지경이었는데, 그로 인한 저주——죽음이라는 것이 생겼으니!——에도 불구하고 그 상황은 더욱더 발전하고 있다. 최근에는 소위 생명공학의 발달로 똑같은 인간을 무수히 만들어낼 수 있는

복제인간 기술이 개발되었다는데, 여기에 이르면 그토록 갈망하던 신의 범주에 드디어 진입한 감이 없지 않다. 자, 그러니 이제 어떻게 될 것인가?

알고자 하는 모든 호기심과 욕망이 죄악시된다는 것은 사실 억울한 일이다. 인간에게 이성활동이 주어져 있는 한, 앎과 분별력은 당연한 조건으로 여겨져야 할 것이며, 이 점에 있어서 금족령(금식령?)을 내린 신의 엄명은 불만스러운 점이 없지 않다. 인간의 문명이 욕망의 산물이며, 그리고 문명 없이 인간이 이 세상을 지배할 수 없었으므로 인간 욕망을 무조건 탓할 수는 없을 것이다. 이 세상을 인간이 지배하도록 허락한 것은 원래 창조주의 뜻이기도 하지 않은가 (창세기 2장 15절).

그러나 분명한 것은 인간의 모든 욕망이 금지된 것은 아니라는 사실이다. 동산 나무의 실과는 얼마든지 먹도록 허락·권장되었으나 '동산 중앙'이라는 지극히 일부만은 제한을 두었던 것이다. 그것은 신의 영역이라는 이야기이리라. 사실 우리가 살다 보면 제아무리 학식이 높고 지혜가 뛰어나더라도 도저히 어쩔 수 없는 불가능의 문제와 부딪칠 때가 너무나 많다. 창조의 비밀과 죽음의 문제야말로 가장 대표적인 경우이다. 복제인간을 만든다, 어쩐다 하고 떠들지만 어디까지나 '복제'이지 '창조'는 아닌 것이다.

인간 생명——어디 인간 생명뿐이랴——그 오묘한 구성과 원리는 생물학자와 의학자들이 오히려 더 경탄하는 세계가 아닌가. 그렇다면 그 원리를 알아보는 데에 힘을 쏟는 일은 마땅하고, 또 충분히 이해됨 직한 일이다. 그러나 그 원리를 인간 쪽에서 흉내내어 보고, 나아가 그것을 자신의 창조적 힘으로 믿게 된다면, 그것이야말로 동산 중앙의 열매를 따먹는 일이 될 것이다. 그것을 의학이나 과학의 발달로 발표한다면, 우리는 거기서 지혜 아닌 어리석음밖에 발견할 수 없을 것이다. 마치 장난감을 부수어놓고 다시 조립해 놓은 어린아이의 과장된 자기 자랑의 외침 이외에 들려오는 것은 없다. 모든 창조는 원래 개별적이며, 독창적인 것이다. 그런 의미에서 이미 기술복제 시대에 들어선 현대 문명은, 창의성과는 멀리 떨어진, 도구적 이성들의 경연장이라는 비판 앞에서 무력할 수밖에 없다. 컴퓨터의 발달에 대해 노상 긍정적인 시선만을 보낼 수 없는 것도 이러한 우려와 결부된다.

나로서 특히 깊은 관심과 우려가 쏠리는 대목은, 아무래도 문학 분야를 포함한 인문계 지성, 혹은 지식인들의 행태와 관련된 것이다. 왜냐하면 이들은 정신적인 작업에 종사하는 이들이며, 현대 문명의 이러한 병폐를 온몸으로 비판해야 할 이들이기 때문이다. 그러나 나라 안팎을 보아도——물론 나의 편협한 시각과 정보 때문이겠지만——이 도도한 물살에 정면으로 그 몸을 갖다대어 문명의 비생명성을 고발하고 그 구조를 비판하는 이는 너무도 드물다.

눈을 안으로 돌려보면 그 사정은 더욱 심하다. 어쩌다 그런 분들이나 단체, 캠페인 같은 것을 찾아볼 수 없는 것은 아니지만, 거기에는 대체로 어떤 종류의 이념 아니면 정치색, 혹은 또다른 개인적 욕망이 은밀히 내재해 있는 것을 보게 된다. 창조의 섭리가 존중되고, 인간의 도리에 충실한 겸손은 너무나도 보기 힘들다. 예컨대 환경운동이나 생명사상 같은 것을 보기로 들 수 있겠는데, 대부분의 경우 궁극적으로는 정치적인 문제와 연결되거나, 주창자의 '자기 드러내기' 라는 교만이 우리를 실망시킨다. 사상적인 바탕에 대한 무욕(無慾)의 접근이 그만큼 힘들다는 이야기이리라.

게다가 자신의 눈 속에 들어 있는 대들보는 보지 않고, 남의 눈 속의 티 까발리는 일을 게을리하지 않는 특징도 지식인의 한 속성인 듯하다. 어느 교수분은 벌써 〈지식인과 허위의식〉이라는 책까지 낸 일이 있지만, 희생과 헌신 대신 비판적 삶을 살아나가고 있다는 점에서는, 인간의 약점을 가장 많이 드러낼 수밖에 없는 부류가 지식인인 것 같다. 모두 그런 것은 아니지만, 사회적 이슈가 생겼을 때 서명을 통하여 자신들의 의사를 집단적으로 발표하는 지식인들이 있다. 이런 일을 아직 한번도 안해본 나는, 서명 날인의 권고를 받을 때마다 주저스럽다. 한편으로는 미안하고 민망스러우면서도, 다른 한편으로는 언제나 이게 아닌데 하는 느낌이 강하게 나를 잡아당기기 일쑤다. 왜냐하면 그 같은 서명은, 어떤 사회적 이슈가 부당하게 처리되고 있으며, 따라서 시정되어야 한다는 현실적 주장이기 때문이다. 결국 그것은 정치인에게 보내는 메시지이며, 그런 한에 있어서 정치적일 수밖에 없다. 나로서는 그것이 불편하고 이상스럽다. 대체 정치인에게 무엇을 당부할 수 있으며 기대할 수 있겠는가. 아니 명색이 지식인이라는 내가 그들과 과연 무엇이 다르며, 어떤 영향력을 끼쳐왔는가 하는 자괴심 탓이다.

정치를 비롯한 모든 사회현상은 그 바탕에 사상적 깊이가 있어야 할 것이다. 말을 바꾸면, 정치를 포함한 모든 현실은 그 깊이의 현상적 반영일 수밖에 없다. 그렇다면 지식인은 마땅히 그 깊이에 해당하는 자리에 있어야 할 것이며, 그 깊이를 파내려가는 사도여야 할 것이다. 이렇게 볼 때, 현실 정치인과 맞겨루면서 모든 현상에 일희일비하는 모습은 한 지식인으로서 매우 부끄럽게 느껴지는 것이다. 나는 우리 지식인이, 우리의 문학과 학문이 얼마나 천박하고 저들에게 아무런 영향력을 미치지 못해왔는가 하는 사실에 생각이 닿을 때 진땀마저 나는 것을 숨길 수 없다. 괴테나 헤겔, 파스칼이나 도스토예프스키는 노상 남의 나라에서밖에 나올 수 없다는 말인가. 제 할 일을 잊은 채, 남의 허물만 크게 보는 것이 오늘날 우리 지식인의 초상이 아닌가 하는 참담한 마음, 오늘 우리 현실의 초라한 모습은 바로 이러한 정신적 재산의 결핍에서 초래되고 있다는 씁쓸한 인식, 이런 것들 때문에 나는 오늘도 지식인과 내 스스로를 연관시키기가 두렵기만 하다.

30년 넘게 그 한복판에 앉아서 무수한 파지를 내어온 나의 문학 분야를 보면 사정은 더욱 황폐하다. 문학이 자신에게는 구원이기 때문에 글을 쓴다는 사람들이 많은데, 그 구원은 자신만의 구원이 아닌 타인을 향한 구원이기도 해야 할 것이다. 무릇 구원이란 인간이 인간을 향해 할 수 있는 영역은 아니다. 이런 뜻에서라면 겸손하게 '위로'라는 낱말이 더 어울릴지 모른다. 그것은 지상(地上)의 구원이다. 그러나 언제부터인지 우리 작가, 시인들은 자신의 고통과 상처만을 과장되게 까발리는 일을 문학의 본령처럼 착각하고 있다. 서양의 이른바 모더니즘이 주도한 이러한 풍토는 우리 문학에 와서 진지한 성찰 없이 확대재생산된다. 욕망과 섹스도 물론 중요하다. 그러나 인생은 그것만이 아니다. 마찬가지로 문학도 그것만은 아니다. 프로이트도 중요하지만 키에르케고르도 중요하며, 마르크스도 중요하지만 하이데거도 중요하다. 한 인간에게 생식기와 감각기관도 중요하지만 심장과 두뇌는 더욱 중요하다. 문학은 이들을 총체적으로 아우를 줄 알아야 한다.

총체적 인간학인 문학이 욕망론과 심리론에 기울어 감각적 쇄말주의로 떨어지고 있는 느낌이다. 심지어는 중요한 생명현상으로서, 신학적 인식을 포함한 다각적 접근이 이루어져야 할 죽음마저 별 지식 없이, 혹은 일방적 지식에 의해 감각적으로 처리되는 것을 볼 수 있다. 문학이 이렇듯 지적 교만의 다른 이름이라면, 지식인의 왜곡된 얼굴을 덧칠해 주는 일밖에, 그 글을 쓰는 이 이외의 어떤 사람으로부터도 환영받을 수 없을 것이다. 하물며 구원이라니!　　(1997년)

사악한 지식인

초판 1쇄 발행일 · 1997년 4월 20일
초판 2쇄 발행일 · 1997년 5월 10일
지은이 · **김주연**
펴낸이 · **임성규**
펴낸곳 · **문이당**

등록 · 1988. 11. 5 제1-832호
주소 · 서울시 성북구 동선동 4가 208-1호
전화 · 928-8741~3 팩스 · 925-5406
ⓒ 1997 김주연

ISBN 89-7456-073-9 03810
하이텔 · 나우누리 ID munidang

값 · 7,000원